读客

读客外国小说文库

熊猫君激发个人成长

The Hole We're In

我们深陷泥潭

[美] 加·泽文 著　段茹雪 译

Gabrielle Zevin

江苏凤凰文艺出版社
JIANGSU PHOENIX LITERATURE AND ART PUBLISHING,LTD

THE HOLE WE'RE IN

Gabrielle Zevin

献给汉斯·卡诺萨

|目　录|

第一部分　红房子

一个六月和六个九月 |003|

十　月 |020|

十一月 |038|

十二月 |048|

一　月 |059|

二　月 |066|

三　月 |081|

四　月 |093|

四　月（二） |106|

五　月 |124|

六　月 |129|

七　月 |131|

八　月 |135|

九　月 |138|

第二部分 **像你这样的好女孩在这种战争中做什么？**

帕齐在机场 | 143 |

帕齐在路上 | 154 |

帕齐和朋友们在一起 | 164 |

帕齐在床上 | 176 |

帕齐支付账单 | 187 |

帕齐出现在教堂 | 199 |

帕齐拜访父亲和一位生病的朋友 | 208 |

帕齐得到了一份工作 | 228 |

帕齐被解雇了 | 244 |

帕齐看望自己的母亲并在最后时刻进行圣诞采购 | 249 |

帕齐打了个电话 | 259 |

第三部分　一个相对意义上的天堂

黎明之前的海伦 | 267 |

早晨的乔治 | 273 |

午饭及之后的文森特 | 290 |

下午的马格努姆 | 299 |

一天结束之时的罗杰 | 304 |

睡前的乔治 | 312 |

第四部分　爱的初告白

哄叫餐厅的打烊时刻 | 317 |

其他人的意见 | 320 |

准备工作 | 322 |

奥兰治城 | 326 |

贝塞斯达 | 328 |

马里兰州的一个好地方 | 331 |

华美达酒店 | 337 |

多伦多 | 341 |

绕道而行 | 346 |

鹿留市 | 349 |

致　谢 | 356 |

第一部分

红房子

哦，宝贝，宝贝，我怎么会知道，事情不太对劲。

《……爱的初告白》[1]

……那个省略号讲述了一个故事。

《滚石杂志》，1999年4月25日

1 这首歌的英文原名是...Baby One More Time，通常翻译为《爱的初告白》，但因此处作者强调了省略号的含义，故将歌名翻译为《……爱的初告白》。——编者注（本书中注释，如无特殊说明，均为编者注。）

一个六月和六个九月

罗杰·波默罗伊正在参加儿子的毕业典礼，轮到姓氏以N和O开头的人上台时，罗杰决定重返校园，否则就太对不起自己了。他42岁了，不过周围的人都说他看起来不像四十多岁的人——这样的话他每周至少能听到一次。去年圣诞节的时候，有位女店员把他19岁的女儿错认为他的妻子；上周，又有一位女店员把他41岁的妻子看作是他的母亲。他知道店员不是在说奉承话，因为两次都是她们卖出东西——分别是法兰绒睡袍（妻子的圣诞礼物）和皮革腰包（儿子的毕业礼物）——以后才这么说的。他在一所基督教中学担任副校长，大儿子和大女儿都从这里毕业。学校里的女孩子个个都要和他打情骂俏，他再怎么阻止也没用。

妻子乔治（结婚前叫乔治亚）推了他一下："该站起来了。"罗杰越过人群看向主席台。一面旗帜缓缓升起。大家都站起来了，罗杰也站了起来。

他又仔细一想，现在做这个决定再合情理不过。之前，他一边工作一边攻读硕士学位。如果他想认真一点对待学业（也就是拿到博士学位），那就只好辞职了。他有三个孩子：文森特即将毕业，海伦明年就大三了，帕特里夏才10岁，是家里最小的孩子，但其实早已不是孩子了。不管怎样，两个孩子都长大了，可以少喂养两张嘴。不行的话乔治可以加一加班，想到这里他对妻子笑了一下。儿子要毕业了，这么盛大的场合是要笑一笑，但乔治一下子就看出来丈夫有话想说。她也回了丈夫一个笑容。

罗杰悄悄地想：如果乔治加班的话，最终会皆大欢喜的。拿到了博士学位，罗杰赚的钱会更多，到时候妻子就可以退休了。罗杰根据硕士学位花的时间算了一下，博士学位大概需要三年。二十二年来，他都在为这个家活着。那可是大半辈子呀。他从未弄虚作假过，在婚姻里也是如此。他是教堂里的荣誉牧师，他觉得自己是个虔诚的基督徒。一直以来，他都在为别人牺牲，他认为现在也该别人为自己做点牺牲了。

乔治捏捏丈夫的手，小声说："地球呼叫罗杰，轮到儿子上台了。"

大家都在喊文尼[1]的名字，罗杰鼓起掌来。他错过了自己的毕业典礼，当时乔治怀着文尼即将分娩，而在文尼毕业这天，他做出这个决定真是再合适不过了。

1　文尼是文森特的简称。

学士帽在空中飞舞，罗杰的眼中噙满了泪水。小女儿帕齐[1]站在他的另一边，他把女儿举到肩膀上，好让她更清楚地看到台上的场景。

帕齐把小小的手放在爸爸脸上，问："爸爸，你哭是因为还在生文尼的气吗？"

"不是，宝贝，我只是很开心。"

* * *

一年零三个月之后，罗杰一家从田纳西州搬到了得克萨斯州，他在得克萨斯大学教师教育学院开始了博士生生涯。他喜欢这样全心全意地学习，喜欢说话的时候用"榜上有名"这样的词，喜欢各种印着校徽的东西（马克杯、鼠标垫、圆筒短袜）——尽管这些东西往往会漫天要价。如果经济条件允许，而妻子又同意的话，他还想住在学生宿舍呢。

毫无疑问，第一年的时候家里十分艰难。光是搬家就耗尽了大部分存款。不过，到了第二年，罗杰的助教津贴十分丰厚，一年足有一万五千美元。这还不及他做副校长时年薪的三分之一，不过加上低利息的学生贷款、高利息的信用卡贷款、退休补贴和乔治的工资，还算不错。再说，他又不会一辈子当学生。不

1　帕齐是帕特里夏的简称。

过三四年而已，绝对不会超过四年。

经过了一个夏天的精神探索之旅，罗杰才确定第五年九月份的毕业论文题目。他准备研究宗教学校的学生和非宗教学校的学生之间的区别。这个话题很合他的心意。帕齐快16岁了，即将去一所公立学校读书，因为得克萨斯大学方圆三十英里[1]内找不到一座令人满意的宗教学校。罗杰对学校的标准可是很高的。

需要说明一下，以这样的速度拿到博士学位可不慢。虽然这明显比罗杰估计的更久，但已经比一般人要快了。

乔治问他是否可以一边工作，一边完成论文，他拒绝了。他还要做许多调查和研究，他觉得如果专心的话，论文会完成得更快。还有一件事：他的导师卡罗琳·默里是一位杰出的教授。这位教授看到他的开题报告后说："罗杰，这论文可以出一本书。"她不止一次这样说过，这让罗杰很不好意思。虽然罗杰听到这话很开心，但他还是决定不要告诉妻子，反而想象出了这样的场景：

> 罗杰还未年过半百，看起来依旧年轻无匹。他带乔治亚去了市里的一家高级餐厅。
>
> 乔治瞥了一眼菜单，问："我们吃得起吗？"
>
> 罗杰点头，让她想吃什么就点什么。

1 1英里约为1.609公里，30英里约为48公里。

“好吧，如果你确定……”

“乔治，我很确定。”

等到甜点上桌后，罗杰不经意地从餐桌下拿出一本书。

她好奇：“这是什么？”

他回答道：“这是一本书。”（或者，他可以说：“这是我们成真的美梦。”不过罗杰更想把这句话留到场景最后。）

乔治看了看书：“可是封面上有你的名字。”

“因为它就是我写的啊，乔治。这是我们的书，它会让我们变得富有。”

她惊叹：“天啊，罗杰，我都不知道你在写书。”

他说：“我想等一切尘埃落定之后再告诉你。”他手腕轻轻一动，翻开封面，“你看这里。”

乔治戴上眼镜：“致我的家人，特别是我的妻子乔治亚，没有她也就不会有这本书。致我们万能的主耶稣，没有他也就不会有生命。”乔治清了清嗓子。（也许，接下来的题词还会写：致卡罗琳·默里教授，是她让这本书能有今天的成就。也许不会这样写。妻子会胡思乱想：“罗杰，卡罗琳·默里是谁？”这样一来，他畅想的一幕就会朝着诡异的方向发展，说实话，这是他所不愿意的。）

罗杰点了一下书的背面："你看，你的名字也在这里。作者近照我用的是你在海伦婚礼上拍下来的这张。乔治，你真是位职业摄影师！"（他觉得这招很不错，让乔治也参与到出书的过程中。）

乔治的声音里面是满满的爱意："过来，你真是太厉害了！"

默里教授的新助教在喊他："罗杰。"这个美梦只好来日再继续。这个青年瘦成了皮包骨头，满脸痘印，中间的头发高高竖起，是个同性恋（罗杰猜的），戴着一副价值不菲的眼镜。他很年轻，才24岁。他说自己叫"珍爱"。他和罗杰一样，都是博士生。"卡罗琳让你现在过去。"

她的办公室很不错，但没有什么特别之处：一套木制的家具，但绝非初级教员办公室中胡乱摆放的木板家具；一把棕色的皮椅，光泽极好；蒂凡尼式的台灯；奥基夫和高更画作的复制品镶在框里；一张教授和州长的妻子劳拉·布什的合照；还有一张和科雷塔·斯科特·金的合照；另外一张照片中是一群大人物，第一夫人希拉里·克林顿、桂冠诗人玛雅·安吉罗[1]以及贝蒂·弗里丹[2]，拍摄于在华盛顿召开的女性教育峰会上；一根形

1 玛雅·安吉罗（1928—2014）：美国黑人作家、诗人、剧作家、编辑、演员、导演和教师。

2 贝蒂·弗里丹（1921—2006）：美国著名女权运动家和社会改革家。

似男性生殖器的蜡烛，散发出香瓜的味道；地板上一席东方式（罗杰不知道这个词是否不敬……）地毯，这与遍布校园的灰色工业地毯明显地区别开来；办公室的视野很好，可以看到学校的小教堂和纪念花园。罗杰心想，实在没有什么特别之处，但这间办公室应该是我的。

他和默里教授的生日是同一天，三月十二日，不过，教授比他大五岁。那还是第二年的时候，在某个令人尴尬的情况下，罗杰知道了这件事。当时，默里教授刚刚结束一堂十分有名的讲座课，她的得意门生准备了惊喜蛋糕。罗杰可不是得意门生之一。他只是站在那里，看着他们用借来的多媒体推车推着蛋糕从门口过来。他们怎么知道今天是他生日？他又惊又喜，快要晕过去了。蛋糕被推到了过道里，就像新娘一样甜蜜而纯洁。他觉得自己仿佛回到了结婚当天。然后，蛋糕从他面前经过。罗杰在想要不要跟着蛋糕去前面：一般不就应该这样吗？此时，大家开始唱生日歌。等大家唱到第三句了，罗杰才反应过来这个蛋糕压根儿不是给他准备的。他边鼓掌，边用脚随着音乐打节拍，就好像他只是为了这么做才一直站着一样。

默里教授喊他：“罗格[1]，进来吧，坐。”

他依言坐下。

她从上到下打量了罗杰一番，这让罗杰觉得不是十分专

1　罗格是罗杰的简称。

业。“哎呀，你看起来可真不错。”

对了，卡罗琳·默里是一位英气十足的女性，不过罗杰并不喜欢这种大家眼中英气十足的女性。她比苗条身材要重十磅，但看上去很健美。她那身西装裁剪合身，质地昂贵，如同她的灰白卷发一般得体。罗杰在教堂里不常看到这样的西装，更别说是在妻子的衣柜里了。就连默里教授本人也只在有讲座的日子里才穿这种西装，罗杰感受到了她文雅的气质。这时候，她脱掉了鞋子，双脚就像一对小摆设一样放在杂乱的樱桃木书桌上。罗杰看到她黑色的长筒袜上有一个硬币大小的破洞，就在大脚趾的指肚上方。这个破洞让他觉得淫秽不堪。他很想把这个洞遮住，但最终也只是换了个坐姿，让自己看不到它而已。

虽然她只是文科大学里再普通不过的一名教授，罗杰还是为她倾倒——即便她的袜子上有个破洞。他的学生时代（乃至他这一辈子）都是在宗教环境里度过的，那里的孩子们与默里教授截然不同。

她说：“罗格，我一直在想你。”

罗杰清了一下嗓子，不知道该如何回话。

默里教授把脚从桌子上撤走，让罗杰无法看到。她自顾自地笑了一下，然后说：“你的论文。我一直在想你的开题报告。”

罗杰再次清了一下嗓子。

她问：“你生病了吗？”

罗杰又清了一下嗓子，说道：“我……你是怎么想的呢？”

她从书桌最上面的抽屉里拿出开题报告："哦，我做了一些笔记。"第一页上满是红笔做好的记号。罗杰不知道她写的是什么——默里教授的笔迹和全世界的医学博士以及哲学博士一样潦草得难以辨认。不过他看到了很多感叹号，但更多的是问号。

"我还以为你很满意呢。"罗杰努力不让自己听起来太过幼稚，但事与愿违。

"罗杰，我是满意，非常满意。上次我还对你说，这篇论文可以出一本书。"

罗杰勉强承认自己还记得这件事。

默里教授说："事实上，我认为这个话题涉及广泛，需要参考大量的资料，已经超出了你毕业论文的要求。你除了要去图书馆翻看书籍，还得外出做一些实地调查，可能还要对一些研究生进行采访，当然还需要一位优秀的统计学家。你想过请教哪位统计学家吗？"

罗杰打算自己统计数据。他在大学里上过一门统计学绪论，最近又买了一本《傻瓜学统计》来复习。他觉得这个回答教授肯定无法接受，于是说道："还没有。"

"嗯，我认识一位优秀的统计学家。"默里教授在罗杰的报告上又做了一条笔记，"问题是，罗杰，我担心你力有不逮。"

"哦。"罗杰盯着自己的运动鞋。这是开学前大采购时妻子给他买的，她还给小女儿买了一个背包。这双鞋产自中国，经手工制作而成。如果他连续两天以上都穿这双鞋，鞋子就会发臭。

默里教授说："哎呀，别这么沮丧，我们可以合作。"

说到这里，教授摘下眼镜，把声音调整成课堂上才有的音调后说道："你应该知道，我们国家的父母越来越喜欢送孩子去宗教学校。在二十世纪七十年代和八十年代的时候，倒闭的宗教学校的数量曾破过纪录。但现在，几十年以来，这是宗教学校第一次重新涌出，虽然量少但不容忽视。这说明什么？甚至在非宗教学校里，课堂上也要进行祷告，此外，还剔除了性教育和《麦田里的守望者》。我怀疑，这是整个社会的大势所趋，就是诸如此类的原因。罗格，我想说的是，我认为你可能挖到了一块不得了的宝藏。"

"不得了"这个词不错。罗杰笑了出来。教授说话时带有迷人的布鲁克林口音。当她激动的时候，像"不得了"这样的词就会将她的口音暴露无遗。

"你在笑。怎么了？"

罗杰想：哦，管他呢。"有没有人说过你讲起话来像……律师？"

她睁大眼睛，装作一副受到惊吓的样子："不！"

"不，我说错了。不是随便哪个律师，而是辛普森案的那位律师。"那个犹太人。他想这么说，但他不确定这是否带有种族歧视。"我不记得名字了。"

"马西娅·克拉克？"

"不是。"

教授把卷发松松地挽成一个发髻。他想告诉她他喜欢她把头发这样弄，但是他觉得这样说不合适。

默里教授问他："你是基督教内的基要派，对不对？"

"哦……是的。"罗杰皱了一下眉，他既希望被她发现，又不希望被她发现。

"我说错了吗？"

"没有，只不过大家把我们叫作'基督复临安息日会'。"

"所以你不是基要派？"

"我是，二者其实是一回事。"突然，他意识到他并不想和这个女人聊这些，"这不重要，你接着说。"

"罗杰，不要害怕纠正我的错误。如果第二个名字更准确，我就用第二个。在你来这里之前，你教书教了二十年左右，就在基督复临安息日会……"她顿了顿，罗杰不住地点头表示赞同，"……中学？"

罗杰说："是二十一年，但一半的时间里，我都不是老师，而是副校长。"

卡罗琳笑了，虽然罗杰认为自己并没有说什么好笑的事情。她说："太了不起了！你知道吗？我是无神论者的犹太人。"

他想起来了，那个律师的名字是艾伦·德肖维茨。

"现在我喜欢把自己称作周末佛教徒，因为我会进行瑜伽静修。"

罗杰不确定自己是否应该笑。

“罗格，我想说的是，我们会是一对好搭档。”

“搭档？”

“我们应该一起写书。我的资源丰富，经验十足，眼光也极佳……”

罗杰在脑海中把耶稣从题词中划掉：

修订版一

罗杰不经意地从餐桌下拿出一本书。

乔治好奇：“这是什么？”

他回答道：“乔治，这是一本书，由我和另一个女人卡罗琳·默里合作完成。你记得吗？她也参加了学院的圣诞晚会。她还说很喜欢你的毛衣呢，花了不少力气才问清楚你是在哪里买的。你觉得是罗斯折扣店，不过并不确定。”

乔治说：“哦，想起来了，是她啊。”她把法式焦糖布丁上面那层用勺子搅碎，然后吃了一小口，“宝贝，你知道吗？我觉得她并不是真的喜欢我的毛衣。”

罗杰回道：“总之她是这么说的。再说回我的书，它会让我们变得富有。”

乔治纠正：“是我们还有卡罗琳·默里。”

罗杰静静地问：“那我的论文怎么办？”

“哦，我想，你再定一个相关的话题吧，范围小一些。但是说实话，罗杰，我们即将挖到一块巨大的宝藏。你有笔记本吗？”

他当然有。笔记本的正面印有校徽标志，由文件夹分成左右两边。这是他花了5.99美元从学校的书店买来的。

默里教授又说了些其他事情，包括让罗杰辞去四门课程的助教职位（减一万五千美元），成为她的全职项目负责人（加五千美元）。罗杰觉得如果问她怎样弥补自己一万美元的损失不太礼貌。

他说：“就让我为此祈祷吧。”

卡罗琳挑了一下令人印象深刻的修过的眉毛：“真的吗？”

“你所说的并非我想研究的方向。默里教授，我……我倾向于宗教教育。我所受的就是宗教教育，我的孩子们也是。我在书中是赞扬……”

“真的吗？你知道我是谁吗？你又知道自己是谁吗？你知道我愿意帮你对你来说意义多么重大吗？我知道你是基督徒，但你总不是个傻子吧？”

“好吧，至少让我和妻子商量一下。我得考虑一下经济方面的问题……”

“你是说圣诞晚会上那个穿着廉价毛衣的女人？”

罗杰心想，她知道你不喜欢那件毛衣。

“罗杰，跟你说实话，如果你不愿意合作，那么很快，我就可能盗用你的想法，然后自己出书。到时候你又会怎样？年过半百，却身负八万美元的学生贷款。你和自己‘穿着廉价毛衣’的妻子马不停蹄地工作，直至被淹没在地上的泥潭之中。你怎么不祈祷这个呢，唱诗班男孩？”

教授对他笑了，罗杰注意到她有一口漂亮的牙齿。她说：“好好想一想，想多久都可以。我突然想到，在过去的几年里，身为你的导师，我了解了你的作品，但你可能并不了解我的作品。”办公室里共有两个书柜，她跳着去到更大一些的书柜那里。“你上课时可能用过其中几本书，但为了以防万一——”她给了罗杰一摞书。这些书都是由各大出版社出版，里面一个大学出版社都没有，当然更没有宗教大学出版社了。《公共汽车的轮子会转》是她的第一本书。它被公认为取消学校种族隔离和校车种族隔离的开创性之作。各地学校的教育课上依然在使用“轮子”一词。不过普通人也会买这种书。几年前，公共电视台的《前线》节目用了整整一集的时间以纪念此书问世十五周年。电视上播出卡罗琳的采访时，罗杰还专门调高了音量。他还告诉乔治：“那是我老师！”

他妻子是这么回答的：“困。”罗杰试着把乔治晃醒，但实在晃不醒她。

罗杰很好奇每年会卖出多少本《公共汽车的轮子会转》。他只知道自己有六门课程都会用到这本书，并且不只是默里教授的课上会用到这本书。他想请默里教授在这本书上签个名，又觉得这样一来，她又占据了压倒性优势。如果他打开书的话，就可以看到，默里教授早已签过名了：把握梦想——卡罗琳·默里。

她走回书桌后，把西装外套脱下，说："请原谅我，我一般不当着同事的面脱衣服，不过今天外面就好像九十华氏度[1]一样。"

"卡罗琳。"——他之前从来没有这样叫过她——"卡罗琳，我当然了解你的作品。没有人不了解你的作品。能和你合作对我而言实在是天大的荣幸。你让我过来见你的时候，我从未想过……"他开始东拉西扯，"宗教学校的产物，宗教中学、宗教大学还有……"她点点头，鼓励他说下去，但看起来已经有些不耐烦，"我当然想与你合作。"

她夸赞道："好。"就好像他是一只听话的宠物。卡罗琳没有和他握手，而是站起来抱了他一下。他可以透过她的衬衫感受到她的胸部。他并不想感受到她的胸部，但他的的确确感受到了。她的乳房很奇怪，就好像带有浮力，感觉会弹起来，甚至

1　1华氏度约为−17.2摄氏度，90华氏度约为32.2摄氏度。

浮起来一样。这位受人尊敬的教授有没有可能隆过胸呢？抑或这不过是聪明的文胸生产商要的小把戏？这种事罗杰不太清楚。

“还有，罗格，你介不介意我做一件事？”

“嗯……我想应该不介意。”

她把手伸进他的衣领里面，将他依然泛黄的发尾从衣领中挑出来。她的手带着凉意，柔软得不可思议。她说：“这个让我很是在意。”

“我想我得去把它剪掉。”

她没有反对：“我丈夫——我前夫，以前常去一位不错的理发师那里，离学校也不远。我随后让助教发邮件告诉你他的名字。”

“那你的头发是在哪里修剪呢？”罗杰也不知道自己为什么问这个，“这是为我妻子问的。”

“我吗？”她说了一个店名，罗杰转头就忘记了，反正他的妻子肯定也去不起。

这次面谈到此结束，但两人都不知道该如何结束。卡罗琳又回到了自己闪闪发光的御座上，她和罗杰看着对方笑了起来。她又把双脚放在了书桌上，罗杰可以看到从长袜的破洞里露出来的烦人的鸡眼。既然他们以后要彼此合作了，他想买一张足部护理的礼券送给她，作为圣诞礼物。女人喜欢这种东西，难道不是吗？卡罗琳会庆祝圣诞节吗？不管怎样，就作为节日礼物，送足部护理的礼券给同事合适吗？

卡罗琳脸上露出奇怪的浅笑，淡淡地问罗杰："你在看什么？"

"你的脚，那里有个洞。我是说……你的长袜上有个洞。"罗杰结结巴巴地说，就好像这是他第一次和女孩子说话。"我在看这个洞。"罗杰指了指那个破洞，食指不小心擦过她的脚，但她似乎并没有注意到。

她在沉思："你怎么可以盯着一个破洞呢？"

十 月

树叶还没有泛黄，天气也并不凉爽。十月几乎无迹可寻，除了日历上有所提示，而男孩子们在踢足球，女孩子们在跳啦啦操。乔治的孩子们长大了，乔治也老了。十月份的账单还等着她结清。

油漆匠来早了。这两个墨西哥人是亲属，但具体是什么关系乔治也不清楚，不是父子就是兄弟。年纪大的告诉过乔治，但她没有听懂。在人生的某个时刻，乔治知道了让带口音的人重复说过的话很不礼貌。这两个人好像都叫雷蒙，可能是姓，也可能是名。她想知道他们是不是非法移民，然后又觉得这件事和自己无关，毕竟不是她雇用了这两个人，是她找的那家公司雇用了这两个人。这区别就大了，她完全不用背负什么道德责任。

她是一名数据处理员，连两天的假她都请不起。工资每小时16.5美元。她并不是直接被这家保险公司所聘用，而是被登记在一家临时中介名下，这家中介可以获得和她一样的酬劳。乔治很好奇这又是否道德。那家中介测试了她的打字速度和计算机水平，简单浏览了她的简历，两周之后就打了电话给她，让她到现在这家公司来上班。她的这份职业能赚多少钱？而她又如此工作了多久呢？她在保险公司里工作了一年，没有请过病假，也没有休假出游过。（她的健康保险由她丈夫代缴。）可话说回来，这是她做过的最好的工作。她大学没有毕业，曾经穿着工作服（例如在超市，或者当大学的午餐服务员），站上一整天，连去卫生间都要征求老板的同意。她还和机器打过交道，与她相熟的同事的三根手指就毁在那台机器下。她戴过发网，还有一颗蓝色的夹层纽扣，上面写着“拔手指”。现在这份工作呢，她可以坐着，可以穿便衣，想去卫生间就可以去，简直就是天堂。

不过说真的，她实在请不起假。她负担不了请人把这栋刚买的大房子粉刷一遍，连给大房子里面添置的各种东西她也无力承受，甚至有时候连空调费用都负担不起。她生不起病，家里其他人也生不起病。因为她在保险公司上班，每周五天，从早上七点半到下午三点半，她总觉得生病是一件很奢侈的事情。她特别羡慕能去得起精神病院的有钱人——这听上去多么惬意啊！唉，这样的惬意她无法享受。中产阶级只配在自己家的客厅里发疯，有钱人却能在疗养胜地发疯。乔治没有资本发疯，甚至没有资本感冒。最近，乔治从书桌上看到一张表格，上面说对于她这个年龄的女性来说，也就是四十七岁，航行到阿拉斯加所需的花费都比食物中毒住院治疗的花费少。

她正在策划大女儿海伦的婚礼，但没有足够的钱。顺便说一下，正是为了这场婚礼才要粉刷房子。乔治费了不少口舌，才说服海伦把婚礼地点改为家里，而非要价不菲的会场。当时乔治以为会省下一笔钱，结果才不是这么回事。景观要重新美化，木地板要重新装饰，桌椅需要租借。当然，房子也要重新粉刷一遍。乔治忍不住想，在市中心的万豪国际酒店举办婚礼应该更便宜，正如海伦原本打算的那样。

门铃响了，年纪稍长的那个油漆匠想问一下乔治要不要在他们上漆之前先过目一下。乔治并不想看，但她似乎应该看一下，所以她跟着这个油漆匠来到庭院里。他打开一罐油漆，递给乔治。有一瞬间，乔治觉得自己应该像闻红酒的软木塞一样闻一下这罐油漆——尽管她和丈夫都不喝酒。罐中油漆的颜色看起来比她印象中在店里看到的更鲜艳。

年纪大点的油漆匠问："怎么了？"

乔治说："嗯……看起来有点浅。"

"别担心，夫人，干后会深。"

"最后真的会变成砖红色吗？"

大雷蒙点点头。后来，乔治想到，他可能也知道让带口音的人重复说过的话很不礼貌。

室外有九十四华氏度，大雷蒙已经大汗淋漓。十月一直都这么热吗？乔治小时候住在佛蒙特州，那边当然会凉爽一点。

她说："好热的天气。"

“夫人？”

“好热。”她重复一遍，并做出扇风的手势。

他说：“猩红色[1]。”他对乔治笑了一下，把油漆罐拿给她看。

她重复道：“热的。”

“油漆是……猩红色……可以吗？”

“看起来……”房间里的电话响了，她说，“……还不错。”她竖起大拇指，然后快步走向房间接电话。通常，她接电话没有这么积极，不过这是个不错的办法，好让她结束和大雷蒙的对话。

等走到电话旁，她已经气喘吁吁，以至于她并不想接了。她讨厌自己喘气的声音，她觉得喘气的人给人感觉既不健康又很肥胖。她是很胖，也许身体也不健康（她有段日子没有看过医生了，所以她也不确定），但电话另一端的人不必知道这些。

尽管如此，她还是接了电话。是大女儿打来的。

海伦说：“妈妈，你听上去好像喘不上气似的。”

乔治十分抱歉：“我刚从外面进来。他们今天就开始刷房子了，你一定很开心吧。”

海伦说她还记得——“很明显啊，妈妈。”——所以她才打家里的电话，而不是乔治办公室的电话，“也许我明天会亲自过去看看。”

1　原文中的Caliente是西班牙语，意为“热的”，此处为油漆公司给油漆的命名，意为“猩红色”。乔治误以为大雷蒙在谈论天气。

千万不要，乔治心想。

海伦问：“为什么？你不想见我吗？”

乔治纳闷自己是不是不小心把心里的想法说了出来，接着她意识到海伦之所以这么问是因为她的沉默。“只是，如果你明天来，也看不到成品啊。”

海伦问她这是什么意思。

“他们还要再干两天活儿才能完工。还有，油漆会有点儿浅。”

海伦问她这是什么意思。

“油漆的颜色。油漆匠说在罐子里面看会浅一点，等干了颜色就会变深。”

“真的吗？”

“是的。”

“妈妈，在他们上漆之前你看过油漆的颜色吗？”

“当然看过了，海伦。”

“真的吗？”

“当然是真的！”

海伦说：“好吧。我真不明白为什么爸爸不能待在家里监督他们干活。这完全没道理啊，你得请三天假，他不过少上一两个小时的课。而且，他更懂这些事情啊。”

“哪些事情？”

“装修之类的事情。”

她二十五岁的女儿是从哪里得出这个结论的？自从她和罗杰结婚后，一直都是她在“修东西”。乔治问：“你打电话来有事吗？”

“我想确认一下你是不是给负责婚礼邀请函的人打过电话了，你得告诉他们信用卡号码。你打过了，对吧？”

乔治迟疑：“嗯。”

“等你告诉了他们信用卡号码，他们才会开始做邀请函。这一点你是知道的，对吧？”

“我……”

“如果他们现在还不开始做，我们就没办法及时把邀请函发出去。”

“赫莉[1]，我不知道他们现在就要开始做邀请函。还有八个半月才到婚礼。”

“现在就要开始做了。记得吗？你上周就说过会打电话给他们。”

乔治记得，但她决定装作不记得了：“再说一遍，共需要多少钱？”

“现在付三百，邀请函寄出之后再付三百。”

“说真的，海伦，这个价格太高了。我们就不能自己做吗？我看到工艺美术品商店里面有全套工具。”

1 赫莉是海伦的简称。

“不，妈妈，我们不能自己做，我们都不会做，这样绝对不行。我们……”海伦叹了口气，“你为什么要这样？”

“我怎么了？”

“这些事情我们商量了无数次，也做出决定了，你却还要让我感到内疚。”

乔治说：“我并不想让你感到内疚。”

海伦是一位言语治疗师，她转而使用自己对病人才有的专业语气：“妈妈，还需要我再说一遍电话号码吗？”

“好的，海伦。”乔治问，“宝贝，除此之外，其他事情进展得如何？”

“还行，过得去。不过妈妈，我拜托你，不要忘记给负责制作邀请函的人打电话，好吗？”

“我不会忘记的。”

“如果不寄婚礼邀请函，就好像埃利奥特和我还没有确定婚期一样，我们的朋友或者家人就可以乘虚而入了。还有，双方都有许多客人不在市里……”

乔治问：“婚礼邀请函？这还不是真正的请柬吗？”

“天哪，妈妈，你又糊涂了。这个我都告诉过你很多次了。”海伦叹气，“你希望我让他们打给你吗？我可以让他们打给你的。”

乔治答应道：“不用，海伦，我会打给他们的。我们的通话一结束我就打电话给他们。”乔治这么说只是为了让海伦挂断电话。

可乔治并没有照做。她不确定自己把电话号码写到了哪里，她又绝不会给海伦打回去问她。

乔治觉得这场婚礼来临的时间糟糕透顶。明年就很好。明年，罗杰就会结束博士课程，重新工作，她也有了喘气的时间。而今年呢，罗杰一年才赚五千美元，为着一些乔治至今还无法理解的理由。一个多月前，他对乔治说："我被提拔了。"

乔治说："被提拔了，太棒了！"

"乔治，问题是我赚的钱会比之前少一点。但这只是暂时的，之后我就会赚很多很多。"

然后他狠狠地吻了一下她的嘴唇。尽管她的丈夫快五十岁了，但依然风度翩翩。罗杰有一头棕色偏黄的头发，又高又瘦。他并不像演员或者模特那样英俊，比起这类男人，他并没有过分地保持身材。他的英俊十分低调，就像天气预报员一样。所有的女士都会和他打情骂俏。曾经，她也因此烦恼过，但罗杰对她从未有二心，现在这些"打情骂俏"比什么都让她开心。乔治仍然相信，如果让教堂里的所有丈夫排成一队，她的丈夫绝对是最英俊的那个。

这倒不是说乔治被那个吻骗了过去。她知道年薪减少了一万美元无论如何也不能代表事业进步。不是的。罗杰的吻（乔治是这么想的）所要表达的意思是：请接受这一结果吧，因为我也无力改变了。所以乔治品尝着丈夫的嘴唇，心想：事已至此，我还不如好好享受这个吻，不管到底是什么事，都顺其自然吧。

吃完午饭，她又小睡了一会儿，然后开始查看信箱。里面当然有账单，此外，还有三张给帕齐的大学招生简章。虽然文尼没有住过这里，信箱里面还有给他的两张信用卡指南。另外还有：一张通知单，上面提示先生的牙齿该清理了（先生是海伦养的猫，去年死掉了）；九月份的《基督教教育家月刊》，这是罗杰订的（它总是晚一个月才寄来）；还有专门为成熟、丰满、喜欢宽松长袍的女人准备的型录。这会是寄给谁的呢？乔治好奇地翻开型录查看邮寄地址，然后她意识到，这当然是给她的。

乔治还没有做好查看账单的思想准备，于是把账单塞到了厨房中专门放账单的抽屉里。她正准备把大部分孩子们的信件丢到垃圾桶里时，文森特的一张信用卡指南吸引了她的注意。这种信用卡已经被预先批准，且第一年的年利率为零。乔治决定把它先放一边。也许她的儿子可以换一种更好的信用卡？她知道文森特至少有一张信用卡，再办一张的话还能进行余额转账之类的事情。她决定给文森特打电话问问，然而和平时一样，只接通了语音信箱。“嗨，文尼，我是妈妈。信箱里收到了一张信用卡指南。”乔治留言的时候总是感觉很尴尬，就好像录音在从她身上汲取生命力一样。声音轻一点，她教自己。正常说话，不要闲聊，答录机又不是用来谈心的。“真的，这比你爸爸和我现在用的信用卡都更好。所以，有时间的话给我回个电话。爱你，宝贝。”

乔治翻了翻针对丰满女士的型录，在其中一页停了下来，开始欣赏起一件红色的高腰连衣裙，外面搭配着彩色的棉袄。她正在想穿这个颜色的衣服参加海伦的婚礼是不是太过张扬，这时电话铃声再次响起。她把型录这一页折了个角。

“波默罗伊夫人，下午好，我是高地购物中心纸迹店里的莱恩·菲利普斯。”

“哪位？”

“我们负责您女儿婚礼的邀请函。”莱恩说道。“是海伦。”她又加了一句，就好像乔治会把即将结婚的女儿的名字忘记一样。

“哦，好的，很高兴认识你。”

“海伦让我们打电话过来问一下您的银行卡信息。您现在方便吗？”

“嗯，稍等一下。”乔治在自己那个仿佛无底的手提包里翻找着。这些年来，她的包和臀部的增长成正比，而现在这个包已经成了那种老女人才背的经典款。她曾说自己永远不会用这种包。她祖母以前就背这种包，即便在戒烟之后还随身带着五磅重的大理石烟灰缸。天啊，那时候她已经被确诊为肺癌。

“波默罗伊夫人？”

乔治心想，我跟海伦说了我会打电话的啊。

“波默罗伊夫人？”

乔治道歉：“我正在找银行卡。”

莱恩说："没事儿。女儿要结婚了，你的心情想必十分激动吧？"

"对，是很……"乔治顿了顿，接着说，"……心情复杂。噢，我找到了！"她正要读银行卡号，这时电话"嘟"地响了。也许是文尼打来的？"不好意思，另外一通电话打过来了，我很快地接一下，可以吗？"转接电话时她有点生自己的气，竟然还去征求对方的许可。

"你好，乔治亚，我是凯特·约翰逊，珍妮特的妈妈。我是啦啦队的负责人。"乔治想，这个女人打电话来只会是为了钱的事。两年前帕齐加入啦啦队的时候，乔治完全不知道这项娱乐活动竟需要花这么多钱。她对于啦啦队的概念来自二十世纪六十年代自己上高中的时候。当时，啦啦队所需要的不过是颜色协调的裙子和塑料丝球，偶尔会需要皮筋来绑马尾辫。约翰逊夫人慢吞吞地说："你今天怎么样啊？"她想要的钱越多，得克萨斯口音就越重。

"呃，我随后给你回电话可以吗？我的大女儿要结婚了……"

"恭喜啊！"

乔治开玩笑地说："凯特，又不是我要结婚了。"

"话虽如此，但女儿的婚礼就像是你的婚礼，难道不对吗？"

"没错。只是我可以随后给你回电话吗？邀请函的负责人还在电话那头等着呢。”

约翰逊夫人提议：“我等一下好了。”

乔治又转接到另一边：“很抱歉。”她读了银行卡号，再重新接通约翰逊夫人的电话。

“乔治亚，我打电话过来呢……叫你乔治可以吗？”

之前她就不止一次这么问过，乔治的回答不变：“你想叫我什么都可以。”

“乔治，啦啦队的女孩子们要举办一场募捐活动，也就意味着我们得帮她们举办一场募捐活动……”

如此等等。乔治并没有仔细听。终于，她说到重点了。

“假如比基尼洗车活动进行得不错——过去几年一直都进行得很不错，每个女孩只需要卖一百卷包装纸。”

在这世上，乔治最讨厌的一件事就是卖那些破东西。在三个孩子长大的过程中，乔治卖过杂志订刊、味道像肥皂的巧克力、奖券、预付电话卡、盆栽植物、贺卡、礼品篮、奶酪、百科全书、个性化的《圣经》以及各种各样的烘焙食品。她并非一名天生的销售员，也不习惯请求同事和邻居们买这些东西。再说，卖给同事或者邻居东西也就意味着他们的孩子以后卖什么东西她也要去买，这一点不言而喻。所以，最终结果往往是孩子们的大多数东西都卖给了她。而那些东西堆在车库里，要么等着腐烂，要么捐给慈善机构。她真希望这些人直截了当向她要钱。

“但如果比基尼洗车活动效果不好，那每个女孩也许就需要卖一百五十卷包装纸。不管怎样，最后这些钱应该就可以购买女孩子们去圣地亚哥参加国家赛的机票，还有啦啦队的平角裤。”

乔治问道：“平角裤？”

“就是平角的短裤，不过是紧身的，像内衣一样。平角的短裤。”

乔治知道平角裤是什么，她只是想知道为什么女生啦啦队会需要这种东西。最终，她还是问了：“平角裤不是男孩子们才会穿吗？”

约翰逊夫人笑了：“女孩子们也很喜欢平角裤。大家都很喜欢，这是一种……”

电话又响了，这对乔治来说就是天籁之音——终于解脱了。她向约翰逊夫人表达了歉意，问是否可以随后给她回电话。

约翰逊夫人说：“没关系，乔治。我只是提前告诉你一声，帕齐今天晚上会带一本型录给你，上面是包装纸的样本，就是这样。”

乔治回答道：“我知道了。”

“你也知道，这些孩子总是不记得把东西交给妈妈。我的珍妮特是个好孩子，但她的书包就像百慕大三角洲。”

“嗯，我真的得去接另一通……”

“真是抱歉，我下周再找个时间打给你，现在就先挂了。”

乔治转接到另一条线。

“你好，波默罗伊夫人，我是纸迹店里的莱恩。”

乔治说道：“你好。”

“是这样的，你给我的信用卡……我想问一下你是否还有其他信用卡？”

乔治问：“这张不……”这时，帕齐走进厨房。小女儿把运动包丢在厨房正中央，朝乔治挥了一下手，直接走向冰箱。

帕齐低语道：“嘿，妈妈，你在和谁打电话？”

每次听到帕齐的口音乔治都很惊讶。帕齐才一个月大的时候，他们家就从马萨诸塞州搬到了田纳西州，家里只有她一个人说话带着这里的口音。罗杰的妈妈是南方人，所以他说话偶尔也会带着田纳西口音，不过他只是像只知更鸟那样爱学别人的口音罢了。当初住在马萨诸塞州的时候，他还向一个叫肯尼迪的人学习，说话拖长音。乔治轻声回答：“与海伦婚礼有关的人。”她向莱恩道歉，“不好意思，我的小女儿刚刚放学回来。你要重新刷一下卡试试吗？”

“是的，问题是我已经重新刷过了，还刷了两遍。不过这种事经常发生，你可以给信用卡公司打个电话问问。”

“好的。”乔治说，“我会问问的。”

“现在呢，最方便的办法就是您重新给我一张卡。”

可是只有这张卡能用啊，乔治想。乔治正在大包里摸索其他信用卡，帕齐带着一堆零食隔着桌子坐在了她对面，零食里包括两块扭扭糖、一把奇多薯片和一瓶可口可乐。乔治觉得她应该管管帕齐，让她吃点自然健康的东西，但她不想和帕齐吵架。

眼看手边没有什么书可看，帕齐拿起了胖女人型录，一下子就翻到了被折过的那页。

帕齐指着那件彩虹外套，小声问："妈妈，这是什么？"

乔治小声回答："我觉得我可以穿这件去参加海伦的婚礼，或者彩排晚宴什么的。"

帕齐说："嗯，你还可以穿这件去小丑学校。"

"真的这么难看吗？"乔治堵住话筒，"我觉得五颜六色的很漂亮啊。"

"那你怎么不在床单中间剪个洞来穿呢？"帕齐用沾了奶酪的手指在空气中画了个圈儿，然后走了。乔治听到小房间里传来了电视声。

莱恩问："波默罗伊夫人，您还在听吗？"

乔治在纸上写了几个字，提醒自己要彻底清理一下手提包。"哦，我找到了。"乔治翻出另一张信用卡，把卡号念给莱恩。

莱恩提议："你先别挂电话，我去刷一下卡，可以吗？"

漫长的九十秒之后，刷卡成功。乔治为自己造成的不便之处向莱恩道歉，随后挂断电话。

乔治想，真是的，这下还得弄清楚那张本来能用的信用卡是怎么回事。

虽然还没有做好思想准备，但她还是打开了装着账单的抽屉，找出了这张卡的结算单。事实证明，这张卡并没有什么问题，除了最显而易见的一项——它已经达到了八千美元的使用上限。账单上的大部分支出乔治都心中有数：食品、杂货，还有有线电视，不过罗杰有几笔大支出都没有告诉她，比如飞机票：去纽约的飞机票。

问题迎刃而解。罗杰二月份的时候乘飞机去纽约为论文进行实地调查。他只需要出机票钱，这次出行的其他花费由他导师赞助。那天晚上，罗杰躺在床上问乔治："这样没问题，对吧？"

乔治说："是可以，只是如果你提前告诉我会更好，我就能有所准备。"

"也许我可以让学院报销这次出行的费用。"

"那就太好了。"

罗杰接着说："不过，我怀疑他们不会这么做。他们已经很大方地付了酒店的费用。"

"好吧。"

罗杰在床上翻过身，看着乔治："你不生气吧？"

乔治点头："我不生气。"然后，她叹了口气，"等海伦的婚礼结束，你又拿到博士学位，我们就会好起来的。"

"家里的事需要我担心吗？"

"不用。"他担心也没用。担心是她作为妻子的特定职责之一。“罗杰？”她尽可能温柔地说，“下次你订票的时候，最好还是订经济舱。我是说，眼下先这样。”

“你说得对，只不过卡罗琳……”他说着又改口了，“默里教授，也就是我的导师，一向是坐商务舱的。而且她觉得，我们在飞机上还可以完成一部分工作。”

乔治思考了一下这个理由，过了一会儿说：“也有道理。”不过罗杰已经睡着了。

虽然她很胖，而且他们还有还债的压力，但罗杰和她的性生活十分和谐，至少会定期进行。凌晨三点钟，乔治醒了过来，感觉到丈夫在她身上。他问：“可以吗？”

乔治没什么心情，但既然他这么礼貌地发问，她也就同意了。

他挑开乔治的睡袍，钻了进去。她看不到他的脸，就像是在和粉色的尼龙幽灵交合一样。

他们没有考虑过避孕。一直以来，罗杰都反对避孕，不管他是基督徒或是无神论者。最近，乔治的例假毫无规律可言，因此，这个问题更无须考虑了。

事后，乔治无法入睡。她下楼祈祷了一会儿：亲爱的上帝，保佑所有人健健康康；亲爱的上帝，保佑罗杰今年拿到博士学位；亲爱的上帝，保佑我们不至破产。亲爱的上帝，亲爱的上帝，亲爱的上帝。最后，她还提了一下非洲的贫困儿童、患了艾滋病的可怜人以及世界各地的受苦大众，好让她的祈祷不会显得过于自私。

但是，前半部分才是她真正想祈祷的。

她走进厨房，答录机的灯正在闪烁。是文尼打过来的。他很抱歉这么晚打来（他参加的研究生电影课程格外漫长），不过他对那个推荐的信用卡很感兴趣。他让乔治帮他收起来放在一边，等圣诞节的时候他再来拿，或者下次乔治寄东西给他的时候也可以加在里面，都可以。

乔治记得她把申请表放在柜台上了，却没能找到。申请表在那个抽屉里，混在一堆还未处理过的账单中。反正她也醒了，无其他事可做，干脆就帮文森特填表。和其他母亲一样，她知道孩子的姓名、生日、社会保险号码，甚至知道他怎么签名。写“文”字时他会把捺拖得很长；“森”字常常挤成一团，模糊不清；“波”字右边上半部分会写得尤其宽，显露出一股傲慢；最后一个“伊”字写得就像画画似的，和他父亲一模一样[1]。

1　文森特·波默罗伊是文森特的全名。

十一月

橄榄球队正在为今年的最后一场比赛练习，队员们的注意力却被分散了。篮球选拔赛在体育馆里进行，使得啦啦队队员不得已在球场边线训练。

哈兰·布赖特是橄榄球队里的外接员。他看到啦啦队的女孩子们排成了三层金字塔队形。他是出了名的眼力好，速度快，大家还没反应过来的时候他就看到金字塔顶端的金发女孩即将头部着地摔倒下去。他跑了起来。

教练大喊："布赖特，你去哪儿？"

哈兰没有回答。这就是身为运动员最大的好处——从来不需要解释，只要做就好。

正当金发女孩要撞到沙砾上时，他赶到了。他接住了她，可仍旧迟了一步。她的后脑勺还是撞了一下地，脖子也扭了，太阳穴从沙砾上滑过——接球失误——然后她就昏迷了。

他问啦啦队队员："她叫什么名字？"

有人回答："帕齐·波默罗伊。"

他重复一遍："波默罗伊。"就跟苹果一样，他心想。

* * *

接下来的一周他都没有见到这个金发女孩，不过他常想起她。他想起了双手碰到她脑袋的感觉，柔软而干净，比足球还要小；他想起了她身上的味道，汗水味混合着血腥味，甜丝丝的。他真希望自己可以重新表演这一幕。如果他跑得再快点或者选择一条更近的路线冲向球场边线，这个姑娘根本就不会撞到脑袋。哈兰·布赖特是个完美主义者。

然后，她活生生地站在了他的储物柜前。

她说："听说你救了我。"这次她站着，他看出来她比自己矮了一英尺[1]多。

他说："也不算是。"他点头示意她戴着的颈托。

"啊，这个吗？这没什么。我原本可能得坐轮椅了，甚至会没命，你懂的。"

"也许吧。"

她眯着蓝绿色的眼睛看他，说："也许，我应该生你的气。接下来整个赛季的所有啦啦队活动我都不能参加了。"

1　1英尺约为0.305米。

哈兰说："这我倒没听说。"

她评价道："你的话不太多。"

"不好意思，小姐。"

上课铃响了，这位金发女孩转身离开。

他喊道："帕齐，这很惨吗？"

"原来大足球明星知道我的名字啊。"她问，"什么很惨？"

"不能参加接下来的啦啦队活动。"

"不算惨，我本来就不怎么喜欢。"

"你的团队精神哪儿去了？"

帕齐耸耸肩："我想她们只需要再找个五英尺高的金发女孩，然后让她也头部向下摔下去吧。"

她不是美女。他纠正自己：她不是他眼中的美女。他更喜欢和双腿修长、头发是深色的女孩约会（他不常约会）。但她身上有种莫名的吸引力。从某种意义上来说，她属于他。她是他的决胜球。

哈兰说："我送你回家吧。"

她家很好找，房子被漆成了停车标志上的那种红色。她告诉他："这是个错误。"除此之外，她没有多做解释。

她请他进了家里。他们把电视调成静音，看了奥普拉脱口秀，还把自己的秘密讲给对方听。

他告诉她自己在等哈佛大学的录取消息，可他妈妈却觉得他应该去“十大体育学校”读书，这样的话，他才更有机会成为一名职业橄榄球运动员。她告诉他她的哥哥去了耶鲁大学，结果在他和父亲之间造成了很大的分歧。“我爸爸说，这就好像他走入了地狱一样。不过我觉得文尼毕业之前，他就消气了，因为我们都去参加了他的毕业典礼。几乎是到了最后时刻，爸爸突然叫我们上车，二十三个小时之后我们就到了纽黑文。但是，我爸爸现在依然是个狂热的宗教主义者。”

“狂热的宗教主义者？这是什么意思？”哈兰想知道帕齐的父亲把他吊死在树上的可能性有多大。

“嗯，我觉得有很多表现啊。这要看他的心情。我们不吃肉，我爸爸有时候会斋戒，好离上帝更近一点，”她猛地甩了一下自己的手，“但其实是因为他觉得自己发福了。而且，我常常因为各种事被责难。”

“呀，行啦。”哈兰笑着说。他已经得出结论，这是一种可笑的（而非致命的）狂热宗教主义，“我打赌，像你这样的好女孩，肯定从来不会犯错。”

“嗯，我爸爸却不这么认为。几个月前，我不过化了浓妆，我爸爸就罚了我。”

“我姐姐也是。”

“嗯，但我爸爸罚我一周不许洗澡。他是想向我证明身体就像圣殿一样，随便啦。总之，太恶心了。”

“那他不介意你穿啦啦队的短裙吗？”

帕齐耸耸肩："应该吧，也可能是还没注意到。他从来没有去看过我们学校的比赛，这可能也是件好事。不过，我刚才说过，等他想起来的时候，他就是个狂热的宗教主义者。他觉得我们都应该上宗教学校。"

"那你为什么会和我们这些罪人上同一所学校？"

"唯一一所安息日会学校在怀厄特维尔，我想我爸爸应该是觉得那个地方不好。"

哈兰说："你知道吗？我以前就住在那里。在我会开车之前，都是坐公共汽车来这里。"

"嗯。"

哈兰问："我很好奇你爸爸会觉得我是怎样的人？"

帕齐笑了，哈兰受不了她这样甜美的笑容。然后她又耸耸肩："我想，你唯一该担心的问题是，我觉得你是怎样的人？"

哈兰笑了。她的南方口音听起来有点……傻。不过他看得出来，她一点儿都不傻。

"他们本来打算让我在家学习，但我坚决不同意。我妈妈就和爸爸商量，我可以上公立学校，条件是学校得离家近，这样他们就可以随时看着我。还有，每年夏天，我都得参加圣经夏令营。"帕齐翻了个白眼。

"圣经夏令营，听上去很极端啊。"

她说："是啊。对我来说，这基本上就是每年的重头戏。你绝对不敢相信，夏令营里那群孩子有多疯狂，简直就是欲火焚身。我猜是被压抑得太厉害了。”帕齐开始解开她的颈托。

“嘿，这个可以拿掉了吗？”

她说可以暂时拿下来。洗澡和每周三次游泳理疗的时候都可以拿下来。她又加了一句：“不然我怎么给你口交？”

她看着他的脸，并没有看到她想象中的惊讶表情。像他这样有名的运动员，也许常常有人“真的”主动给他口交吧。她以为自己这么说会显得很老成，结果只是显得很傻。她用手掌心揉了揉脖子：“我是开玩笑的。首先，我办不到，因为脖子伤得很重；其次，我也不会这么做，因为我不是那种女孩。”

哈兰说：“我知道你不是，金发女孩。”他的手指抚过她光滑而洁白的脖子，问道，“你父母什么时候回来？”

帕齐回答：“很晚。我父亲在学校，母亲要做两份工作。”

大约七点钟的时候，哈兰离开了。帕齐重新把颈托戴好。

她看着他倒车驶出车道时，突然意识到这大概是第一次有黑人进入她父母的房子里。

帕齐回到楼上，打电话给异地恋男友马格努姆·弗伦奇。他在帕齐的故乡田纳西州的鹿留市，不过帕齐走后他才搬到那儿。他们其实是在亚拉巴马州的圣经夏令营里相遇的。

她说：“马格努姆，我们不能继续了。”

对面的人哭着威胁她，还说着《圣经》里面没有的脏话。这个长途电话打了十九个小时，而帕齐这边的话费是每分钟一美分。不过，最后马格努姆还是明白了帕齐的意思。

“我只想告诉你一件事。”他的鼻音很重。

她说：“好吧。”

他抽噎着说：“你……离开我……”

“马格努姆，我听不清楚。你哭得太厉害了。”

“我是说，你离开我的……”他狠狠地抽泣了一下，“……每一天……”他又抽泣了一下，“都会活在‘阻碍’中。”

“阻碍？为什么会活在阻碍中？”

“是诅咒！”

“好吧，无所谓。”她挂断电话。他又打了过来，但她没接。通话的前十七个小时，她还觉得他很可怜，到了最后一两个小时，她就开始看不起他了。

外面传来喇叭声，哈兰等着开车送她去参加游泳课。

他说：“嘿，金发姑娘。”

“嘿。”

“怎么不戴颈托了？”

她说：“我已经好多了。”

“真是奇迹。”

帕齐去她爸爸的学校里进行游泳疗法，那里的游泳池就像奥运会中的游泳场地一样大。帕齐在治疗师指导下游泳时，哈兰喜欢在看台上看着她。他没有什么事情要做：橄榄球赛季结束了，课程也无须费劲，当然，他喜欢看着一身泳衣的帕齐。她的腰身并不纤细，胸部也不丰满，就像他常常提醒自己的一样：她不是他喜欢的类型。从另一方面来看，跳啦啦操让她的身材十分健美。小腿肚上的肌肉很漂亮，无论是肘部的小窝，还是脸蛋上的酒窝，都很可爱。她的臀部像苹果一样圆，睫毛是金色的。他以前从来没有遇到过金色睫毛的人，至少私下没有遇到过，更别提如此近距离接触。

帕齐的游泳课五点钟结束，然后游泳池就会免费开放。

帕齐喊他："下来呀。"

哈兰摇头："不用了。"

"你为什么从不下来和我一起游泳？"

原因显而易见，哈兰不会游泳，但他还不想把这件事告诉金发姑娘。

她说："哈兰·布赖特，总有一天，我会直接把你拉下来的。"她游到游泳池边，胳膊肘枕在岸上。看着她，哈兰想到了海豹。

他跪在游泳池边，饱满的双唇几乎碰到了她的薄唇。他说："我可能会淹死。"

"那么我会去救你。"她用短小而结实的胳膊一撑，从泳池里出来。

"你倒是想得美，金发姑娘。"

"至少那样我们就扯平了啊。"她擦干身体，然后用毛巾将自己包裹起来。

他说："我们已经扯平了。"

"这话怎么说？"

哈兰牵着她的手，一起离开游泳馆后向他的车走去。她的手在水里泡得有些皱缩，这让他的脑中突然冒出来一个奇怪的想法。他想象着自己正牵着帕齐的手，只不过帕齐是个老太太的模样，而他们已经结婚很久了。

有人会问："你们是怎么认识的？"

而他的回答总是一样："她从天上掉了下来。"

"喂，哈兰，"帕齐说，"你知道的，我可以教你游泳。"

他说："嗯。"

"我是说真的，你去哈福[1]之前应该学会游泳。"

他笑了起来。她的田纳西话加上波士顿口音听起来很可笑。"你担心我会淹死吗？"

"也许吧。"她放开他的手，"也许我只是想在你身上留下痕迹。"

四年之后，帕齐就会成为美国陆军预备旅驻巴格达的一员。她会用糖果和香烟贿赂一位兄弟，以借用一下他的卫星收音机。她的目的十分明确——她想收听哈兰·布赖特参加的橄榄球赛。正在广播的是哈佛—耶鲁大赛，播音员会说"外接员布赖特是出了名的自律"，他每天都会游泳，这也是训练的一部

1　帕齐的口音让她将哈佛大学的名字说错了。

分。这位金发女孩就会想，这是不是她对社会唯一的贡献，这是不是帕特里夏·波默罗伊曾经存在的唯一证据。

橄榄球赛第三小节即将结束时，她会听到附近发生了小规模爆炸。她不怎么在意。她有一下午的假期，又没有听到尖叫声，所以爆炸应该不严重。她只是调高了收音机的音量，想象哈兰·布赖特穿着深红色的运动衫，把球紧抱在怀里。他知道她结婚了吗？他知道她在伊拉克吗？他游泳的时候会想起她吗？

十二月

“用舌尖抵住牙齿，然后送出气流。Zh，Zh。”这是半小时内海伦重复的第两百遍。

病人说：“Z，Z。”

她高兴地说：“就快说对了。”

小提琴家，海伦想。我可以当小提琴家，我小时候大家都说我有音乐天赋。

“总机。”

“塞耶先生，真的越来越好了。舌头再用力。Zh，‘重击’。”

塞耶先生说：“总……总机。”

海伦擦掉额头上的口水。她也想过工作时戴个面罩，但后来还是觉得这样做会让病人的信心大受打击。

“想象一下高尔夫俱乐部里，球杆打到球的场景。‘重击’。”

也可以当体操运动员。我的身体十分灵活，我的侧手翻做得比其他人都好。

海伦意识到塞耶先生好几分钟都没有说话了。她抬起头来，看到他正在默默地流泪。海伦把纸巾递给他。

她说："会越来越好的。"

他摇摇头。

或者当律师，我很擅长辩论。

海伦说："你的进步已经很大了。"

他又摇摇头。

随便什么都好，只要不是这个职业。

她对塞耶先生笑了一下，用双手击了一下掌："今天接下来的时间里我们来用吸管辅助治疗，你觉得怎么样？我们要好好地练一下吸管能力。"

塞耶先生四十六岁，比海伦的父亲还要年轻。他去年患上了中风，在此之前，他曾是一名歌剧演员和音乐老师。这个病人还算有趣——这份工作竟然还能让海伦觉得有趣。他的身体已经恢复健康，可以动笔写字，但说起话来还是让人云里雾里。海伦猜想他是因为羞愧才一直止步不前。可说实话，海伦不在乎。他只不过是星期四下午五点钟过来的病人，这一天的最后一场预约——谢天谢地。

她递给塞耶先生一根吸管，让他放进嘴巴里。他没有接，于是海伦动手替他塞进了嘴巴里。他任由吸管掉落在地。海伦很心烦，她宁愿胡思乱想自己本该做什么工作，也不想和塞耶先生玩“捡吸管”的游戏。她再次把吸管塞进他的嘴巴里。她说：“吹啊。”塞耶先生摇摇头，嘴一张，吸管掉到了地上。

“塞耶先生，你怎么了？”

他从口袋中拿出记事本。

他写道：“我会永远这样吗？”

海伦回答：“如果你放弃的话就会。”

塞耶先生接着写：“我深深地爱上了你。”

海伦点点头，用眼角的余光扫了一下手表。

“你的臀部是我见过最紧翘的。”

“塞耶先生！”海伦摇了摇头，笑了，并未见怒意，“我就要结婚了，塞耶先生。再说，我的年龄只有你的一半。你甚至都不了解我。如果你了解我，就会知道我不是个好人。”铃响了。哈利路亚，时间到了。她说：“今天就到这里吧，希望下次见面的时候，你会配合治疗。”

开车回家的路上，她在商场停好车，准备进行圣诞购物。她讨厌商场，主要是商场会让她想起自己的信用卡欠款，以及那些她想买却偏偏买不起的东西。这种无尽的欲望她生来就有，而欠款则始于大学。实际上，是注册那一日。那一日，她得到了会在黑暗中发光的免费飞盘和有八百美元上限的学生信用卡。从此，欠款就一发不可收拾。每用完一张信用卡，她就再申请一张新的。这件事她没有告诉任何人，不论是妈妈还是未婚夫，对谁都没有说。这是她的秘密。

对海伦来说，节日购物没有丝毫乐趣可言。她选礼物时是看东西是否够大、够贵，并不在乎收礼物的人是否会喜欢：给母亲买的是一大篮子姜饼味的洗浴用品；给父亲买的是自带按摩器的拖鞋；给妹妹买的是毛巾布浴袍，上面的一小块毛巾布上绘着奋力跃过月亮的奶牛；给哥哥买的是一家唱片店价值七十五美元的礼券；给未婚夫买的是钱包；给办公室的秘书们买的是圣诞节的装饰品；给未婚夫的兄弟姐妹和母亲买的还是洗浴用品。然后，给她之前没有想到的人准备了几个一般的、男女通用的应急礼物：那个莫名送她礼物的奇怪病人，还有那个彻底被她忘记的办公室的神秘圣诞老人。等她买完东西，已经花掉了近一千五百美元，现在她的信用卡欠款总计一万九千多美元。

花了这么多钱，海伦兴奋得脸都红了。她甚至有点得意，还不到两个小时就花了这么多钱。

她在商场的美食广场坐下，扬声器中传来嘈杂的背景音乐《少年心气》。她不由得想起了塞耶先生：什么方法都没有用，然而她却一点儿也不在乎，这让她有些沮丧。

她看到在美食广场的另一边，一个金发小姑娘正在亲吻高大的黑人男孩。海伦过了一会儿才反应过来那个金发姑娘就是她妹妹。天哪！她就不能再谨慎点吗？海伦好奇地猜测父母是否知道这件事。倒也不是说他们种族歧视，他们有黑人朋友，还会在教堂里认识黑人。只不过，他们一直都很明确地表示（但没有真正说过这样的话），三个孩子都不许和黑人约会。海伦就是知道这一点，就好像她知道父亲当初投票给了谁（多尔、布什还是里根）那样，尽管父亲什么都没说过。

好吧，他们可能就是种族歧视。

海伦盯着帕齐看了一会儿。自记事起，海伦就是家里的乖孩子，这就意味着她会打小报告。她正准备拿出手机告密，却被一阵奇怪的感觉打断，一贯自私的内心开始动摇。帕齐恋爱了，她想。然后，她把手机扔回包里，转过身背对着这对情侣。这会是海伦送给妹妹真正的圣诞节礼物：假装什么都没有看到，而不是那块毫无意义的又大又丑的毛巾布。

海伦的未婚夫埃利奥特在八点准时出现。他打招呼道："嗨，宝贝。"

按照她的宗教信仰，他们还没有发生关系。这并不是说她从未和人发生过性关系。她曾和高中的男朋友肛交过。那也许是强奸，但并不是因为海伦拒绝了他。她真的想过拒绝他，但并没有从嘴巴里说出来。第一次没有，后来的六次半也没有。

还有一次，在做完社区服务的返程中，她枕着另一个女孩的胳膊在面包车里睡着了。虽然没有发生什么性行为，但海伦觉得这次也可以计算在内。

和埃利奥特在一起的两年中，她给他做过四十八次口交。圣诞节除了送他钱包之外，海伦打算完成第四十九次。

他们在教堂里进行婚前治疗。最后一个疗程中，治疗师让他们补全这句话：“当我看着你的时候，我……”

治疗师恳请她：“说出你脑子里闪现的第一个想法。”

“当我看着你的时候，我……”

“不要思考，海伦！”埃利奥特和治疗师都认为海伦最大的缺点是想得太多、藏得太深，又想掌控每件事。

“当我看着你的时候，我感到……”她没有话想说。没有，没有，该死的，没有。“满足。”

自从治疗师第一次问她这个问题，海伦也在不经意间数次询问自己：在教堂里（当我看着你的时候，我感到孤独）；在他父母家里吃晚饭时（当我看着你的时候，我感觉自己是个骗子）；等他从公共男洗手间出来时（当我看着你的时候，我感到很恶心）；此时，在商场的美食广场中（当我看着你的时候，我觉得自己无力去爱任何人、任何事。当我看着你的时候，我觉得支离破碎）。

埃利奥特吻了她的脸颊：“这里面有我的圣诞礼物吗？”

她说：“这不关你的事。”

他对她眨眨眼：“你知道的，你不用给我‘买’什么东西。”

当我看着你的时候，我希望自己已经死去。

埃利奥特问：“宝贝，我能借用一下你的信用卡吗？我把钱包落在了车里。既然来了，我想把送给弟弟的礼物买了。”

“当然可以。”海伦尽量随意地说，“你要送达里尔什么礼物？”

“音响，大音响。”在前往音响店的路上，埃利奥特回答道。海伦算了一下“大音响”的价钱，又估计了一下卡里的额度是否够用。

海伦思考着应该说服埃利奥特今天先别买音响。比如，她可以提议去吃晚饭。也许等吃过晚饭，商场就关门了。正当他们要走进店里时，海伦试了这个方法。

她说：“亲爱的，我好饿。”她噘起下嘴唇。她照过浴室的镜子，这样噘嘴十分性感。

“好的。”他回答道，“我很快就好，我已经看好了要哪一种。”

埃利奥特选好音响，价钱是299.99美元。十分惊险。她把卡放在柜台上。

她知道他不会还钱的，她也知道自己不会让他还钱的。这就是海伦在这段关系中的角色。一段时间以来都是这样：无论什么都由她来付钱。

埃利奥特并不是没钱。恰恰相反，他的家里经营着基督教家庭医疗保健生意，在佛罗里达州、得克萨斯州和加利福尼亚州都有房产。他们家比海伦家要富有得多，这一点自不必说。只是……海伦很清楚他们的金钱观不同，但为了装作她和埃利奥特对待金钱的看法相同，她不得不装作即使他不还音响的钱也没有关系的样子。

海伦向收银员抱怨："有点慢啊。"

"我应该早点问您的——您在等待的时候要不要申请商场折扣呢？如果申请通过，今天就可以享受九折的优惠。"店员递给海伦一份亮闪闪的手册。海伦感觉自己的心脏在不断膨胀，快要从胸膛中跳出来了，随着"九折""九折"的声音快要飘起来了。

"我……"海伦结巴起来，"我刚刚买的东西也算吗？我是说九折的优惠。"

店员回答说有何不可。他们可以先把海伦刚才买的东西退回去，这应该用不了五分钟。申请折扣要花十分钟，接着重新购买刚才的东西又要花五分钟。海伦越听越觉得这一切太过烦琐。再说，申请可能压根儿就通不过。"算了吧。"海伦说。

海伦看到埃利奥特正在商店另一边研究一台电子按摩器，看起来非常像性用具。有一位漂亮的女售货员走过去，主动给他展示按摩器的用法，并抛了一个媚眼。女售货员看起来和帕齐的年纪差不多，不过海伦一点儿都不吃醋。按摩姑娘想要他就要吧。海伦只希望他不会把这个淫秽的按摩器也加在她的账单上。

之所以什么东西都由海伦付钱，还有一个原因是埃利奥特还在牙科学校读书。她希望等他明年六月份毕业的时候一切就会大不相同。她是这样打算的：结婚，怀孕，请产假，然后再也别回去上班。

“卡有什么问题吗？”海伦用手指敲着玻璃柜台，用烦躁来掩饰担心。

“没有。”店员回道，“只是到了圣诞节时，机器总会反应变慢。”

如果刷卡失败，海伦决定告诉埃利奥特自己肯定是买圣诞节礼物的时候达到了信用卡限额。她会假装这是一件可笑的小事来渡过难关。当然，她会含蓄地告诉埃利奥特自己将在月底付清欠款。埃利奥特这种人甚至不会理解信用卡欠款是怎么回事。

终于好了！收银员把一张小纸条递过柜台：“在这里签字。”

海伦签好字，从后面撕下属于自己的那张小票。

收银员评价道：“您可真是职业顾客。”

“是的，我这辈子买过一些东西。”

在商店前面，埃利奥特昏昏欲睡，女售货员在一旁按摩他的脖子。

当我看着你的时候，我感到……

海伦的手机响了，是负责打印婚礼请柬的人打来的。显然，她母亲也忘记付钱给他们了。哦，天啊，海伦心想。先是忘记了婚礼邀请函，现在连真正的请柬也忘了。你可能都会觉得她母亲根本不想让她结婚。海伦向负责人一再道歉，并保证明天之前一定把钱结清。

埃利奥特拍拍海伦的肩膀："那是我的音响？"

海伦把袋子递给他。她原本打算礼貌地抱怨一下那个推销淫秽按摩器的女售货员，可是现在她的心思全在请柬上面，有些心烦意乱。她生硬地说："圣诞快乐。"

"嘿，这又不是我的圣诞礼物。"

海伦想，也算是。海伦不置可否地噘起嘴巴。

"怎么？"埃利奥特问，"你觉得不值得为我花这钱吗？"

刚和埃利奥特吃完晚饭，海伦就打电话给母亲。海伦没有指责乔治，而是用冷静而专业的语气向她解释这种处理婚礼事宜的方式很不可取，必须避免让埃利奥特的家人对他们产生误会，等等。最后，海伦说她做了一张电子表格，上面详细写着每笔花费应该结算的时间点。"我现在就用邮件发给你，这样我们还能一起检查一遍。"

乔治说："我上班的时候才能查电子邮件。"

"好吧……"海伦很烦躁。这都已经1998年了，谁的家里不能查电子邮件啊？只有年老的人、守旧的人和贫穷的人才会如此。"好吧，那你明天看到邮件以后，就会发现我把'H'这一栏空着。你每结清一笔钱款，就在这一栏做个记录，可以吗？"

"当然可以，海伦，听起来没问题。"

"你做好记录之后，我想请你把修改后的表格用邮件发给我，这就方便我了解这些结款的进展。”

乔治回答：“好的。”

“现在，我们再来谈一下请柬的事情。我们还欠纸迹店六百美元。”

“我还以为欠他们的钱都结清了呢。”乔治结巴起来，“赫莉，问题是，钱现在有点儿……帕齐受伤了，圣诞节又到了，你爸爸还在上学……还有……”

“你想说什么？”

“我想说……我在想……有没有可能让埃利奥特的家人负责请柬的一半花销？牛皮纸请柬是他们的主意，大部分客人都是他们那边的，而且他们又这么……”乔治的声音越来越低。

“不行，妈妈，不能这么做。婚礼的花销就得由新娘家里负责。”海伦喉咙发紧，她能感觉到眼睛变得湿润。她真的很讨厌自己生活中的每一个人。

“没事儿，海伦，我只需要挪动一部分资金。你别担心了，好吗？忘掉我说的话。好了，我会想办法的。”

第二天早上上班时，乔治打电话给纸迹店。她给打印请柬的人重新读了一串十六位数字的卡号。

“好的，波默罗伊夫人，我需要信用卡的截止日期以及持卡人的姓名。”

乔治回答：“2001年8月份，文森特·波默罗伊。”

一 月

花钱买斯坦贝克的书越来越像是一个错误。

一年前，他是真的很想要那本斯坦贝克的作品。一年前，文森特来到了第七东大街上那家二十四小时营业的旧书店。他觉得孤单得要命：正值圣诞时节，课程还没有开始；和卡桑德拉的最后一面又闹得不欢而散；还没有到吃早饭的时候，去看电影又太迟了。这时，他看到了《天堂牧场》第一版。

这本书有些破旧了：书脊弯弯曲曲的，书套上也留下了咖啡印。很可惜，书页内还有大言不惭的题词：送给狗男孩，我想看一看你的天堂牧场。据说，这本书并非斯坦贝克的名作，再加上它早已伤痕累累，因此要价合理，十一美元。

文森特也说不清楚自己为什么喜欢这本书。高中时，他阅读和鉴赏过《小红马》，却谈不上喜欢。他还看过电影版的《伊甸之东》，但他对约翰·斯坦贝克的了解仅限于此。十一美元对文森特而言并不是微不足道。十一美元可以买五十五包日本拉面（几乎够吃两周半）。

当天晚上，他躺在床上读了这本书（不过，他身下的并非严格意义上的“床”，而是气垫，这是从当地的凯玛特超市买的。总有一天，他会因为一场露水情缘而导致“床”爆裂，里面的气体缓缓漏出，而他只好睡在平坦的塑料垫上了）。这根本不是一本小说，而是短篇故事集，其中的故事发生的地点相同，大部分故事的结构和主题也没差别——某一个人想为另一个人做件好事，后来却无疾而终。文森特最喜欢的一篇是关于两姐妹的故事：姐妹二人开了一家墨西哥餐馆。起初生意很不好，然后，两个人开始给予顾客性快感，生意也相应地有了起色。姐妹二人并不认为自己是妓女，只要顾客心里清楚，他们是花钱买食物，而不是性爱。然而到了最后，餐馆还是因为经营妓院生意被停业。之后，她们搬去了旧金山，成了真正的妓女。

文森特喜欢这两个姐妹——他自己也有两个妹妹——他决定将“洛佩斯姐妹”制作成短片，作为第二年研究生电影课程项目。

这对学生而言实在是最佳选择。只有两个人物（差不多），一个场景（几乎没有外景）。因为主人公的贫穷，所以即便有历史背景，花费也未必会高到哪里去。

他给斯坦贝克作品的产权人写了一封信，请求对方允许自己将《天堂牧场》的第七章制作成电影短片。他列了一份道具清单（留声机、毛驴、圣母玛利亚的雕像和墨西哥饼等等），似乎具有挑战性，但并非不可能。他还写好了剧本，满满当当十二页。至于预算？文森特估计需要五千美元，正好是该课程建议学生制作十分钟的研究生电影短片应有的成本。顺便说一句，课程并没有明确说明学生要从哪里拿到五千美元。

文森特走的是一般程序。他申请并成功得到电影课程的经费，金额为七百五十美元，基本上就够剧组人员的饭钱了。剩下的钱，他打算通过申请学生贷款获得。他听同学们说，贷款很容易。如果申请人满二十一岁且信用良好，就不需要担保人。谁申请都会通过。三个星期后（甚至更早！），他就会拿到这笔钱。

文森特没有三个星期的时间。“洛佩斯姐妹”的准备工作必须即刻着手。他提前消费了这笔意外之财，但这其实并没有听起来那么疯狂。此时正是1998年的光辉岁月，银行会贷款给狗、婴儿和无家可归的人——任何人——只要他能在虚线上签个名字（或画个爪印或流点口水）。很快，文森特的一张信用卡已消费两千美元。

四周后，他收到来自财政援助公司的信。他的申请被拒绝了。文森特相信肯定是什么地方弄错了。他打电话给这家公司，销售代理一再保证没有弄错。文森特的申请被拒绝是因为他名下有一张信用卡的欠款未清。

“不可能。”文森特说，“我没有欠款未清的信用卡。”

销售代理的语气带着黑人女性的谨慎，却努力让自己听起来像白人。她让文森特检查一下自己的信用报告：“波默罗伊先生，如果真的弄错了，很快就会解决，然后你就会拿到贷款。我们当然也想把贷款给你。”

文森特继续电影的准备工作。他是个乐观主义者：问题难免发生，但是可以，也一定会解决好。

就在准备拍摄的前一天，信用报告送达了他的信箱。而他此时正为最后的准备工作和紧急问题忙得焦头烂额：在纽约北部为剧组人员预订了廉价的酒店（他们会假装这里位于加利福尼亚州的萨利纳斯）；女主角要骑的那头获奖毛驴不太听话；负责音效的人不干了；第一摄影助理要求加薪；等等。一直到那天晚上，他缩在迅速瘪下去的气垫上时，才有时间看一眼信用报告。

就他本人而言，文森特的信用报告并没有那么惊人。

没错，这是学生贷款——全部都按时还清了。

没错，这是高中时的车贷，他买了一辆1986款的本田雅阁。

没错，这是几年前圣诞节的时候开通的西尔斯信用卡，为了给妹妹们买礼物。

没错，这是他平时使用的信用卡，因为洛佩斯姐妹，这张卡马上就要达到限额了，真是伤脑筋。

然后，他看到了问题所在：一张新的信用卡，去年十月份开通，额度为一万美元，已经逾期两个月未还。文森特笑了。他很清楚这张卡不是自己的，当然，这也意味着是信用卡公司弄错了，而错误是可以改正的。

关灯之前，他做了笔记：一从摄制现场回来就要给信用卡公司打电话。

电影拍摄一如往常。剧组人员牢骚满腹，用小偷小摸的方式弥补自己想象中受到的委屈；演员掉了几滴泪；道具坏了；食物不管多贵，总是很难吃。各项花费都超出了预期。

将近一个月后，文森特才有时间给信用卡公司打电话。又过了两周，他收到了所有账单，其中包括账单原本的寄送地址。

当然，这个地址文森特并不陌生。

文森特再次打电话给信用卡公司，解释道："你们弄错了，这是我父母的信用卡，不是我的。"

可是信用卡公司坚称没有弄错，第一持卡人就是文森特·波默罗伊。

"可我告诉你，这是他们的地址，不是我的！我从来没有在得克萨斯州住过！"

信用卡公司的人请文森特不要大喊大叫，接着礼貌地提议把账单寄到文森特在纽约的地址。

"我才不要那个！我要把这个污点从我的记录中抹掉！我要你们把这个转到当事人身上！"

信用卡公司说他们并非——停顿，停顿，停顿——不同情文森特的遭遇，然后对方说了一个文森特从未听过的名词：身份盗窃。如果波默罗伊先生认为他被别人盗窃了身份，唯一的办法就是把相应的当事人告上法庭。

文森特问："上法庭？"

但信用卡公司不建议他这么做。上法庭要花的钱可能比欠款还高。最好的办法就是私了——停顿，停顿，停顿——不要诉诸法律手段。"我想你认识当事人吧，波默罗伊先生？"

文森特挂断电话，然后决定去看电影。他看了《莎翁情史》，这是他之前已经看过一遍的电影。然后又溜进去看了《青春年少》，这部他之前也看过。看完第二部电影之后，文森特觉得是自己反应过激了。他和父母的关系的确有些紧张，但家里没有人会故意以他的名字开通一张信用卡，然后甚至懒得去还清最低金额。如果是他们弄错了——怎么可能不是弄错了呢？如果是他们弄错了，那他母亲（因为家里的财务由她负责）肯定愿意想办法改正这个错误。

那天晚上，他给海伦打了电话。海伦的态度如旧，讨厌工作，与未婚夫不咸不淡。

"爸爸和妈妈财务方面出现问题了吗？"惯常的寒暄后，文森特问道。

海伦沉默了一下，说："据我所知，没有啊。"

"怎么？出什么事了？"

她清了清嗓子："只不过……我想，爸爸在学校待的时间太久了。"

"不过，他们并不……并不……穷吧？"

海伦回答："是的。"

文森特强调："我是说，他们还是中产阶级吧？"

海伦思考了一下，然后回答："是，当然是。为什么这么问？"

"没什么。"他说。希望一切正如他想的那样是一场错误，因为他并不想去怀疑自己的母亲。"婚礼筹办得如何？"

据海伦说，筹办婚礼和拍摄短片没有区别。各项花费都超出了预期。供应商满嘴谎话，食物很可能难以下咽。

整整一周，文森特都在试图联系母亲，但都失败了。他在电话里留了言，努力让自己的声音显得友好而不具威胁性，甚至话语有些含糊不清。最后，他放弃给母亲打电话，转而拨打了父亲的手机，试了好几次才联系上父亲。罗杰最终回电话的那天早上，他正在上课。罗杰的留言是这样的："下个月去纽约出差，到时候联系。很想你，儿子。爸爸留。"留言里没有人称代词，这让文森特想到了老式的电报，发电报的人总是担心字数上的收费。

二 月

我的天哪，商务舱！人们总是把头等舱说成是唯一值得做的旅行美梦一样：用累计的飞行里程数来兑换去夏威夷的头等舱机票！参赛选手们，收拾行李吧，你们赢得了乘坐头等舱的欧洲之旅！但是，商务舱……也许并不是一场美梦，不过上帝为证，商务舱的确有几分说不出来的魅力。

罗杰·波默罗伊这辈子坐的都是经济舱，以为这就是旅行的唯一方式。对五口之家而言，头等舱绝无可能。即便是作为一个基督教中学的管理人员兼名誉牧师，他单独出行也不可能坐头等舱。头等舱是他无法触及的，而在卡罗琳·默里提议之前，他从来没有想过坐商务舱。

坐在商务舱中，罗杰觉得像在家里，至少也是在一群志同道合的人之中。一群与他年龄相仿的上流男士，身着免熨烫的多克斯休闲裤，深蓝色的运动外套，白色的开领短袖，上面带着各种各样的盾徽。戴着的眼镜虽不美观，质量却是上乘。他们随身携带着两个登机包：一个装衣物的包，还有一个结实而昂贵的电脑包，材质不是黑色尼龙就是皮革。和罗杰一样，他们也有家室，也去教堂。他们会给孩子买俗气的纪念品，也会给妻子买丝巾。一眼看过去，他们绝非那种在头等舱才会出现的奢侈、享乐的人，但他们愿意为了舒适、礼貌和高雅多花点钱。没错，罗杰心想，这些正是你可以效仿的人。如果飞机坠落——罗杰常常在飞机上幻想到大难临头的时刻——如果飞机坠落，他很自豪自己被算作这些男人中的一员。

当然，还有一个女人——卡罗琳·默里坐在他旁边的座位上。罗杰早已清楚她是一位十分出色的旅客。和他的妻子不同，她没有托运行李！她唯一的手提包是黄棕色的，由皮革制成，有磨损的痕迹，但华丽不减，就像记者报道战争或者时装秀时携带的包一样。她有一个小喷瓶，用来给面部补水。就在乘务员请他们把电子设备收好前，她问罗杰："你要喷一下吗？"在他表示同意的一瞬间他就感觉自己被带到了热带雨林。为什么乔治就没有这种小玩意儿呢？

飞机升到高空，平稳地飞行了十五分钟后，卡罗琳拿出佩斯利花纹的丝质眼罩，散发着薰衣草的香味。她说："如果我现在不休息一下，一整天都要荒废了。"她戴上眼罩，脖子靠在设计十分人性化的荞麦枕上，然后睡着了，就像是旅行专家一样。

女乘务员推着早餐过来了。出于对罗杰身旁睡觉的女人的礼貌，她小声说："需要准备点东西让您妻子醒来后吃吗？"

罗杰想说卡罗琳不是他妻子，可这样做有什么意义呢？他再也不会见到这位乘务员，解释起来又太麻烦：他们在合作写一本书；她既是他的老板，也是他的合作伙伴，等等。所以，他只说了一句："不用，谢谢。"等待办理登机手续的时候，卡罗琳告诉过他，她从来不吃飞机上的食物。相反，她自己带了水果、蔬菜和瓶装水。"别担心，罗格。"她安慰他，"我也给你带了一份。"

* * *

在纽约机场，一位司机举着牌子在等他们，牌子上写着：默里。卡罗琳去洗手间梳洗补妆时，罗杰先看到了牌子。他走向司机，说："你等的应该是我。"

"去广场饭店？"

罗杰点头，说道："我正在等默里夫人。"

司机回答："没问题，默里先生。"

罗杰也懒得去纠正这位司机。

"你们在这里待几天？"司机开始了惯常的闲聊。

"我们周一坐飞机回去。"

"和妻子在纽约度过一个浪漫的周末，是吧？"

罗杰说："不，有公事。"

"好吧，你最好不要忘记这周日是情人节，否则麻烦可就大了。”司机开玩笑地说。

情人节？罗杰的确忘记了。他提醒自己记得给真正的妻子打电话。

终于，卡罗琳从洗手间出来了。罗杰告诉司机：“她在那儿。”

司机说：“你的妻子很有魅力。”

“妻子”这个误会也说得够久的了。罗杰说：“准确来说，她不是我妻子。”

“我懂的。”司机挤眉弄眼地说。罗杰并不欣赏这种玩笑，但他还没来得及把事情说清楚，卡罗琳就过来了，他再次错过了解释的时机。

来到酒店，他们发现给罗杰预订的房间出了问题。电脑上显示罗杰的房间需要在周日退房，可他们周一才会坐飞机回去。其他房间也都被预订了，因为这周末刚好有西敏寺犬展，下周二才结束。卡罗琳尴尬地道歉，但这其实不是她的错——订房间的是留着莫霍克发型的助教。所幸，她来纽约总是住套房。她知道这样很傻，也很奢侈，但这是她给自己的小礼物，嘻嘻。当然，她很乐意让罗杰借用一下沙发。她说：“就一晚上而已。但愿你能忍受得了我这么久。”

事实上，罗杰对这个安排并不满意，但他不想搞砸了这次旅行，也不想耽误他们要做的正事。“好吧。”他轻轻地咬着牙说，“就一晚上。”

卡罗琳给了前台二十元小费和她的名片：“上面有我的手机号，如果在我们入住期间有空房间就给我打电话。”

罗杰说：“不用了，真的，没关系。”

登记之后，他们走路去市中心见卡罗琳的出版商。会议的前半部分在摆着书的会议室中进行，谈话内容是关于卡罗琳新书（已完成）的宣传工作。新书在《公共汽车的轮子会转》的基础上有所修改，书名为《大轮继续转动：二十年后公共汽车的轮子依然会转》。卡罗琳将参加全国公共广播电台、《查理·罗斯访谈录》《早安美国》以及其他十五个节目宣传新书。宣传人员说，他们希望能登上奥普拉脱口秀。

卡罗琳尖叫道：“啊啊啊！真的可以吗？”

宣传人员回答：“你书中涉及的主题都是这台节目喜欢的，种族、教育等等。不过谁也不知道。”

虽然这些事和罗杰没什么关系，但宣传人员谈论细节时他一点儿都不无聊，也没有不耐烦。他正忙着想象等自己（和卡罗琳）的书完成之后，他也像这样去做宣传的场景。

录音室异常明亮。

罗杰刚满五十岁，但还是很容易就被看成是四十岁。他和非裔美国脱口秀主持人奥普拉·温弗里坐在一起，形成一个120度角。插播广告时，他会摸着奥普拉的胳膊，尖锐地批判美国的种族与宗教，让她记忆深刻，也让她捧腹大笑。

宣传人员问："既然来了，你会新拍一些彩色宣传照，对吧？因为目前这些照片都有点……"

"旧了！老了！你就直说吧！"卡罗琳笑了。她从桌子上拿起一张照片给罗杰看，上面是年轻的卡罗琳，穿着一件几乎透明的村姑衫，一头浅棕色的长卷发从中间分开。卡罗琳说："我当时有点在模仿卡莉·西蒙。"大家都笑了，包括罗杰。说实话，他脑子里一下子想不起来卡莉的样子。他从来都不怎么跟得上流行音乐的潮流，有心思听音乐时也更愿意听"基督教"音乐。卡罗琳说："我喜欢这件衬衫，不过穿上可真是场灾难。他们最后还修了一下我的乳头。"

宣传工作谈完了之后，卡罗琳的编辑带他们出去吃午饭，顺便谈论新书的相关事宜。

卡罗琳说："卡伦，我真的觉得这本书有潜力成为像第一本'轮子'那样的试金石。"

编辑说："嗯，听起来很不错。"她看了看罗杰，想知道他有没有要补充的。

罗杰没有听她们说话，他正忙着与服务员沟通。他问："意大利方形饺特色菜中的酱汁有肉吗？"

服务员回答："有肉没肉都可以做。"

罗杰要求不要肉。

卡罗琳的编辑说："你真厉害。我一直都想戒肉的，这样健康多了。"

罗杰承认："的确更健康，但我不吃肉并非因为这个。我的宗教信仰不允许吃肉。"

"哦，我的天啊！"卡罗琳的编辑睁大了眼睛——为了健康戒荤是一回事，但为了上帝戒荤未免有点古怪，甚至俗气，"你是犹太教徒吗？"

卡罗琳说："他是基督复临安息日会的人，所以他才是这本书的完美搭档。"她的手越过桌子，捏了捏罗杰的手。

周六早上，他们参观了一所位于布朗克斯的天主教学校。这所学校发生了一桩令人震惊的性丑闻——丑闻主角还能有谁？当然是神父。他们采访了学生及家长、一两个不耐烦的修女还有正努力平息这件事的新任神父。这是此次纽约之行中卡罗琳和罗杰所做的唯一的调查，而罗杰甚至并不十分肯定这与他们要写的书的内容相符。

乘出租车返回曼哈顿的途中，卡罗琳解释说："一想到宗教学校，人们一下子就会想到神父和唱诗班男孩的桃色新闻。如果我们要进行彻底的调查，就得从这里开始。罗格，现在，我们来说点正事……你的头发真的需要修剪一番。不要担心费用，我来出。"她身体前倾，对出租车司机说："先生，能不能送我们去第六大道和第七大道之间的布利克理发店？”

在理发店里，卡罗琳指导着那个光头的同性恋发型师，让他把罗杰的头发剪成短短的几绺。

“哦，我喜欢！”发型师说，“这样会突出他的颧骨。我们再加上点深红褐色的点缀，你说怎么样？”

“嗯，罗格，你觉得呢？”卡罗琳风情万种地靠在理发台上。

罗杰问：“嗯……不会很显眼，对吧？”

发型师向他保证：“不会。只会稍微提亮你的肤色，看起来就像刚度假回来一样。”

“来吧，罗格！大胆试试。”

罗杰便同意了。他先去了里屋洗头（让他高兴的是，竟然还有颈部按摩！）和染发，然后坐回发型师的椅子上。

发型师用手指拢了拢罗杰的头发：“我只是在动手之前熟悉一下你的头型。你的头发很稠密，不过，我的天，看起来就像用猎刀在黑暗中剪的一样！是谁在这么对你？”

罗杰说：“我妻子。”

“肯定不是那个女人！”发型师指指卡罗琳，而她正坐在等候区看书。

“不，不是那个女人，我们只是……同事。”

“她们可不都是同事吗，娃娃脸？”

周六晚上，他们去听了歌剧。（卡罗琳是这么跟罗杰说的：一位灯光设计师老朋友给了她《蝴蝶夫人》的免费门票。）这是罗杰第一次听歌剧，他几乎被这场表演感动到流泪。歌剧给人的感觉很虔诚，就像身处教堂一样。为什么从来没有人告诉过他世上也有这样的教堂？歌剧是人写的，没错，但歌剧是如此宏大，让人无法不觉得写歌剧的人仅仅是上帝的工具。蝴蝶夫人正挥刀刺向自己的心脏，罗杰却在想，如果小时候有人带他去听歌剧，他会不会成为更虔诚的基督徒？也许他的心中就会唱响歌剧；也许对罗杰来说，一切就会大不相同——他的妻子，他的房子，他的工作，他的人生。

周日无事可做，因此，罗杰打算去市中心和文森特一起吃早午餐。卡罗琳主动说陪他一起去。

罗杰问："你真的想和我的儿子见面？"

她的回答是："为什么不？我喜欢儿子。"

罗杰知道或许他应该拒绝卡罗琳。他和文尼的关系已经僵了一段时间，尽管罗杰并不清楚自己做错了什么，然而文尼似乎坚信就是父亲的错。他想，肯定跟耶鲁还有毕业典礼有关，可这不都是很久之前的事情了吗？如果真的有人感到委屈，那也应该是罗杰——他的儿子违背他的意愿，去了非宗教学校上学，而罗杰甚至主动示好，参加了文尼的毕业典礼。可文尼还是一副受害者的模样，基本不打电话，也不回家里看看，更不想和宗教扯上一点关系。所以，说真的，就算文尼特意说他有重要的事情告诉他，谁在乎呢？重要的事情不一定意味着要单独说。卡罗琳想去，那就这么定了。

再说，他已经答应了，现在又改口未免尴尬。也许是因为她仍然算是他的上级，也许是因为感激，也许他只是一个普普通通的胆小鬼。不论出于什么理由，罗杰还没有掌握对卡罗琳·默里教授说“不”的艺术。

去餐厅的路上遇到了堵车，坐出租车通常只用七分钟的路程，现在花了二十五分钟。等他们到的时候，文尼已经在里面等着了。

罗杰问：“儿子，你最近怎么样？”他握了握文尼的手，又拍了拍他的背。

“不错，不错。”越过罗杰的肩膀，文尼看到了卡罗琳，“爸爸，那是谁？”

她伸出手来：“我是卡罗琳·默里。你父亲和我在合作写书，非常高兴和你见面。”

文尼点点头，什么也没说。他花了点时间打量卡罗琳：定做的羊毛套装，精心修剪的头发，价钱可能比他的月租（一点儿也不低）还要高的皮包，整齐洁白的牙齿。他伸出手，说：“很高兴见到你。”

谈话涉及的话题如下：

- 文尼的电影学校生活
- 文尼拍摄的短片
- 罗杰和卡罗琳的书
- 卡罗琳的书
- 卡罗琳女儿所上的霍华德大学
- 乘坐商务舱的好处

谈话未涉及的话题有：

- 乔治
- 信用卡
- 文尼和罗杰的疏远
- 政治

卡罗琳一生的大部分时间都在研究年轻人，所以很会和他们打交道。如果文尼不是从一开始就很反感罗杰带她过来，应该也会被她的魅力吸引。为了报复主张禁酒的父亲，本来不怎么喝酒的文尼今天却喝了两杯肮脏马蒂尼，又从卡罗琳点的那瓶红酒中倒了一杯，此外，还要了一杯蓝色夏威夷，酒保调酒前还得上网搜索调制方法。

点完甜点以后，卡罗琳礼貌地说了一声，便去了洗手间。

罗杰说："你喝醉了。"

"没那么醉。"文尼耸耸肩，"这顿饭你请，对吧？"

罗杰说："你让我很尴尬。"

文尼说："你才让我尴尬。爸爸，你在搞什么鬼？"

罗杰说："我不喜欢你这么说话。"

"哦，不好意思，我是说，爸爸，这他妈的是怎么回事？我告诉你有重要的事情和你说，结果你却带来了……一个女人。"

"嗯，现在就剩我们两个了。文森特，如果你能礼貌一点，那就说吧。"

文尼问："你跟她上床了吗？"

"当然没有！不要这么粗俗。"

文尼从邮差包里拿出一个马尼拉纸文件袋，把它推到桌子对面的罗杰面前。

"妈妈一直在偷我的钱。"

罗杰看了看文件袋，但不想碰它。

"拿着。"文森特说，"他妈的！拿着，爸爸。"

罗杰听话地拿起来。他对旁边桌上的人微笑道："没什么事。"

可文尼还没有说完："我这辈子从来没有向你们要过什么东西。我去耶鲁上大学的时候没有让你们帮忙；教堂把我逐出教会时，你没有替我说话，我也没生气；虽然你们一点儿忙也没帮我，但你们去参加我的毕业典礼时，我还是非常开心；现在你去非宗教学校上学，我也不生气，虽然我上非宗教学校就被赶出来了……"

“这是两回事。这是唯一适合我的课程，这是……”

“好吧，爸爸，我只想要……”

“文森特，声音小点，我们在公共场合。”

“这里是纽约，没有人在乎我们，爸爸！就算你和你的老女友在餐桌上做爱，也没有人在乎。”

“她不是我的女朋友。”

“无所谓！我就再说一句话，我不向你们要求什么，只要你和妈妈不要偷我的钱，让我更难生存。”

“你现在这种状态，我不会和你谈任何事情。当然，也不能在她面前谈论这些。”他朝刚从洗手间出来的卡罗琳点头示意。

“好吧，爸爸，我不说了。”文尼站起身，“你看完之后给我打个电话。对了，你这个发型像同性恋。”

文尼往外走时和卡罗琳擦肩而过。

卡罗琳问：“文尼怎么了？”

周日晚上，罗杰打电话给妻子，祝她情人节快乐，接着和卡罗琳·默里上了床。

酒店里没有其他房间空出来，所以罗杰不得已把东西搬到了卡罗琳的房间。卡罗琳帮罗杰打开床椅两用长沙发，然后告诉他自己今天晚上要出去。她是去见老朋友的，不过也欢迎罗杰一起去。

罗杰摇摇头，他有点累了。他打算先给妻子打个电话，然后就睡觉。

和乔治的谈话进行得并不愉快。她似乎对于他在纽约度过情人节这件事感到不满，尽管这次旅行早已计划了好几个月。

乔治问："你见到文尼了吗？"

"嗯。"罗杰没有提那个马尼拉纸文件袋，反正他现在也还没打开看过。

"他怎么样？"

"看起来还好，家里怎么样？"

乔治回答道："还是那样。海伦说我们应该起诉那个油漆匠，他把房子的颜色弄错了。她说自己绝不可能在红房子里结婚。帕齐花了两百五十美元的电话费，我猜她和马格努姆分手了。不过我也不是很清楚。我在努力增加在迪拉德百货公司兼职的时间。等你离开学校，一切就会好起来的。"

"会好的，乔治，真的，真的会好的。"

乔治说："有时候，我希望……"

"什么？"

乔治叹气道："有时候，我希望你从来没有回学校上学。"

罗杰回答："嗯，现在说这个也没有意义了，不是吗？再见，乔治。"

他一向瞧不起乔治这一点——容易向后看。罗杰回学校上学是两个人一起决定的，这样对两个人都有好处。乔治也想让罗杰回学校上学，这绝不是他的幻想。她想要更多的钱，想要更好的生活。而要得到这些就会有所牺牲。

再说，她想让他怎么做？接着当中学副校长，直到入土为安？罗杰这一生都在为别人活着，终于，他也为自己要点什么，这样不好吗？这样才公平，才正确。因为罗杰知道——他就是知道——他还有无限可能。如果有人愿意张开耳朵听一听，就会发现他心中那场宏伟的歌剧。而现在，他即将得到自己一直想要的（他们一直想要的）一切，乔治却开始表露怀疑，这简直大错特错。

当卡罗琳外出回来时，罗杰还在来来回回思考这些事。她的裙子黑得发光，十分凸显她的身材。她身上的味道干净而芬芳，就像松树和薰衣草的味道。

卡罗琳问道："你还好吗？"

她的声音如此温柔，罗杰怕自己一开口就会泪如泉涌，那简直让人羞愧难当。

卡罗琳抱住了他："出什么事了？你可以告诉我。"

他低语道："我的内心有一部歌剧。"

她没有让他解释，只是笑了笑："当然啊，所以我才选择了你，罗杰。"

罗杰喜欢她这么说，他喜欢被人选择，所以他抓住了她的胸部。

三 月

凯瑟琳·伯德曼，27岁，患有乳腺癌。她想在化疗之前冷冻卵子，要求健康保险公司，也就是“健康伙伴公司”，支付50%的冷藏费。

乔治用橡皮图章盖了个红色的“否”字，然后把凯瑟琳·伯德曼的申请表放进标着“送出”的箱子里。

勒鲁瓦·奥韦尔，13岁，他的固齿一年前在车祸中掉了，他想植牙，因为他就要上中学了——

不通过。

埃德娜·罗思柴尔德，84岁，想找一位家庭医护人员每周去她家三次，以便——

不通过。

健康伙伴公司的一条不成文的规定就是拒绝每一个“过分”的要求，至少拒绝一次。在乔治看来，对“过分”一词的定义有些过分，因为她很容易就想象到大部分被认为“过分”的事情发生在自己和孩子身上，而她从不觉得自己是个想象力特别丰富的人。

大约两个月前，乔治在健康伙伴公司的任务从数据录入升级为保险理赔处理。当时，她这样说：“可我只是个临时工，不懂医疗方面的东西。”

“你会用橡皮图章吗？”

这件事就这样定了。

乔治走进休息室，这里总有一股子微波炉爆米花的味道，尽管她从来没有见公司里的人吃过微波炉爆米花。她在公司里唯一的朋友埃伦已经在休息室里了。她们的工作情谊基于四个方面：一、身份认同：她们的体重基本相同；二、同病相怜：二人是八楼仅有的临时工；三、与人隔绝：正式工都不和她们说话；四、志趣相投：二人都喜欢自动售货机里面的鲜榨橙汁和贝齐·罗斯布朗尼。埃伦比乔治小二十岁，她的梦想是开一家针织店。乔治之所以知道是因为埃伦去年十二月来公司的第一天就问她：“你的梦想是什么？”

乔治回答："什么意思？"

"你不可能真的想一辈子当个临时工吧。"

不可以吗？

"我吗？我想开一家针织店。我会……"接着，她讲自己会批发一种高档纱线作为存货（不要人工合成的！），她会留出一块地方作为母女针线区，她还会铺上自己喜欢的那种颜色的枫树木板。或许再留出一块地方用来缝被子？不过对于这一点埃伦还心存疑虑：缝被子的人东拼一块布，西凑一点料，乱糟糟的，往往造成不好的影响。

乔治说："我母亲从前也缝被子。"

"哦，我不是在说你母亲，只不过，我对缝被子的人的一般印象就是这样。"

乔治没有不高兴。事实上，她母亲的生活的确是乱糟糟的——干过一堆零碎的活儿，和不同的男人来往过，辗转于各地，做过几次不怎么样的选择。她还用怀孕时所在的地点来给女儿命名，接着把这个孩子交由几个越发疏远的亲戚抚养，而这些亲戚明确表示，他们更希望这个漂亮的杏眼女孩死掉或者失踪，而不是消耗他们宝贵的食物、衣服和空气。后来，她又突然回来，还带回来一个毒贩子丈夫，而这位丈夫又恰好知道怎么用皮带打人。不过说这些就跑题了。

眼下的事实是，乔治松了口气——埃伦并非真想知道乔治的梦想，这个女孩只是想说一说自己的梦想罢了。

不过这个问题萦绕在乔治脑中，她想起自己很长时间不曾有过梦想了。她对孩子们还抱有梦想，这没错，但她自己心里唯一真正的梦想就是不欠任何人钱。她想象自己在写支票，还清陈年旧债。她能够感觉到手中握着的钢笔，能够感觉到写出还款数额时得意到眩晕的样子，就像刚刚学会连笔的孩子不熟练地挥洒笔墨一样。她想象自己把那些支票装进信封里，舌头上似乎还留着密封胶的味道；她想象自己翻着一整摞的美国国旗邮票；想象债主们打开信封，如慈父一般，边摇头边说："我们从未想过她会成功，做得很好，来自得克萨斯州大岩石区的乔治亚·波默罗伊夫人。"这是乔治能想象到的最真实最甜美的梦想——一身轻松，分文不欠。

"今天很糟糕吗？"埃伦边拿出针线边问乔治。

"有个女人想在化疗之前冷冻卵子。"

埃伦点点头，她的毛衣针开始噼啪作响："啊，我的比你的厉害。我那边有个小孩患了脑癌，也许等他父母意识到这里不会出医疗费时，孩子早就死掉了。"

"是，你的更厉害。"

"那你得把欠我的那块布朗尼还我，波默罗伊夫人。"

在去自动售货机的路上，乔治突然感到一阵燥热和恶心。她跑到垃圾桶旁边，但这种感觉又消失了。

"你还好吗？"

乔治说："我觉得我感冒了，全身发热，有种很奇怪的感觉。”

“更年期。”埃伦肯定地说，“我妈妈去年也进入更年期了。你上一次月经是什么时候？”

“哦！”乔治思考了一下这个问题，“我不太确定。”

埃伦说：“你需要去看医生，尽快注射激素，你也不想脸上长胡子或什么的吧。”

不想，乔治当然不想留着胡子，还胖乎乎地参加海伦的婚礼。她转了个话题：“你今天在织什么？”

一件毛衣，埃伦汇报说。她的大学室友要生孩子了：“我用的是最柔软的羊驼毛加山羊绒，真不希望我室友傻乎乎的宝宝在上面呕吐。”

和海伦的妇科医生约好了周五早上过去之后，乔治走进主管的办公室，请求休假。当然可以休假，这没关系。作为临时工，乔治没有带薪休假，但这也没关系，没关系。

然后，她的主管做了一件不可思议的事情。他给了她一份工作：“你想成为健康伙伴公司的一员吗？”

“啊？”

“乔治亚，你想成为正式工吗？”

乔治尖叫道：“正式工？”

乔治的主管叫菲利普·特罗恩，他在达特茅斯学院获得了文学学士学位，在沃顿商学院获得了工商管理学硕士学位。不用说，这里——得克萨斯州一家中型医疗保险公司里的中层管理职位——绝非他想象中自己毕业五年后的位置。这份工作的好处在于他可以花大把的时间浏览色情网站。“你是名很棒的员工，乔治。转正之后，你的工作内容基本和现在一样，只不过，你会享受到不错的福利和退休金。公司还给予员工牙齿保健和视力、听力护理方案。你就用七楼西尔维亚·克莱因原来那间办公室，职位名称是初级理赔处理员。你觉得怎么样？”

事情的发展让乔治措手不及，以至于她不得不坐到特罗恩的沙发上。很久之前，乔治就不再惦记正式工作了。正式工作代表着：办公室用门隔开，窗户的名牌上写着乔治亚·波默罗伊夫人；木质办公桌上摆着一对从家里带来的陶瓷雕像，以及孩子们的照片（还有外孙或者外孙女的照片，如果海伦想要孩子的话）；另外，浅口碗里装着包装完好的布莱奇牌薄荷糖；墙上挂着装裱精美的托马斯·金凯德的石版画；办公桌前还有一把符合人体工程学的椅子，那是属于她一个人的。她有了一点点尊严和安全感，即使罗杰永远完成不了博士学位，乔治一个人——没有博士学位，没有硕士学位，甚至没有学士学位——也有能力把他们从深陷的泥潭中挖出去。连做这样的梦都显得很奢侈。

乔治问：“工资会有所增加吗？”

“刚开始不会。”特罗恩解释道，因为乔治是由公司的临时工升为正式工，健康伙伴公司必须付给乔治的临时公司一笔猎头费，这部分钱从乔治的正式工资中扣除，正式工作的第一年分期结清。乔治在脑子里算了一下：三万七千五百美元减去猎头费（20%），减去享受福利要花的钱，再减去……乔治说："我想，我不能接受这份工作。"

特罗恩提醒她，如果她接受这份新工作，就有资格获得奖金以及加薪。

这话当然没用。乔治能存一分钱便要存一分钱。

特罗恩说："乔治亚，只有第一年的时候才会扣钱。而且，也不算真的扣钱，因为你的退休金会增加呀。你以后不打算退休吗？"

乔治笑了，但特罗恩没有笑。她赶紧道歉："哦，你不是在开玩笑啊。"

* * *

星期五，乔治去看海伦的妇科医生，那儿和海伦的办公室在同一座医学大楼。看完医生后，乔治和海伦在旁边的汉堡大工福德洛克餐厅吃午饭。两个女人都不喜欢在这家餐厅吃饭：乔治觉得太昂贵，海伦觉得太廉价。因为福德洛克菜单上主要是汉堡，两个女人都对没有素食的选项感到可惜。乔治也很讨厌餐厅的名字——用玩笑而可恶的方式引诱你不小心说出那句脏话[1]。餐厅名

1　福德洛克餐厅名为Fuddruckers，与英文中的脏话发音相似。

字和那句脏话的相似性往往成功地引诱你发音错误。海伦点了一杯冰茶（加柠檬，不要糖）、加勒比鸡肉沙拉（不要鸡肉），配菜是一大份烤土豆（减少分量）。乔治点了一杯香草奶昔，配以洋葱圈。其实，在海伦婚礼前这几个月，她一直很注意节食。但她觉得，在今天这个特殊的日子里，她要慰劳一下自己。

不出所料，海伦可不赞成她这么吃："妈妈，如果你这么吃下去，会心脏病发作的。"

等饮品端上来之后，海伦从包里拿出打印好的婚礼表格。海伦说道："这是剩余需要结清的款项。"这张表格十分详细，乔治之前虽然看过，但她总是想方设法别靠表格太近，她会把这张纸拿在手里，伸直胳膊，眼睛刚好不至于看得太清。海伦正一条一条地讲给乔治听，乔治意识到自己不能再用老办法，这让她觉得自己快要吐了。

海伦说："你肯定很高兴吧，我总算弄清楚这件事了。"

"弄清楚什么事？"

海伦回答："红颜色的事。"

乔治茫然地看着海伦。

"房子！"海伦接着解释道，"的确是弄错了。我们选的油漆是2302号苹果红，他们涂的油漆是2301号猩红色。"

"哦。"乔治喝了一小口奶昔。

"那个叫什么雷蒙的油漆匠对公司说他上漆的时候告诉你那是猩红色，但我不相信，他几乎不会说英语。如果他把油漆给你看，还告诉你那是猩红色，你肯定会阻止他的。不管怎样，这是他们的错，他们必须得解决。”

乔治记得油漆匠过来的那天。她当时以为他在说天气，但是要对海伦解释清楚实在不可能。一想到又要待在家里（不去工作）监督油漆匠，乔治就忍受不了，何况，油漆匠可能很不乐意再过去一趟。所以乔治开始说瞎话：“我……我都慢慢习惯这个颜色了。”

服务员把海伦的沙拉送过来，里面还是有鸡肉。海伦提示服务员：“这个沙拉里不应该出现鸡肉。”

海伦很自然就指出了别人的错误，这让乔治感到惊奇。如果那是她的沙拉，她就会默默地留下鸡肉，再一块一块地挑出来。她很担心服务员在自己的食物上吐口水，或者做出更糟糕的事情来，但海伦显然毫不担心。她女儿很有威慑力。

“怎么了，妈妈？”

“我刚才说，我现在都有点习惯这个颜色了。褪色之后十分漂亮，几乎可以叫砖红色了。真的是这样。”

“妈妈，我不会在猩红色的房子里结婚的，这没得商量。这种颜色很俗气。相信我，等你和爸爸要卖房子的时候，房子要是猩红色的，没有人会想买的。所以你还不如现在就想想办法。再说，我们花钱又不是要漆这个颜色。这是他们的错，为什么我们要为他们的错买单？”

海伦给出的理由十分充分，乔治一点儿也不想和她争辩。

相反，她默默制订了两种方案来应对房子问题：（1）撒谎：两周之后，告诉海伦油漆匠重新漆过房子了，但其实她根本不打算请油漆匠干活；（2）回避：在这件事上不要顾及海伦的想法，一直拖到婚礼前夕，到时候再想重漆也来不及了。不管怎样，眼下唯一要做的就是安抚海伦。

乔治说："宝贝，你能把事情弄清楚真是太好了，如果只有我一个人肯定办不到。你已经真正成为一个思虑周全的年轻女性了。"

海伦的眼睛亮了一下，她想要的不过是有人能欣赏她的努力。她说："哦，这没什么大不了的。医生怎么说？"

乔治说："还好。"她拿洋葱圈蘸了蘸奶昔。

"四十七岁。"海伦叹气，"这下我知道自己什么时候进入更年期了。"

餐厅的另一边，一个小男孩把汉堡肉扔到了妈妈的脸上。妈妈把额头上那些番茄酱之类的脏东西擦掉，然后把汉堡肉放回圆面包里。乔治可以读懂她的唇语：现，在，快，吃。然后乔治回答道："海伦，这很难说。"

海伦坚持道："可这是个标准。如果你四十七岁进入更年期，那我很可能也是那个时候。"

"也许吧。"乔治看了看女儿，看了看她没有鸡肉的、很可能被吐过痰的鸡肉沙拉，说道，"你要知道，我们不是同一种人。"

回到办公室，乔治的工作电话里有几条留言：教堂的会计（“我想问一下你和罗杰的什一税[1]是不是记错账了，给我回个电话吧。”）；特罗恩（关于那份工作）；电话公司（电话费未交……不是第一次了）；海伦婚礼的酒席承办公司（需要缴纳第一部分的三分之一定金了，而第二部分的三分之一定金一周后到期）；啦啦队那个珍妮特的讨人厌的妈妈（想问乔治是否开好了包装纸的支票，而事实上，帕齐从十月份开始就不在啦啦队了）；文森特（关于什么结算的事）。她删掉了所有留言，然后去了特罗恩的办公室。

她说：“我周一要请一天假，我得再去看一次医生。不过别担心，我周二就回来了。”

特罗恩回答：“希望不是什么严重的问题。”

“不严重。”

他提醒她：“如果你接受那份正式工作，你周一可以带薪休假。”

“嗯，关于这件事，我做不到。我希望自己可以，但我做不到。特罗恩先生，非常感谢你能想到我。我真的十分感激。”

1　什一税是欧洲基督教会向居民征收的宗教捐税。美国并没有相关法律规定要求居民缴纳什一税，但耶稣基督末世圣徒教会、基督复临安息日会（也就是罗杰所在的教会）等会派要求信徒缴纳。

星期一，乔治去看医生。星期二，她回到了公司，正像自己答应的那样。

埃伦把一块布朗尼放在乔治的桌子上。

乔治问："这是为什么？"

她说："我要转正式工了。我知道是你先拒绝这份工作的，所以我觉得自己欠你一块布朗尼。"

"那你的针织店呢？"

埃伦耸耸肩："哦，我还是会做的啊，但这不妨碍我从事另一份工作。"

乔治问："扣工资你也觉得没关系吗？"

"我跟临时工中介公司砍好价了，所以没有那么严重。"

乔治说："真聪明。"她撕掉包装纸，把布朗尼一分为二，把大一点的那份给埃伦。

埃伦摇摇头："不用，谢谢。我想在医疗保险测评之前把体重减下来。我好激动，终于能获得医疗保险了。这对你来说不是什么大事，可不是每个人都有个带保险的丈夫，对不对？你知道吗？整天看各种病人的申请材料都快让我得臆想症了。"

四 月

那年春天，到处都在播放《爱的初告白》这首歌，那是一个17岁流行音乐荡妇的出道单曲。其中一个正在播放这首歌的地方就是得克萨斯大学的游泳池，帕齐·波默罗伊正在那里教哈兰·布赖特游泳。

哈兰问帕齐："你喜欢这首歌吗？"

她说："还行，没什么特别的。"

"我喜欢这首歌。"哈兰说。他跟着收音机唱了几句，"哦，宝贝，宝贝，我怎么会知道，事情不太对劲。"

帕齐说："你唱的时候就好听多了。"

"对啊，我想也是。"哈兰扬起眉毛，帕齐凑上去亲了亲，"主要是，她有点让我想起了你。"

帕齐狠狠地拍了一下哈兰的肩膀。

"怎么了？我还觉得这是赞美呢。"

帕齐又拍了他一下："才不是。"

“真是的，我都不知道你这么暴力。”这一次，哈兰在帕齐下手之前闪开了，“她还有点儿性感呢。”

“有点儿放荡还差不多。”

哈兰说：“放荡的性感。”虽然他一点儿都不觉得他们说的这位流行音乐荡妇放荡不堪。他觉得她青春可爱，也许有点儿傻乎乎的。

帕齐赞同：“放荡的性感。”

帕齐从游泳池里爬了出来。

哈兰评价道：“你的脚很漂亮，脚趾简直完美无缺。”

她把手搭在哈兰的额头上，问道：“你还好吗？”

“怎么了？”

“先是说我像布兰妮·斯皮尔斯，现在又夸我的脚。哈兰，你这会儿都扯了好些奇怪的废话了。”

哈兰耸耸肩：“我很好啊。”

帕齐淋浴后在女更衣室里擦身体时，屋内也在放这首歌。一排储物柜的尽头有一面镜子，她从镜子中瞥见了自己的脚。她停下动作，开始观察起来。脚不宽不窄，上面五个脚趾，没有老茧，也没有其他值得一提的瑕疵。脚背圆拱，任何一支军队都不会因为她的脚而取消她的参军资格。

当一位头发灰白、穿着浅褐色华夫格面料浴袍的女人向她走来时，帕齐仍然在看着自己的脚。

这个女人说："我是卡罗琳·默里。"她进而解释说，她和帕齐的父亲在一起工作，而且她们（卡罗琳和帕齐）之前见过，"在教育学院的家庭野餐上。应该是两年前。你那时还很小呢。"

帕齐说："嗯，是的。"但她只是出于礼貌。

卡罗琳笑了："你完全不记得我，对吧？"

帕齐坦言："不太记得。"

"我几乎每天都会看到你的照片，它就放在你爸爸的办公桌上，很高兴能见到本人。"两个人握手的时候，卡罗琳的浴袍散开了一点儿，帕齐很清楚地看到了卡罗琳的胸部。她的胸部年轻而丰满，与这个女人的头发和面庞很不相称。最让帕齐觉得有趣的是，她的胸部没有乳头。这就像看到了一张没有眼睛的脸一样。

卡罗琳重新站好时调整了一下浴袍。她问道："你常常在这里游泳吗？"

帕齐想知道卡罗琳有没有在游泳池看到她和哈兰，以及卡罗琳会不会告诉她爸爸。显然，一旦她向帕齐的父亲提起此事，就会有大麻烦了。帕齐想请她装作不曾遇到过自己。用精神控制术吧：你没有看见我，我不在这里。可这样行不通，反而会引起怀疑。所以，她只说了一下脖子受伤的事情。

"你脖子受伤了？你爸爸从没提过这件事。"

"嗯，总之，很高兴见到你。"

后来，当一切都已暴露，所有事物都无法转圜时，帕齐才想到了当时最应该说的完美谎言：她可以说那个黑人是她的物理治疗师。到那时她会摇摇头，想象自己本可以改变的措辞，那样一切都会变得明确而简单，让人无法不信服。

开车上班的路上，海伦打电话给乔治。

乔治问："怎么这么吵？"

海伦回答："妈妈，这叫音乐。我正在开车。"

"哦，那快挂断电话，海伦！一边开车一边说话不安全。"

海伦说："我能搞定，我能力很强的。"

"你到了之后再打给我吧，我不想让你出什么意外。"

"上班后我就没时间给你打电话了。"海伦叹了口气，把收音机的声音调低。这不算什么牺牲，反正她也不喜欢这首歌，也不喜欢唱这首歌的女孩。然后她才说明了打电话的原因。她最近突然想到，婚礼场地少了一种东西——一种气氛。海伦一直在思考，如果加上天鹅就能增添气氛了。

"天鹅？"

海伦说："天鹅，或者也可以是鹅之类的。婚礼当天租过来，用完了再还回去。我觉得加拿大鹅最便宜，不过可能不太值得……因为它们也要花掉一大笔钱。我还在想，如果后院有一片池塘也蛮不错的，小池塘就行。"

乔治说她对造池塘一无所知。

海伦问道："造一片池塘能有多难？你雇上几个墨西哥人挖个大洞，或者也许爸爸一个人就能把洞挖好。"

毕业之后，海伦曾想过要开一家言语治疗诊所，当时有好几处地方可供选择。她之所以选定了大岩石区，是因为在这几个选项之中大岩石区的人口最多，而她父亲选择去那里上学和她做出这样的决定毫无关系。然而，第一次在当地的复临会教堂遇到埃利奥特时，海伦却告诉他自己选择这里是因为离家人近。她希望在别人眼中，自己是那种根据离家远近来选择工作的女孩。更重要的是，她希望自己成为那种女孩，她希望能够体会想要离家近是什么样的感觉。在家里的后院举行婚礼（或者至少同意这么做），正好是海伦的故事中她想对别人提起的一章。

有时候，她会怀疑自己内心的某些部件已经损坏了。她能理解纪录片中出现的自闭症患者，她知道对不同的事物应产生怎样的情绪——比如说爱、激动和高兴；她也能够恰当地表现出这些情绪，但她从来没有真正地感受过这些情绪。她唯一经历过的情绪就是淡淡的厌烦，而且大多数时候她都与之相伴。

到办公室之后，她发现九点钟的病人塞耶先生迟到了。于是她让助理给他家里打了个电话，才知道原来他已经过世。他在周末的时候上吊自杀了。

既然她有整整四十五分钟的空闲时间，海伦就给哥哥打了个电话。她能听到身处美国另一边的哥哥那里传来的该死的流行音乐。

海伦说："天啊，收音机里永远都是这首歌。"

"事实上，我正在看视频。"

海伦把塞耶先生上吊的事告诉了文森特，还说她很好奇他是不是因为言语治疗才自杀的。文森特大笑。海伦说："说实话，我才应该是那个上吊的人，毕竟我整天都要听像他那样的人说话。"她本意是玩笑，但话一出口却不像玩笑了。

谈话进行了一段时间后，文森特问她有多久没有查看自己的信用记录了。

她的信用记录完全不关她哥哥的事，不关任何人的事。她想说，这是她的私事。她能感觉到自己的胸锁乳突肌在收缩，然后她扭了扭脖子，就像她教病人做的那样，问道："为什么问这个？"

据文尼说，他们的妈妈一直在偷花他的钱。听到这个消息，海伦并不惊讶，尽管她非常希望自己并不知道这件事。她想知道文森特被偷用的信用卡上有多少钱是花在了自己的婚礼上。随后，她决定不再思考这件事。她母亲是个成年人了，而海伦显然没有指示她去偷窃。

文森特说："就信用报告这件事来说，我唯一的选择就是起诉她。"

"起诉谁？"

"妈妈。"但他不会这么做，他不能这么对帕齐和海伦。而且，把母亲告上法庭要花的钱可能比母亲欠他的钱还要多。既然尝试联系母亲没有结果，文森特认为最好的办法就是从父亲这边着手，请他尽力还钱吧。“不过不管怎样，你真的应该检查一下自己的信用卡账单，下次见到帕齐的时候我也会让她这么做。”

尽管海伦做出了保证，但她知道实在没有必要。当然，她的信用记录已经毁了好些年了。从接收到免费飞盘的那天便开始了。她的信用记录也许和以前的大学论文一起放在了那个草绿色的收纳箱里，也许和她胡乱收藏的一堆体育器材一起放在了车库的网兜里。

那时，是一个帅气的穿着运动衫的男孩子把飞盘扔给了她，说：“这是你的。你只需要填好申请表就行。”他对海伦笑了一下，然后海伦拿起了笔。

珍爱一边翻阅《滚石》杂志，一边等老板吃午饭回来。正如罗杰猜想的一样，他出生的时候并不叫珍爱，这个名字是他十八岁生日时自己取的——取自麦当娜的一首歌。

卡罗琳回来之后问道：“你在看什么？”

珍爱扬起杂志。封面上，有一个穿着圆点花纹内衣的早熟的少女模特，她正懒洋洋地躺卧在粉色的绸缎床上，怀里搂着天线宝宝玩偶，做出打电话的姿势。

“嗯。”卡罗琳的左眉毛以难以察觉的弧度挑动了一下。虽然用孩子的玩偶的确让她觉得有一种画蛇添足的俗艳，但这幅画面并没有让她十分震惊。相反，这只不过是许许多多金发而性感（或者是被过分性别化的）、年轻而往往以悲剧收场的女性形象之一。这幅画面让她想起了去年同事说动她参加的那场佳士得拍卖会。那时正值玛丽莲·梦露去世三十五周年纪念日，所以拍卖会上有这位女明星的书籍、衣服、家居用品以及其他只被她用过短短一段时间的东西。那场拍卖会的亮点是一条裙子。玛丽莲穿上那条裙子为肯尼迪总统唱过“生日快乐歌”，那条有名得几乎等同于她本人的裙子。为了方便拍卖，工作人员把衣服套在玛丽莲人形模特上（比例与本人完全相同，不过当然有所误差），背景音乐播放的是玛丽莲所唱生日快乐歌的录音。卡罗琳的同事小声问：“你能相信吗？”卡罗琳看得出来，这位朋友已经开始在脑中构思关于此事的文章。理想情况下，这篇文章会发表在《纽约书评》上，不过，发表在《美国符号学》或者《美国艺术与科学学会杂志》上也可以接受。卡罗琳并不打算叫价，所以她只是适时地发出啧啧声，然后礼貌地知会了同事一声，便去了洗手间。卡罗琳从来不曾喜欢过玛丽莲·梦露，但她依然觉得这场拍卖会非常压抑。那条可怜的裙子已经褪色了，亮片也慢慢脱落，看起来陈旧不堪，散发着腐朽的味道。卡罗琳走进洗手间的隔间里，锁上门，坐在马桶上哭了。上一次哭还是她母亲去世的时候。

她问珍爱：“这是谁？”当然，她需要知道的信息已经由这幅图告诉她了。

“布兰妮·斯皮尔斯。”《滚石》杂志1999年4月25日期刊的封面故事是“布兰妮·斯皮尔斯：揭秘美国新兴少女天后的内心和思想（以及卧室）”。珍爱并不觉得布兰妮很了不起，他觉得她不过是麦当娜的翻版。也许她比刚出道的麦当娜声音更好听一点，但她没有背负天主教的罪行，也没有去世的母亲，这就让她本人稍显乏味。在所有新歌手中，他最喜欢的当然是克里斯蒂娜·阿奎莱拉。他喜欢会唱歌的女孩，能做事的女孩——他指的是音乐方面。大多数时候他还是更喜欢男孩，不过他自诩为双性恋，而接下来的十五年[1]里他也将如此告诉旁人。从理论上来说，他觉得进哪个洞并没有多大差别。

卡罗琳拿起杂志瞥了一眼：“她长得很像桑德拉·迪伊[2]。”珍爱茫然地看着她。“好吧，你这么小，应该不记得她。这个女孩很受欢迎吗？”

“对，你可能都听过她的歌。简直无处不在，卡罗琳。”珍爱唱了几句，然后把手指伸进喉咙里，来表示窒息。

卡罗琳并不觉得自己听过这首歌。

珍爱告诉卡罗琳她应该会喜欢这篇文章的。文中说这个女孩是个矛盾综合体，一方面敬畏上帝，一方面又放荡不羁，和这个国家一样，和卡罗琳的书（他不把书看作是卡罗琳和罗杰的

1 十五年后的2014年2月26日，美国得克萨斯州西区地方法院法官奥兰多·加西亚（Orlando Garcia）裁定，得克萨斯州禁止同性婚姻的规定违反宪法。而得克萨斯州的同性婚姻法于2015年6月26日正式通过。

2 桑德拉·迪伊（1942—2005）：美国著名影星。

合著）一样。“比如说，在视频中，她穿着天主教学校的女生校服，可这首歌基本上全是关于性虐的。再比如说，杂志封面中，她只穿内衣，可在文章里她自称会保持贞操，婚后再发生性行为。我才不信呢。文章里甚至还说，她家房子外面有一片燃烧的灌木丛[1]。”珍爱翻了个白眼，“但这完全是作家们自作聪明的说法，这个女孩不过是个可爱的性爱机器娃娃。给，你拿走吧，我看完了。”

卡罗琳拿上杂志走进了办公室。她脱掉了鞋子和外套，和医生约好看病时间（她在腋下发现了一个小肿块，但这也可能是剃刀刮伤或者就是一颗小痘），接着给宣传人员打了个电话，再打电话到女儿阿莱格拉的宿舍，留下一则语音留言。五点钟左右，珍爱结束今天的工作离开后，罗杰过来了。他们花了十五分钟时间谈论二人正在撰写的书，又花了四十分钟做爱。

和罗杰做爱有件很有意思的事情。她本来很担心让他看到自己的胸部，因为她早已决定不做乳头再造手术。这种皮肤移植或者文身听起来很是麻烦，再说，谢天谢地，她的没有乳头胸部也很漂亮。还有，大多数胸罩的作用之一不就是隐藏乳头吗？不管怎样，罗杰从来没有脱掉过她的胸罩，这一点就和他从来不脱掉他自己的衬衫一样。无论如何，即便注意到她没有乳

1 燃烧的灌木丛：Burning bush。在《出埃及记》中，燃烧的灌木丛位于何烈山上，根据描述，灌木虽然着火了但没有被火焰烧毁，因此而得名。在《圣经》的叙述中，燃烧的灌木丛是耶和华（上帝）指派摩西带领以色列人离开埃及进入迦南的地方。

头，他显然也不会提起这件事。

“我遇见了你的女儿。”卡罗琳一边穿上内裤，一边说。

“哦？”罗杰套上平角裤。

卡罗琳把一只脚套进连裤袜里。“在游泳池那儿。”然后是另一只脚，“罗格，她很可爱。”

罗杰穿上裤子，在拉拉链的时候停了下来：“她在那儿做什么？”

“我想是在游泳吧。”卡罗琳一脸苦恼，“好像是脖子受伤了。”卡罗琳穿好裙子，盖住臀部。

“嗯，对。”罗杰拉好拉链，“因为啦啦队。”

“她和她的男朋友在一起。”

“她的男朋友在田纳西州。”罗杰把左脚的鞋带系好。

卡罗琳用手指大致整理了一下凌乱的头发。她真的需要去剪个头发了。“也许她又交了新男朋友？”

罗杰说：“嗯，我不这么觉得。”他说话时突然想到自己甚至都不记得上次和帕齐聊天是什么时候了，“他长什么样了？”

“很帅气。”卡罗琳回答道，“也很高。”她闻了闻自己的腋下，确定自己身上没有性爱的味道。她很好奇自己闻起来像不像癌症患者。“非裔美国人。”

“非裔美国人？”罗杰笑了。

“黑人，无所谓啦。”卡罗琳以为罗杰在笑她使用了政治立场正确的术语。自从有了这种说法，这个术语总是让她感觉很不舒服——你怎么能假定自己遇到的黑人不是非洲人就是美国人呢？不过罗杰不是因为这个才笑的。原来，她的情人只是有点种族歧视。不是会穿着白色床单示威的那类，不过也的确是种族主义者。随着谈话的继续，卡罗琳知道的事情就更多了：罗杰在教堂里有认识的非裔美国人，他还说自己有几位非裔美籍的朋友和熟人，但无论如何，他还是更希望女儿不要和非裔美国人约会。虽然卡罗琳之后会后悔自己的行为，但她还是努力让他冷静下来，她反口说："也许我看错了。"可为时已晚，就这样，卡罗琳1998年到1999年的校园韵事的乐趣大大减少了。

他们本来打算那天晚上一起吃晚饭，可罗杰说他需要去打几个电话，而卡罗琳也没有阻止他离开。

哎哟。

她想描述自己选择罗杰的理由，却只能想出一些陈词滥调：容易征服、能增强自尊心、方便动用职权、出事了也容易解决。也许她只不过是喜欢他的长相。他让卡罗琳想起了纽约市的天气预报员萨姆·钱皮恩。最近一次去巴纳德学院当客座教授时，她有点迷上了这个人。她怀疑罗杰可能是隐性同性恋，不过她不怎么在意。卡罗琳一直都很想体验新东西，而且她并不排斥肛交。

从学校回到家时，她又给女儿打了个电话，而这次电话竟然真的接通了。阿莱格拉问卡罗琳有没有时间去华盛顿看戏剧《阳光下的葡萄干》（阿莱格拉扮演柏妮沙·扬格）。她们聊了聊阿莱格拉的新女友格蕾丝，还有卡罗琳的感情生活。

“妈妈，你有交往的对象吗？”

卡罗琳回答：“本来有，但应该快结束了。”而且，她很清楚自己会怎么做。一切都会是极其光明正大的，或者在现在的情况下尽可能地光明正大。她会告诉罗杰，一起出书这件事无法进行下去了——就这样。她会督促罗杰在夏、秋学期里完成论文。至于她自己，卡罗琳会安排一段时间的休假，名义上是为了宣传《公共汽车的轮子2》。学院会答应的，毕竟所有人都知道她是学院的主心骨。等她回来的时候，罗杰早已毕业离开，重新回到他的来源地，一个带有种族歧视又敬畏上帝的小地方。她用手指在腋下摸了摸，看那个肿块还在不在（还在）。卡罗琳心想：我年纪大了，不该长这个鬼玩意儿啊。

在阿莱格拉的寝室里，有人将音乐声音调大了。卡罗琳听到一群年轻女孩随着流行歌曲吵闹地唱道：“给我个爱的信号，再次回到我的身边。”

阿莱格拉让她们安静：“朋友们，我正在和我妈妈打电话。”

“抱歉啊，阿莱格拉的妈妈。”其中一个女孩带着音乐节奏喊道。

卡罗琳听着音乐。现在阿莱格拉的室友们停止了歌唱，她就听得更清楚了。歌曲很熟悉，是……“哦！我知道这首歌！我知道的！”卡罗琳很高兴自己能听出来是哪首歌，“这是那个穿内衣的女孩唱的。”

四月（二）

牧师吟诵道："四月十五日。莎士比亚真的应该把这个日子叫作'四月中日'。我们要小心肮脏的、低贱的、一无是处的四月中日。"

教堂会众中传出一声窃笑。

"哦，怎么？这就是你能做到的最好的结果？我给你们讲莎士比亚，讲笑话，而你们给我的就是一张张沮丧而忧郁的面孔。整整一周，你们都是带着同一张沮丧而忧郁的面孔来见我，对我哭诉你们的麻烦事：这个买不起，那个买不起，不知道怎么才能维持生计。你们说，保罗牧师，我真的不知道该怎么过下去了。上帝知道，我都多久没有休过假了！丈夫的懒人沙发都破洞了！小比利想要乔丹运动鞋，但我们只能买得起沃尔玛里面的那种！学校的那些坏孩子会怎么嘲笑他呀！牧师，这不公平，这样不对，这不符合基督教教义。"牧师摇摇头，瞪大眼睛，"我说，这不符合基督教教义。"

哄堂大笑。

“这才像话。不过，有些人来找我是因为有大麻烦。失业、抵押贷款拖欠以及信用卡债务。当你们说‘牧师，如果我能从泥潭中脱身，如果我能筹到钱把自己从这个可怕的泥潭中救出来’时，我心里想的是：钱救不了你。但我知道谁可以，兄弟，那就是无所不在的上帝。”

“是时候重新记账了，是时候重新算术了。我是指精神上的算术。世界告诉你们俗世的债务很重要，但我来到世界的唯一使命就是告诉你们那不重要。唯一重要的债务是精神上的债务。我所说的精神债务指的是你们对上帝的亏欠，他为了你们的生命而去赴死……”

在教堂的条凳上，罗杰握住了乔治的手，小声说：“阿门。”

他看着美丽可人的帕齐，她金色的头发用蓝色的条纹发带束了起来。上个星期五晚上，他问了那个黑人男朋友的事，帕齐否认了。她承认在游泳池那里遇见了卡罗琳，但她说卡罗琳看到的肯定是她“在一个黑人的旁边游泳，而不是和一个黑人一起游泳”。乔治也没有听说帕齐交了一个黑人男朋友，而罗杰从来不曾听帕齐说过谎，所以决定就让这件事过去吧。帕齐还说：“我觉得就算我真的有个黑人男朋友也没什么大不了的。”罗杰说她没有抓住关键。帕齐很好奇：“关键是什么？”关键是帕齐应该把每一任男朋友都介绍给父母认识，另一个关键则是帕齐应该和教堂里的人约会。帕齐问：“所以，只要一个黑人是复临会教徒，我就可以和他约会？”罗杰说她有些过分抠他话里的字眼了。他咒骂卡罗琳的眼睛不好，还责备她一开始要多管闲事。

他的视线越过帕齐转向海伦：海伦闭着眼睛，随着牧师的话适时地拼命点头，说：“阿门。”

罗杰走出教堂时，被保罗牧师拦了下来。牧师和罗杰握手，罗杰赞美他的布道很振奋人心。保罗牧师问道：“你能不能星期三下午五点左右过来一下？我需要你帮个忙。”

“希望不是什么大事吧？”

“哦，不，不是的。”牧师笑了，“只是教堂过去的寻常事务。”接着他止住笑，“星期三。”

罗杰说：“我星期三有课。”

“那么星期五呢？”

罗杰提前十五分钟抵达教堂，牧师的秘书示意他坐在柳条编成的摇摇晃晃的双人沙发上。罗杰有点尴尬，他觉得这很女性化。沙发垫很硌人，带有印花图案的薄薄的一层棉絮起不到什么作用。罗杰每每稍微动一下，沙发就会嘎吱嘎吱地响。这个沙发让罗杰感觉自己惹上麻烦了，他很好奇自己是不是真的惹上麻烦了。

比如说，如果乔治意外发现了他和卡罗琳·默里在偷情呢？如果乔治没有直接和罗杰对质，而是告诉了保罗牧师，现在牧师打算就这件事和罗杰“聊聊”呢？只是这样的念头都让他觉得很丢脸。

保罗牧师从办公室走了出来：“很高兴见到你，罗杰。进来吧。”罗杰站起身，沙发狠狠地嘎吱响了一下，就好像罗杰的起身让它如释重负一样。

罗杰说：“上周六你的布道真是太精彩了。”

保罗牧师回答：“很高兴你喜欢。来杯花草茶？”罗杰说不用，但保罗牧师还是在他桌前放了一个茶杯。“尝一下。”他一边说着，一边倒入热水，漫过茶包，“我都不必告诉你，那场布道是我的肺腑之言。每年的这个时候是税收季，你知道吧？人们花了太多时间思考钱的事，没有多少时间是用来思考上帝的。我想尽我所能，提醒人们上帝依然在我们身边。”

“你主动提到了布道是很有趣的，因为我的布道特别针对了一些人，其中一个就是你。”

“我？”

“就某方面而言，是的。罗杰，你们家缴的什一税有问题。”

保罗牧师从桌子最上面的抽屉里拿出一张表格，表格的题目是“波默罗伊家的什一税，1998—1999”，上面记录着罗杰的家庭收入以及按照收入的10%向教堂缴纳的税额。“目前，你和你的妻子都不在教堂中任职，这就意味着你们家应该在每个月底缴纳10%的税。正如你所看到的，上一次收到你们家的税款还是在1998年8月，也就是八个月前。”

罗杰迅速扫了一眼表格，确定了有一长列的“0”。他把表格推到桌子对面：“牧师，这些我不是很清楚。乔治负责家里的一切财务，你真的应该找她谈谈。”

保罗牧师点点头：“我们试过了，罗杰。这六个月以来，我们一直在给她留言。好几次教堂集会结束，我亲自请她来办公室见我，但她都没有来。所以，罗杰，我也是被逼无奈，只好和你谈这件事。”

罗杰清清嗓子，他想说点什么，但发现自己说不出话来。

“喝点茶吧，罗杰。”

罗杰喝了茶，但嗓子依旧很干：“我一直忙着学习上的事，想尽早毕业。我知道钱有点……有点紧张……乔治绝对不会……我相信肯定是哪里弄错了……我可以补救好的。”

保罗牧师握住罗杰的手：“如果不缴什一税，那就是在抢上帝的钱。”

罗杰说：“我知道。”这一切简直太丢脸了。这真是比被质问偷情的事情还要糟糕。

“我刚刚想到，你应该会想在海伦婚礼前把这件事情解决好吧。”

* * *

和牧师见面之后，为了赶赴他与卡罗琳在下午的会面，罗杰开车穿过这座城市。

在路上，他计算了一下往返学校的汽油钱，还计算了开车的总费用（汽油钱加上车险）是比他给卡罗琳当助教的工资更多还是更少。

这间办公室应该是我的。

卡罗琳说："罗杰，你好。"她朝他伸出手。鉴于这两个月来二人的关系，这么正式的动作让罗杰感到奇怪。

罗杰跟她握手，问道："这是做什么？"

卡罗琳笑的声音有点大，时间有点久。她说："抱歉，罗格，主要是今天我想以同事的身份和你谈谈，而不是我们的另一种关系。坐吧。"

罗杰说："好吧，我也一直想……以同事的身份和你谈谈。"

她说："请吧，你想说什么？"

他说："我想申请贷款。"他想从卡罗琳的表情中看出她对这一要求的想法，但什么也没有看出来。"或者加薪，随便哪一种都可以。"然后罗杰解释说，这是因为当了卡罗琳的助教后，他的工资减少了，再加上他女儿即将结婚这件事，直接导致他们很难维持某些家庭开支，比如说缴纳什一税。

“什一税？”

“我要把总收入的10%捐给教堂。”

“哦，对，那种税啊。这真是——”她提醒自己，不要显得过于高傲，否则后果她承受不起，“我都不知道人们现在还缴什一税，教堂就好像是你的中介一样。”

“嗯……”

她说：“我是开玩笑的。是这样的，罗格，我也有个消息告诉你。”她说自己计划明年休假。

他问：“那我们的书怎么办？”

她说：“我想只能先暂停一段时间了。我认为你可以利用我不在的时间完成毕业论文，然后，等我回来了之后，我们再商量一下写书的事情。”

“你是说你不想继续写这本书了吗？”

“不，我只是说我想休息一段时间，只是这样而已。我明年还有自己的书要宣传，而我女儿也快要大学毕业了。你也知道的，我会变得很忙。”

罗杰感觉自己的脑袋很可能会爆炸。

“其实呢，罗格，你知道你应该怎么做吗？你应该一个人去写书。我们所有的研究都可以归你，不过，记得在题词中提到我的贡献，好吗？”

“卡罗琳。”罗杰清了一下嗓子，他站了起来，倾身靠在教授的书桌上，“卡罗琳，我很需要这本书，这一点我怎么向你强调都不够。我真的很指望这本书能成功，这本书是我的救赎，是我的——”

“冷静一点，罗杰，这只是我的一个想法。”

“卡罗琳，卡罗琳。”罗杰希望自己没有哭出来，“我遇上麻烦了，很大的麻烦，我需要帮助。”

“你是说钱。”卡罗琳的声音沉稳而冷静。

“帮助！我是说，帮助。如果有人能帮我一把……”罗杰单膝跪下，有一个可怕的瞬间里，卡罗琳很担心他会求婚。她的第一任丈夫并不是这样求婚的：那是1971年，她和克拉伦斯刚参加完一个抗议集会，正坐在回去的公共汽车上。他说：“姐们儿，我在想我们应该同居。”

卡罗琳回答：“我绝对不会未婚同居的。”但严格说来，这句话并不是真的。

他挠挠头皮，几块头皮屑飘了下来。就像雪花一样，她心想（她真的爱这个男人爱得无可救药）。他说：“没想到你这么古板。”

她说：“我不古板，只是在某些事情上这样而已。”

一个月后，他们在市政厅结婚了。也是在同一天里，他们开始了同居。

罗杰在叫她：“卡罗琳。”

在她回忆过去的时候，即将变成过去时的这位情人双手搂住了她的腿肚子。

“拜托，罗杰，我现在需要我的腿。”卡罗琳从罗杰手中拔出自己的腿，走向书架。她的手提包在那里。她从里面取出钱包：“我想帮你解决什一税的事情。上个学期，你的工资是五千美元，也就是说你欠教堂五百美元，对吧？我会给你写张支票，金额为七百五十美元，可以吗？希望能帮到你。”在备注处，她写道：研究经费。据她说，这样写只是为了扣税方便。

罗杰说：“我会还的。”他拿上支票，放进裤子的口袋里。知道钱在那里，他就冷静了一点。

“不需要。”

“我们之间结束了吗？”

卡罗琳把钱包放回手提包里，合上拉链。“我的休假跟你没有关系——如果你想问的是这个的话。只是时间刚好赶到一起了，罗格。”她并不觉得罗杰会起诉她。她一直都知道在这件事中，他对宗教的虔诚就是自己的保护伞。他很想表现出一副虔诚的基督徒的样子，这种想法十分强烈，他绝不愿意曝光自己的婚外情。这也是卡罗琳选择他的一个非常有力的理由，而她也知道自己的行为顶多在道德上会被指摘。为了让罗杰好过一些，她告诉罗杰自己的腋下有个肿块，把事情都推到了肿块上。

他说：“让我看看。”

卡罗琳觉得这个要求非常奇怪，但她还是卷起羊绒衫，将内衣解开，再抬起胳膊。她说：“不一定看得见，但可以摸出来。”

罗杰把手指放在她胳膊下，说：“就像在摸一个小宝贝。”

“可能并没有什么问题。”

她把毛衣放下来，扣好内衣。这是他第一次看她脱掉内衣，也是最后一次。

* * *

罗杰开车回家，路上在支票兑现处停了一下。家里没有人，乔治还在上班，而帕齐的去向只有上帝才知道。在等乔治回家的时候，罗杰决定在房子里找一找家里现在所有的财务账单。他在抽屉里、车库的购物袋里、乔治衣柜的鞋盒里以及客房浴室洗手池下面的塑料桶里都找到了还没有打开过的账单。到处都有，真的是到处都有。他找到了许许多多看似矛盾的女儿婚礼的账单，从发票来看，已经结清的账单远远少于还没有付款的那些。他怎么没有注意到自己一直住在一栋纸房子里呢？点一根火柴，这一切就会在瞬间化为灰烬。

他正打算结束寻找时，却发现了一个类似法律文件的信封，寄件人地址写的是他儿子的地址。罗杰取下曲头钉，里面是一张信用卡账单，日期是1999年3月22日，上面还贴着一张便利贴。文森特写道：“这是你新开的卡，我把这张也注销了。妈妈，你必须住手。”

罗杰查看着账单上的支出。他曾经听电视节目中（《前线》还是《莫里秀》？）的人说过，一个家庭的秘史就写在他们的信用卡账单上。说实话，罗杰搞不懂他们的钱都花到了哪里。他们的生活并不富裕，钱也没有捐给教堂，然而妻子明显是在偷用他们唯一的儿子的钱。所以，钱花到哪里了？钱他妈的花到哪里了？

高地购物中心的纸迹店：300美元

时代华纳有线电视公司：72.89美元

中央能源：249.14美元

得克萨斯中部计划生育联合会：275美元

福德洛克餐厅：35.17美元

他停了下来。

然后，又念了一遍：

得克萨斯中部计划生育联合会：275美元

计划生育。

他妈的计划生育。

帕齐和一个黑人在游泳池。

帕齐和一个黑人在游泳池鬼混。

帕齐和某个黑鬼在游泳池鬼混，原谅我用了黑鬼，因为我真的不是会用这种词的人。

帕齐和某个黑鬼在游泳池鬼混。

我们全家都是虔诚的基督徒。

帕齐去了计划生育联合会。

乔治用偷开的信用卡付钱，还对我隐瞒了这件事。

在文森特的毕业典礼上，我把小女儿举起来，好让她看得更清楚。

帕齐去计划生育联合会流产。

我的小女儿从我身边走丢了。

我的小女儿死去了。

我的小女儿要下地狱了。

我的小女儿走丢了。

罗杰希望先回到家的是妻子，不然他很担心自己会杀了女儿。

我们全家都是虔诚的基督徒。

他坐在厨房里，天暗了他也没有开灯。在黑暗中，他逐渐意识到这一切都是他自找的。帕齐的罪孽和乔治的罪孽其实都应该由他来背负。他自私又虚荣，非要拿到博士学位，带着全家离开田纳西州，让女儿离开了优秀的基督教学校。他的妻子真是可怜，他背叛了她，抛弃了她，逼她独自承受经济负担，自己却毫不关心，只顾风流享受，和卡罗琳·默里偷情。那条美女蛇可真会花言巧语！他是多么愚蠢啊。现在他明白了。哦，现在他明白了！上帝是在惩罚他，而他罪有应得。“哦！”他像野兽一样，发出沉闷的呻吟声：“哦！我是个罪人！上帝原谅我吧！”他双膝跪下，又是祈祷，又是哭泣，然后接着祈祷，“亲爱的上帝，告诉我该怎么做吧！显出神迹吧！帮助我走出这片泥潭！”

他重复了一遍，又在接下来的十一分钟里诉说着含义相同的话语。等到第十二分钟时，他听到了耶稣的声音，与之相伴的是冰箱不锈钢门上的光环。

忏悔吧

驱逐你的女儿

为我奉献你的生命

“我会的。感谢您，感谢您，上帝！”

光环迅速熄灭了，正如它突然出现一样。

就好像有一个开关。

就好像隔壁的吉塔家。去年夏天，吉塔先生在车库入口旁边装了一个探照灯，上面带有移动传感器。这样一来，移动垃圾箱就变得很方便，他不再需要在黑暗中摸索电灯的开关。他装探照灯的初衷是为了避免再发生由腐烂的羊肉末造成的惨剧。

或许跟这个无关。

乔治回到家之后，打开了厨房的灯，发现罗杰跪在地上，用双唇贴着冰箱门。他的手上有擦伤的痕迹，眼睛红肿而可怕。

乔治问："出什么事了？"

"帕齐在哪儿？"他的嗓音还没有恢复，只能发出低哑的吱吱声。

"她今天在朋友的家里过夜，明天早上会在教堂和我们会合。"

"你刚才去哪儿了？"

"从11月开始，我晚上就在迪拉德百货的大码服装区工作。我跟你说过啊。"乔治注意到账单散落得到处都是，据此，她立刻就能编出几种可能的故事。但没有哪一种故事足够吸引人，她发现自己并不想知道罗杰都发现了什么。

她扶着丈夫站起来，带他上楼进入卧室，让他躺在床上。她用棉球蘸了双氧水，清理他的双手。

"很抱歉。"乔治说，"不管你发现了什么，我都很抱歉。"

第二天早上，罗杰天亮之前就起床了。他冲了澡，疼痛的身体被肥皂触碰时好像被针扎了一般，他却捕获了一种类似愉悦的快感。他仔细地刮了胡子，就好像只要不刮伤自己，人生也就有了保障。他梳了梳金黄色的头发，抹上自己惯用的润发油。他看着镜子中的自己：依然年轻、强壮而健康。他让上帝和家人失望了，但他会做些弥补的。

他穿上最好看的西装，然后坐在乔治床边，等她起床。

乔治一睁开眼睛，罗杰就握住了她的手说："我知道什一税的事，也知道文尼信用卡的事，我已经了解了家里的财务……状况。"

"我可以解释——"

罗杰打断她："不必了，这不仅仅是你的错，也同样是我的错。我要知道的是……我想让你告诉我的是帕齐的流产。"

"帕齐？"乔治的声音带着浓浓的睡意。

"不要再替她遮掩了。乔治，我都知道了。我看到文尼信用卡账单上的花费了。我知道你做了什么，也知道你努力把这件事瞒过去。"

乔治从床上坐起来，她的身体很沉重，胸部却很柔软，几乎让她以为自己的月经来了。她穿着蓝色的法兰绒睡袍，上面有绵羊图案，因为被穿的频率极高而质地柔软。小腹那里破了一个洞，让她十分难为情。她很羞愧穿着这样的衣服和罗杰谈事情："拜托，罗杰，我能不能先冲个澡？"

罗杰摇摇头。

"你想知道什么我都会告诉你。只是，让我先冲个澡吧，我身上有股怪味。"

乔治试着站起来，但罗杰又把她推回到床上。

“我现在就要知道。她什么时候告诉你她怀孕了？”

乔治叹了口气，用手把那个洞挡住：“她没有说。”

“这话是什么意思？”

“是我察觉到了。”乔治双膝蜷缩，弯向胸部，脑袋从中间埋进去，陷入睡袍的领口中。她吸了口气，隐约闻到了阴道的气味。然后她又呼出一口气，睡袍包着她鼓了起来，像个热气球。在孩子们还小的时候，她会和孩子们钻进毯子里，打着手电筒给他们讲故事。她发现，故事不在整个房间、整座房子、整片世界回响，才更容易具备可信度。

“是我察觉到了。”乔治重复了一遍，声音在睡袍中显得低沉，“在给她量尺寸做伴娘服的时候，她的腰身圆了一英寸[1]。刚开始，我以为是她不再参加啦啦队的缘故，后来不知怎么，我就知道了。我就是知道。”乔治把头从睡袍中抬起来，看着罗杰的表情，推测故事的效果如何。她哭了起来，“我就是知道……我问了她，她说她想流产。”

罗杰用手背扇了乔治一个耳光：“你怎么能让这种事发生？你想让我们的女儿下地狱吗？”

“那我该怎么做？我们没有钱。我是个四十七岁的临时工，而你还在上学。你从来不在家，只有我一个人。我真的尽力

1　1英寸约为2.54厘米。

了。”

“还有，那个男孩……是谁？”

“学校的一个家伙。”

“那个黑人？”

“啊？”

“就是那个卡罗琳——我老板——看到的和帕齐一起在大学游泳池的人。我问过你的，记得吗？”他抓着乔治睡袍的衣领，把她拉向自己。

“对，罗杰，就是他。”

“为什么我问你的时候你没有说实话？”

“我不知道！我不知道！为了一句谎话，就得不停地说其他谎话去遮掩。拜托，罗杰，我快窒息了。”

罗杰松开了乔治的睡袍，导致她往后倒在了床头板上。睡袍已被扯过头顶，腹部暴露在空气里，她也没费劲去整理。

罗杰走下楼，拿了一包冷冻豌豆回来，让乔治敷脸：“快点，去教堂要迟到了。”

在车里，罗杰对乔治说；“她必须被送走。”

“不应该让她先完成这学年的课吗？”

“不行。”

“可罗杰，已经发生的——”

“不行。”

乔治叹气。她的脸颊很疼。罗杰以前从没打过她。她的脸颊很疼，这种疼痛让她无法自如地移动下巴："你要把她送到哪里？"

"送回田纳西州我母亲那里。"

"你不会告诉你母亲她流产的事，对吧？"

"当然不会，这件事再也不要提了。"

"那你怎么对她说？"

"我会告诉她帕齐最近行为乖张，需要管教。"

乔治说："让我去和帕齐说，你太心烦意乱了。这件事是她的错，但同样是我的错，我不应该让这种事情发生。由我来说会更容易。"

罗杰一边考虑着这个请求，一边右拐弯进入了教堂的停车场。他们来晚了，所有的停车位都被占了。他只能掉头把车停到街对面的零售商场里。最近，这家零售商场公开声明他们希望复临会的教众不要使用他们的停车场，因为星期六是他们最忙碌的购物日。星期天停在这里是一回事，但这些狂热的基督徒星期六也停在这里就会造成诸多不便。"好。"罗杰同意了，"应该由你去告诉她。"他把车开到对面，祈祷车子不会被拖走。

五 月

1999年5月23日

哈兰：

你现在一定注意到我并不在学校了吧。哈，我不知道别人是怎么对你说我的离开的，如果他们有说什么的话。但显然，这并非出于自愿。我只是想让你知道，我很想你。我真希望我能和你打电话或者是亲自去和你说这件事，但妈妈刚告诉我要把我送走，还没等我反应过来，我就在去鹿留市的灰狗巴士[1]上了，就是这样。而那段时间里，我爸爸既不和我说话，也不看我。他只说了一句话，那就是他希望我花点时间反省自己的行为，并多做些祷告。

我不想让你为我烦恼，但这边的日子并不是很顺

1 灰狗巴士：是一种城际巴士，服务于北美超过3800个站点。

心。我在前面提到过，我待在鹿留市，和祖母一起。我从一开始就不太喜欢她。我小的时候，她一抱我，我就会哭。她身上的味道很怪，衣服总是很粗糙，我也不太清楚。不过，我向上帝发誓，直到刚才，我才发现她已经疯了。

我到她家后，第一个引起我注意的就是味道。就好像学校特色鸡翅的味道，也像微波炉爆米花和氨水的味道。基本上，就是尿骚味或者是某些人用来遮盖尿骚味的味道。

我过去的第一个晚上，她就说："帕齐，你爸爸说你在那所洋气的城市学校里已经变得不知天高地厚，连自己几斤几两都不知道了。"

听到这话我就笑了，得克萨斯州又不是拉斯维加斯什么的。

她就问我："你在笑什么？"我就说："没什么，大人。"她说："你脸上明明在笑，你肯定是在笑什么。"我还是说没有。不管怎样，对话就这么进行了一会儿。然后，她就罚我回到房间去，还不许我吃晚饭。这简直太可笑。看在上帝的分上，我都成年了。半夜我被饿醒，我从她冰箱里找了一袋波利奥牌薯条和一盒酸奶。第二天早上，她对我说："帕齐，我们得好好谈一谈你的道德问题。"然后她说我是小偷！那天下午，冰箱上就多了一枚大锁。不过，最可笑的事情还在第二天。她把三明治套餐落在冰箱里了，所以这个老泼妇不得不用铁撬棍把这个可恶的锁撬开。

我又笑了。（这次是在心里偷笑。我也学乖了。）

然而接下来的那天，她忘记是她自己把锁撬开的，非要说是我干的。她晃着屁股把我赶到楼上，锁进房间里。我这下才注意到我该死的房门外面竟然有一把锁！就是这样。

她把我所有的衣服扔到后院的金属桶里烧了。原因显而易见，我的衣服既露胳膊又露胸部（就好像我有料可露一样！）。第二天呢，她又说："你为什么都没有衣服可穿？"

这里没有电视，只有一台收音机，里面通常播放的不是唱诗班音乐就是一群人喊来喊去。有一次，我以为她睡着了，就想换一个正经的频道，但接下来我所知道的就是有东西砸到了我的后脑勺。是颗苹果！她把一颗红元帅苹果朝我扔了过来！我得承认，这个老女人的准头不错。

上周五我终于和我妈妈说上了话。看情形，他们一时半会儿是不会让我回去了。也许海伦结婚时我会回去，但到那时候，我想你很可能已经毕业离开了。

不怕你笑话，和我妈妈打电话的时候我还掉了几滴眼泪。我完全是在请求她让我回去，但并没有什么作用。是的，我甚至不知道能不能再次见到你。除非你来田纳西州或者还有其他什么办法，即使如此，我也仍然会被严加看管。我外出的话只能去教堂，再没有其他选择了。

我也不想把事情弄得很戏剧化，但我真的很想你。还有，我还没来得及教你仰泳，但我希望你能找机会把它学会。

爱你的帕齐

另：我真心希望你不要和讨厌的珍妮特·约翰逊一起去毕业舞会。我知道她的眼睛一整年都在盯着你。

又另：如果你真的有这个打算，那你得记住我和珍妮特在啦啦队一起待过两年，她就是个婊子，她妈妈也是。

帕齐把信放入信封里并封好，但是祖母弗兰不愿意给她邮票，而帕齐既没有钱，也没有出门买邮票的自由。人生之中第一次——但绝不是最后一次——帕齐很想知道为什么生命在上一秒还显得弥足珍贵，下一秒又变得微不足道。

星期六，弗兰带帕齐去教堂时，牧师的儿子马库斯也在那里。他和帕齐的前男友是好朋友，和帕齐也是从小就认识的。他对帕齐笑了一下，帕齐则只是点了点头。自从来到弗兰家，她就知道了不笑往往是最明智的选择。

礼拜结束后，弗兰去找牧师商谈关于礼拜的无聊事务，这给了马库斯和帕齐单独聊天的机会。

“听说你回到镇上了。”

帕齐说：“显然是的。”

“你能出来和我们玩吗？”

帕齐摇头：“我在接受惩罚。”

“你做了什么？”

帕齐说：“我和一个黑人约会了，还欺瞒家里人，应该是因为这个。”

马库斯说：“哦，听起来没有那么严重。”

“估计我爸爸觉得很严重。”帕齐耸耸肩。这十四天来，帕齐的生活里没有电视，也没有隐私，甚至失去了正常的饮食规律，所以她有很多时间可以用来祷告和反思，这些恰恰是她父亲认为她急需做到的。她祷告了，也反思了，然后她得出的结论是：人们的行为往往在自己的承受范围之内；所有罪行的成立都是相对而言的。

六 月

婚礼上，新郎的嘴唇裂了，新娘的鞋子磨脚；餐巾纸上带有花纹；牧师是有偿出席；签名板歪了；伴娘的裙子皱了；房子还是猩红色的；既没有天鹅，也没有池塘；新娘的哥哥不和新娘的母亲说话；新娘的父亲不和伴娘说话；新娘不愿意和新娘的母亲说话，但是无法避免；新娘的母亲哭了，既是因为这场婚礼，也有其他不可知的原因；新娘也哭了，但只掉了几滴泪；祖母的裙子上有一处隐藏的水印图案；摄影师拍照片时就像在组织军事活动一样；从一般特征和总体效果来看，这场婚礼和历史上的大部分婚礼没有差别。

这件喜事结束的下一个星期，新娘的母亲就投放了房子的出售广告：

> 荫影街1205号，拎包入住。房屋颜色充满热情与活力。四间卧室，两间半浴室。面积很大，景观怡人。去

大学只需短短二十分钟的车程。靠近一流的波特独立学区。房子去年才上漆，地板也是新装修好的。适合一大家子人或者准备组建家庭的人居住。卖家接受一切合理开价。我们来做交易吧。

七 月

在牧师的建议下，祖母弗兰出钱将帕齐再次送去了亚拉巴马州参加基督教士兵圣经夏令营。

在那里，帕齐制作了一个皮夹子，还参加了骑马、制陶、游泳，并把大多数时间用在了下跪祈祷上。她感觉自己像疱疹药广告里的人，只不过没有长疱疹而已。不过，这也比在弗兰家好。圣经夏令营里的人也许是疯子，但至少他们疯得很有规律。

作为男生队的管理员，她的前男友马格努姆也来了。他前三天都在回避帕齐，但星期二晚上的禁食大会结束后，他悄悄走近了帕齐。

马格努姆说："你瘦了，是得了厌食症还是怎么的？"

帕齐说："我祖母常常让我饿肚子。"

"哈。你的新男友呢？"

她说："你的问题太多了。"

"出什么事了？他把你甩了？"

帕齐耸耸肩："没出什么事。"

"好吧，我是想问你要不要和我一起去水上探险公园。"

"如果我拒绝你会哭吗？"

帕齐答应了。主要是因为马格努姆是管理员，也就意味着他可以坐有空调的面包车，而不是租来的校车。说实话，她一直都觉得和马格努姆在一起的时光很愉快，虽然不怎么惊天动地。他不是哈兰，可哈兰又不在这里。马格努姆很贴心，还有点傻乎乎的。他头发柔顺，肩膀宽厚，双手柔软，也许有一天，他会成为某个女孩可以接受的完美丈夫。

夏令营的倒数第二个晚上，马格努姆把她带去了餐厅后面那个树林里的废弃小屋。他给了她一根大麻烟卷，她接受了。

"你明年回鹿留市学院上学？"

"我想应该是的。"

"你很美，帕齐。"他抚摸着她的头发说道。

她说："揉一揉我的脖子。"

他照做了。

不知怎么回事，帕齐的衬衫被脱掉了，然后是马格努姆的裤子，然后是帕齐的裙子。再然后他的手滑到了她的双腿之间，柔软而潮湿，还有一点儿黏稠。接着她脱掉了内衣，接着他也脱掉了内裤。然后帕齐问他有没有带那个他们需要的东西，马格努姆说带了。帕齐躺倒在小床上，床的一头还沾有落叶。马格努姆问帕齐是否确定要这么做。帕齐回答是。马格努姆又问她担不担心冒犯上帝。帕齐说："不担心，我都不确定自己是否还相信他。"于是马格努姆压了上来。帕齐呻吟出声。"慢一点。"她说。马格努姆尽量听从帕齐的意思。整件事在113秒内就结束了，帕齐之所以知道是因为她在过程中进行了默数。

他说："可怜的帕齐，你流血了。"马格努姆吻了吻她的小腹和大腿。

她说："这是我的第一次。"

"你没有和那个家伙做过？"马格努姆忍不住露出胜利的笑容。

帕齐说："他不想。但你也不必这么得意，马格努姆。我想做，但他觉得应该等等。"

马格努姆吻着帕齐的唇："我会娶你的，帕特里夏·波默罗伊。"

帕齐嘲笑他道："可不是嘛。"但他的话让她极为沮丧。小屋如此狭窄，让她感觉自己也在缩小，就好像某天醒来，会发现自己完全消失了一般。她本想哭，但她不希望马格努姆以为她是因为这场性爱而哭——或者更糟，以为她是因为上帝而哭。我可以嫁给他，帕齐心想。我可以嫁给他。如果我真的嫁给了他，我不想让他每次和我做爱都想起第一次的时候我哭了。

她心想，上帝啊，我真可以嫁给他。

"你在想什么？"

"很可怕。"她说。

“什么很可怕？”

事物之间的联系，她心想，又或者说是事物之间缺少联系，就是一种不连贯性。她无法理解一个人是如何从某个点走向另一个点的，尽管那个人就是她自己，尽管中间的每一步都由她亲自走过。除了自身之外，还存在着看不见的神秘力量。她无法理解自己怎么会在遇见一位没有乳头的女人两周后，突然发现自己坐在灰狗巴士上，来到这么一个偏僻的地方。她无法理解为何父亲不再和自己说话。我今年十六岁，曾是啦啦队队员，现在却被家人所抛弃。父母顽固而偏执。我不确定自己是否相信上帝，至少我不相信父亲眼中的上帝。我刚刚把贞操给了一个我不爱的男孩。按照这个宗教世界的规则，我最后可能会嫁给他，二十五岁之前可能会有三个孩子，余生的每一天也许只能看见好尔玛零售公司的库房，再无其他。

“帕齐，你在听吗？”

“去年，我从啦啦队的金字塔队形顶端摔了下来，这之后的一切都感觉像场梦。”她咯咯笑着说。

“你的药劲上来了，是不是？”

她说：“差不多吧。”

八月

和帕齐一样，罗杰这个夏天的大多数时候也在做祷告，只是他的祷告更为固执，也更具体。他为帕齐的灵魂祈祷；为她未出世的孩子的灵魂祈祷，为世上所有未出世的孩子的灵魂祈祷；他为乔治祈祷，谁让她允许帕齐犯下如此罪过，还偷儿子的钱，更糟的是，还偷教堂的钱；他为卡罗琳·默里和他自己祈祷（虽然在罗杰的价值观中，谋杀、流产与偷窃都比通奸要严重得多）；他祈祷自己能最终原谅妻子和女儿；他祈祷房子能顺利出售；他祈祷家里能付清所有账单；他祈祷能赚到足够的钱回到田纳西；总而言之，他祈祷奇迹降临。

然后，奇迹真的降临了。

帕齐去参加基督教士兵圣经夏令营时，罗杰的母亲摔下了楼梯，在陷入昏迷之后过世了（事实证明，帕齐猜得没错，弗兰患有痴呆症，可能是早发性阿尔茨海默病）。罗杰是弗兰财产的遗嘱执行人。弗兰给每个孙辈的孩子留下了一万五千美元，但帕齐的那份遗产在一个月前新加了附约，上面说明她的那部分钱“要花在这个年轻人急需的宗教教育上”。弗兰把其他东西都留给了罗杰，包括房子和价值七万五千美元的保险单。

这笔钱加上得克萨斯州的房子卖掉之后的钱，足以让罗杰和乔治变回分文不欠的状态。虽然没有余款，但已经足够。

罗杰决定回到田纳西州去完成毕业论文。他让乔治辞掉工作，整理好搬家卡车，就好像他们从未来过得克萨斯州一样。

为了感谢上帝和母亲，罗杰决定放弃教育事业，成为全职牧师。毕竟，当他本人处于绝望的深渊中时，也曾受到耶稣的呼唤。站在鹿留市的新房子（弗兰的老房子）门口，他对妻子说：“上帝会有所赠予。”他喜欢这句话，于是又说了一遍，就像在演电视一样，“上帝会有所赠予。”

乔治点头。她走进门厅，这里有一股子樟脑丸和尿液的味道（或者是用来盖过尿骚味）。房子里没有空调，乔治便打开了所有窗户，让空气流通，好使味道散去。然后她到楼上重复了一遍所有动作。有些窗扇被托架挡住了，就好像自上好漆之后就再没打开过一样。乔治用拳头捶打窗框时，想起了自己一直不太喜欢婆婆，连带着也不喜欢这座房子。

最后一扇窗户在卫生间的洗手池那里。乔治打开窗户，然后把身后的门锁好，坐在了马桶上。那天起床时她就觉得胸部很柔软，正如她所猜想的一样：她的月经来了。

乔治在弗兰的洗手池下面翻了翻，却只找到一盒放了很久的卫生棉，还是那种围在腰上的带双面胶的细条卫生棉。

“他妈的去死吧。”乔治咒骂道。

然后，她哭了起来。

九 月

九月份，帕齐转学去了她父亲曾任副校长的那所宗教中学。学校认定帕齐聪明有余而信仰不足（穿紧身裤子，满嘴胡说，等等），而且她的高三生活基本上是一个麻烦接着另一个。就比方说，把科学学期论文称为“傻瓜的创造论”是不可取的。

学校的升学辅导员同时担任了女生们的体育教练，他建议帕齐报考田纳西州复临大学，他对学校里的每个学生都是这么一个建议。没门儿，帕齐心想。她想学非裔美国人研究或者东方宗教学，而这两个专业田纳西州复临大学都没有。

她忽略了教练的建议，申请了十所非宗教大学，并用自己每天下午在当地甜品加工厂里打工攒的钱交了申请费。她的论文写了六百字，是一本关于宗教偏执和上帝的宣传手册，里面包含了一位十七岁的女孩如何在来之不易的人生课程中学习的故事。这篇论文让大学评委印象深刻，即便帕齐的学业成绩参差不齐，到春季时还是收到了几个厚信封，包括入学手册和助学申请表。

到夏天的时候，几家主要的贷款公司都拒绝了她的校园贷款申请。原来，她那还未成型的信用记录里已经竖起了红旗。1999年3月，有人用她的名字开通了一张信用卡，然后有过几次逾期付款。在事情弄清楚之前，帕齐就是十七岁的高风险申请人。她的父母（准确说是她的父亲）是不会联署保证的。帕齐在家里待的最后一年中，大多时候她和罗杰都能和平相处。之所以能达成休战，是因为二人把时间安排得很好，基本不会碰面。不过，罗杰还是觉得有必要打破暂时的和平，就帕齐打算上非宗教大学一事提出自己的看法。他没有看帕齐的眼睛（他从不看她的眼睛），说道："我也上过非宗教大学，这并不是什么好事。"这种反应在她预料之中，而她几乎已经教会自己不去在意。

她看到了陆军海报：

提供大学资金

成为最好的自己

在州立大学助学金办公室里，这张海报被夹在了全美小姐选美比赛传单（宣传中说是奖学金比赛）和一张措辞含糊的就业传单之间。这张传单上说身高一米六三以上的女性以某种服务可换取一万美元。卵子吗？帕齐在心里猜想。还是肾？帕齐身高一米五五，反正也没有资格申请这个含糊的工作，因此她简单地考虑了一下全美小姐选美比赛。她得出的结论是一米五五的身高可能也不够去参加选美比赛。她很漂亮，但穿上比基尼泳装就显得又矮又胖。相反，军队才不在乎她穿上泳装是什么样子。而且，和新兵招募主任联系之后，她发现器官捐赠和奖学金选美比赛所要花的时间比当后备役军人要久得多，对道德水平的要求也更高。陆军的宣传语就像止咳糖浆一样被帕齐尽数咽下，如果够浓就很容易下咽：基础训练（你的身材会变得很好）；每个月去一个周末，或者一年去几个星期。除非战争爆发，可是亲爱的，你难道不知道我们生活在前所未有的和平时期吗?

第二部分

像你这样的好女孩在这种战争中做什么?

六年后

2006年11月

帕齐在机场

她从不认为自己是个对政治感兴趣的人。上一场选举中，她甚至都没有投票，主要是她当时身处海外，后来又把缺席投票的规则弄错了。可能是邮戳和收件人弄错了，也可能是圆珠笔或铅笔的选择弄错了——她也不十分确定。即使她投的票算数，那也只是给已经赢了的那位先生再加上一票而已。当时，她觉得这个人“坚持到底”的方针令人难以抗拒，让人不得不相信这个方针，照着这个方针去做事。否则，就好像在说她过去几年的人生中所遭受的苦难毫无意义。如果她真的这么想，那又怎会日复一日地绑紧皮靴的带子，再背上枪杆呢？不，一个人绝不可能一边觉得毫无意义一边又坚持到底。尽管如此，她也没能够为这位来自得克萨斯州的先生投票。从更高的角度上来说（如果这个角度真实存在的话），她的一张白痴票也无法改变什么，于是她心里就有了一丝安慰。虽然她也不知道是真是假，但她还听说，除非选票很接近，否则缺席投票并不算数。她知道选票并不接近。

她不是政客，但如果她是，或者说如果她认识哪位政客，那她首先要做的事情很可能就是整顿美国机场。

虽然不是什么重大节日，天气也并非异常恶劣，但是安检队伍一直延伸到了登机牌领取处。两个小时之内，帕齐体会到了排长队的人通常会经历的一系列情绪：排在队伍后面时的落魄，接着便是好不容易排到前面时的得意和莫名的优越感。前面还有八个人就轮到帕齐过X光机了（再过两个人就可以脱鞋子了），这时她突然感到胃里一阵咕嘟声，她十有八九马上就要吐了。她盘算着：她应该努力撑到过了安检再吐还是应该立刻想想怎么从队伍中冲出去？在她前面的是：一对穿着情侣运动服的老夫妇；一个和她年纪相仿的女孩，带着五个小孩子（这个女孩肯定忙坏了，她心想）。两组人过安检的速度都不会快。她判断自己的胃撑不了那么久，于是示意安检人员过来，以一种她在少女时代做祷告时才会用到的温顺语气问："我可不可以先去一下洗手间，然后再回到现在的位置来排队呢？"

不行。

"因为我感觉不太舒服——"

不行。

"因为我的航班马上——"

不行。

"因为我没有穿制服，可是——"

不行。

你们都滚开。去死。

前几次乘国内航班时，她都穿着制服。可这次，因为退伍了，她穿着普通的日常服饰。她怀疑，这就是让她受到不同待遇的原因。

错过航班当然不行，所以她开始考虑就在安检的时候呕吐，最好吐在安检人员的鞋子里。但她做不到。她自己也从事过这类工作——管理一群不知感激的人民，以换取微薄的抚恤金。再说，她也不是这种人。也就是说，她没有被培养成那种在公共场合出丑的人。

她询问排在她身后的人能否帮她占住位置。这个人让帕齐想起了自己的父亲，可这未必就是好事。他头发稀疏，白色中带着点金黄色，穿着免熨烫的卡其裤，眼睛也有点像，是那种清澈的蓝色，但可能比她父亲的浅一些。

他说："小姑娘，我什么也保证不了。如果队伍动了，我就得跟着往前走。"

这是她能想到的最好的办法，不过她觉得他能提供的帮助并不足以起到什么作用。她想得没错：等她从洗手间回来时，她的假爸爸以及刚才和她在一起的其他人，包括那个浑蛋安检员，都不在了。取而代之的是一拨新人，包括焦虑地排着队的乘客和浑蛋安检。这拨人完全不认识她，也就绝不会让她插队。

帕齐心道：该死的！真是一团糟。去队伍最后开始排队吧，帕特里夏·波默罗伊·弗伦奇，反正之前也排过了。

最后，时间来不及了，他们开始把乘坐帕齐那趟航班去查特努加[1]的人拉到队伍前面。再说明一下，帕齐有段时间没有乘过国内航班了，对各项程序不是很了解。（但她也意识到，其他人看起来也不太了解，包括那些维持秩序的人……）不过她尽最大努力完成安检程序：把帆布包放在传送机上；塑料袋里的东西扔到垃圾箱里，诸如此类；她脱下靴子，解下腰带，裤子也因此下滑了一点。这是一条低腰裤，而她的腰比起当初买裤子时变粗一些了。当她挪着脚步穿过金属探测器时，帕齐心想：这该死的机场都快变成脱衣舞俱乐部了。

嘀，嘀，嘀。

“站到旁边。”

她想解释说自己脚里面有一小块弹片，有时候会触发探测器，但不是每次都会。

“脱掉袜子。”

显然她应该得到一份证明文件，她以为某个时候就会收到这样一份证明，但也许不会。没有这样的证明，他们必须检查伤口。

“女士？你的袜子。”

太过分了，她心想。她为祖国服兵役，而为祖国服兵役的

1 查特努加市：Chattanooga，美国田纳西州东南部城市。

人不应该被逼着在公共场合光脚！当弹片扎进她脚里时，她也随即失去了第二根脚趾，那根长长的可谓足界超模的脚趾。她知道有些人——都是好人，也是她的战友——比她惨得多，她知道自己算是幸运之人，但缺少一根脚趾在别人眼中还是很古怪，或者更准确地说，是引人注目。对陌生人而言，缺少脚趾代表着故事，而她并不总是有心情分享那个故事。她更希望自己的伤口充满了英雄气概，而不是这种像园林工人辛苦工作时可能会受的伤一样。重点是，她不喜欢让人们注意到她的脚趾（或者说注意到她少了根脚趾）。

不过，她不想为难旁人，也不想给自己找麻烦，所以她脱掉了袜子。安检人员拿着手提式金属探测器检查了她的脚，然后得出结论：事情与她一开始的描述相符。

安检人员说："你很幸运，你并不跛脚。"

"是啊。"如果我没有失去脚趾就更幸运了，她心想。

"不过，你是怎么失去那根脚趾的？"

像这种情况，她早已准备了几种应对之法：（1）"天生的"；（2）"踢伤了"；（3）"什么？我失去了根脚趾（她最喜欢这种）？"不过，她没有心思用即兴表演来戏弄安检人员。她倒是想让安检人员愧疚难安，谁让他们竟然纠缠一个被截了脚趾的人。于是她就实话实说："在战争中没了的。"她边把袜子套回去边说。

"你是军人？"

她没有时间回答这个问题，因为另一位国土安全部人员正站在她的帆布包旁边。

“这是你的包？”

“是的，先生，有什么可以帮到你的吗？”

“我们只是要打开看一下。”

他们检查包的时候，帕齐想起了那次自己被商场控告偷东西的事情。那是得克萨斯州大岩石区的一家商场。帕齐唯一的过错不过是年轻气盛，外加长得有点像商场惯偷，这让她觉得自己仿佛是个罪犯。看到背包里的东西散落在混凝土地板上时——皱巴巴的便笺纸、被水浸过的历史书、口香糖的包装纸、发霉的薄荷糖、一支被牙咬过的钢笔以及还没交给母亲签字的许可证——她觉得自己被暴露在世人面前，忍不住想招供。事实上，她开始怀疑自己是否真的无辜。她心想，自己有没有可能偷了东西而不自知呢？

国土安全部的人从帕齐的包里拿出来一个小小的雪花玻璃球。这个玻璃球是一起打仗的兄弟送给她的纪念品，有着特殊的意义。圆球里面是一堆石头，沙子取代了雪花。圆球上面写着：想来这里吗？另一边用阿拉伯语写了点什么，但她一直也懒得去翻译。她猜是对“想来这里吗”这个问题的回答。可能是：我们他妈的可不想。

“你不能带这个东西登机。”

“为什么？”

“因为有液体。雪花玻璃球不可以带到飞机上。”

她说：“这不是那种带液体的，里面只有石头和沙子。”

规定就是规定。超出一定大小的雪花玻璃球不可以带到飞机上。的确有这样一条规定。的确有这个方针：各位，服从指挥，坚持到底——国内航班上不可以带雪花玻璃球。他们并非无情，他们也愿意做出让步：如果帕齐能想办法把圆球从底座拧开，证明里面没有水，他们就让她带上飞机。这是他们最大的让步。

她说：“我不是工程师，而且我也没时间，刚才重新排队花了不少工夫。去他妈的拧开，拧开就把它弄坏了。”

可这是他们最大的让步。

她决定把沙子玻璃球丢给安检人员。她边朝登机口跑去边咕哝：“一群废物，好好玩吧。”没有人听见她说话。事实上，她也不想让任何人听见她说话。

她其实不需要这么着急。在她到达登机口时，他们宣布飞机晚点了，估计至少还要四个小时才能起飞。部队里面把这种情况叫作“紧急集合，而后耐心等待”。她轻轻推了一下坐在旁边的人，说：“你知道吗？这他妈的就是典型的紧急集合而后耐心等待。”

他含糊地一笑，点点头，又继续看他的笔记本电脑屏幕。他穿着条纹布料的蓝色衬衫，上面装有领尖钉纽扣的领圈，是1994年最为流行的那种，还拖着一个黑色的拉杆箱——这个人也让帕齐想起了自己的父亲。她说："抱歉说了脏话。"

他又点点头，但还是没说话。

她想买本书看看，于是请他帮忙看着她的帆布包。

他说："嗯……我想，这个是违反规定的。你也知道……"他扫了一圈，确认没有人在听他们说话，然后小声说了一个词，"恐怖分子。"

"拜托，老兄。"帕齐恳求说，"我不是恐怖分子。如果你真想知道的话，我是军人。"

她走进礼品店，然而所有的书不是关于死亡和爱情，就是关于性交和战争，这些话题她早已不感兴趣。最后，她买了一本《美国周刊》。她觉得买这本书对不起自己的智商，但是足以满足自己小小的需要：打发时间，放空思想。

一回到座位她就说："谢谢你帮我看包。"

第二个长得像她父亲的人点点头，没说话。

她开始看杂志。"天啊！"她惊呼出声，"布兰妮·斯皮尔斯要离婚了！"

那个人说："看来是的。"

"天啊，我和她同一天生日，都是12月2日，只不过我比她小两岁。而且，我们老家都在南方，所以我就好像能感知到她的感受一样，你明白吗？"她的确能感知到她。她喜欢听她的消息，正如高中时大家都喜欢时不时地打听返校节舞后的最新消息一样。

“嗯……”

“上帝啊，可怜的布兰妮，嫁给了一个废物，生了两个孩子，现在又要离婚，她都还不到二十五岁。你知道吗？这让我思考自己的狗屁人生过成了个什么样子。”

这个像她父亲的人说：“我现在有点忙。”

“哦，嘿，抱歉！”

她接着看杂志，但她只花了半个小时就看完了整本杂志。她决定告诉这个像她父亲的人之前过安检时发生的事情。“你知道最好笑的事情是什么吗？我的包里还有一个印着双峰塔的打火机。你见过那种打火机吗？好吧，那种打火机很粗俗，所以我们那边当然是人手一个。双峰塔就刻在打火机正面，用手点火的时候，两座建筑就好像着火了一样。打火机的威力可比沙子玻璃球大多了，你说是不是？他们他妈的可真能折腾。”

那个男人关上了笔记本电脑：“嗯，很高兴……和你聊天。”他小心翼翼地把笔记本放入黑色的乙烯基塑料行李箱里，然后拉上拉链。“祝你好运。”他推着行李箱去了男洗手间。帕齐没有留意他什么时候出来或者他究竟有没有出来。

他们宣布开始登机时帕齐还在反复思考布兰妮和她的一堆麻烦事。

她坐在经济舱的双人座这边，一段漫长的时间过去后，似乎没有人要坐在她旁边了。真是理想的状态啊。这段时间，帕齐在人际交往方面有些问题：与人亲近和倾吐心事令她很不自在；随后，她便长时间地远离人群，一个人闷闷不乐。当她处于第二个阶段时，她不喜欢别人插手她的事情，不管是问她问题还是靠她太近。

就在要锁舱门之前，一个男人在她旁边坐了下来。他长得很像那个第一位长得像她父亲的人，但并不是那个人。帕齐开始思考，是不是同一年龄段的商务旅客长得都一样？她父亲是不是代表着一类人？除了被自己深深伤害的孩子，在其他人眼中毫无特色，转瞬即忘？他说："哎呀，差点就没赶上。"

帕齐没有说话。这个人已经错失良机：帕齐已经不想再和这些长得像她父亲的人说话了；她今天已经不想再说话了。她闭上眼睛，把头靠在塑料遮光板上。

"小姑娘，给我说一说你的故事。"

她说："如果你不介意，我想睡一会儿。"

"哦！拜托。你可真扫兴。我想听你说点有趣的。"

"我他妈的出生在一个你从来没听说过的小城市，然后他妈的不远万里去了另一个小城市，现在他妈的又要回第一个小城市了。剧终。"

他没有领会帕齐的暗示。他以为帕齐是在耍小聪明，甚至是在和他调情："亲爱的，那这个小城市叫他妈的什么名字？"

帕齐说："你从来没去过。"

"说来听听。"

帕齐问："有意义吗？这些小城市还不都一样。"

他说：“只是友好地问一下。”

“我从来没有和在飞机上遇到的人成为一辈子的挚友，你呢？”

他说：“应该没有。”他明白了她既不是在要小聪明，也不是在和他调情。于是，他戴上了耳机。

这时候，帕齐已经不累了。她试着翻了翻航空公司放在飞机上的杂志，但唯一能让她提起兴趣的只有数独游戏，偏偏已经有人填好答案了。她偷偷往旁边瞥了一眼邻座的小袋子，好确定他那一份杂志是不是还没被动过。就在这时，帕齐注意到过道对面有一个女人穿着长袍，遮住全身，紧接着帕齐就迅速地陷入了昏迷。

这两个月以来，帕齐经常有相似的遭遇。这并不代表她认为这个女人是恐怖分子。她猜自己只是压力太大，疲劳过度，不然就是胃太虚弱，突然饿昏过去了。不管怎样，帕齐在战场上开着货车时突然昏迷就会造成极大的不便，但作为飞机上的乘客则没有关系，甚至还是件好事。等她醒来时，她已经抵达查特努加，离从前的碉堡，也就是家，只有三十分钟的路程。

帕齐在路上

她的丈夫就在到达厅的出口等候，那里有一块为没有票的人群预留的区域。她一下子就注意到他变得很胖，她很想知道他是不是也觉得她变胖了。

他说："宝贝，你看起来很不错，很健康。"

她猜想健康的意思就是胖。

她用力拍了一下他的屁股，说："你看起来就像一坨屎。"

他倾身索吻，可在最后一秒钟，帕齐退缩了。她就是不想亲吻他，也不想被他亲吻。她躲开他的动作，然后问他把车停在了哪里。

"帕齐，你想开车？"

"不，我都开了几个月了。"

他观察到："你走路有点跛。"

"不严重。"

他说："车放在停车库B层。走楼梯还是坐电梯？"

“电梯。”帕齐回答，“不，楼梯吧。”

一到停车库，他说：“我想坐电梯了，你的包像最后的审判日一样沉重。”

“好吧，那我们在上面见。”

她打开门，朝楼梯走过去，而马格努姆则按下了电梯的向上键。门在她身后合上。虽然马格努姆没有跟过来，但他大喊出声：“女人，为什么你总要这么为难自己呢？”

副驾驶座上放着一篮子贝齐·罗斯牌子的小蛋糕，帕齐问道：“这些是给谁的？”

“哦，你也知道，万一你饿了呢。回鹿留市还有很长一段路。”

“该死的！马格努姆，你明明知道我对贝齐·罗斯食品的感觉！”她很瞧不起贝齐·罗斯零食公司。她不满这家公司所谓的“健康”燕麦营养棒里面含有67%的脂肪；她不满这家公司使用畜产制品——这家公司由一群基督徒经营，而这群人另一方面又在推崇素食主义生活，她觉得这群人极其虚伪。

“是，我知道。但现在我有位朋友就在那里工作，所以我也得到了许多免费产品。”

她看着他的肚子说：“能看出来。”

“嗯，我想我是胖了一点儿。”

“一点儿？你都快变成那种被学生们背地里笑话的胖体育

老师了。”她的丈夫的确是一位体育老师。她向别人介绍他以何谋生时，常常会略去“体育”一词。

“好吧，帕齐。”

“马格努姆，我他妈的被放到荒岛上也不会吃那玩意儿。”

“好吧。”

“天啊，看着它们我都想吐。”

她的丈夫拿起装着小蛋糕的篮子，体贴地放到后座上。他轻轻地笑了，帕齐一直都很讨厌他这样笑——温柔得就好像是在请求帕齐允许他笑。

她问：“什么事他妈的这么好笑？”

“刚才你说甜岛[1]，就好像整座岛上都是甜食一样，你——”

“嗯，知道了。”

“我只是觉得你会喜欢这种文字游戏。”马格努姆点点头，发动了车子。她说自己想休息了，因此，一直到车子快开到鹿留市之前，帕齐都在假装休息。

帕齐在鹿留市生活了这么多年，却发现这个地方没什么值得赞美的。这座城市能吸引人的无非是鹿留基督复临安息日会教堂、三所学校（皆属于教堂名下）、少数几个政府所有的交通信号灯以及同样属于教堂名下的贝齐·罗斯零食加工厂。另外，还有两个标语牌，其中一个是告诉你你已抵达鹿留市，另外

1　前文中帕齐提到的“荒岛”原文为desert island，此处马格努姆提到的“甜岛”原文为dessert island，两词发音相似，所以马格努姆产生了误会。

一个是说你已离开这座城市。帕齐觉得这两个标语牌并不属于教堂名下，但即便她是错的，她也不会感到惊讶。第一个标语牌上写着：你即将进入鹿留市——我们相信上帝，上面还雕刻着鹿头和鹿角。离开的标语牌与此基本相同，只是，上面雕刻的是鹿的背影，写的是：你即将离开鹿留市——小心驾驶，虔诚祈祷。离开的标语牌上虽然没有明确提及上帝，但她一直觉得这句话的言外之意是：如果你竟愚蠢到要离开鹿留市，那么愿上帝保佑你。鹿留市除了基督徒，还有鹿。当然，市名也是由此而来。

这里的每个人她都认识，每个人也都认识她。如果不认识她，那也肯定认识她父亲。五年前，市里原来的牧师去世了，罗杰也度过了史诗般的中年危机，获得了牧师的职位。教堂就是鹿留市的一场大型演出，而她父亲就是摇滚明星。他被任命为牧师后不久，帕齐就称他为“牧师爸爸”。

他们正开车经过“你即将进入鹿留市”的标语牌时，突然，一只鹿冲到了车前。

帕齐大喊：“马格努姆！”

“怎么了？”

她看得出来，他没有看到那只鹿。天已经黑了，也许他还以为是标语牌上的那只鹿画得太过逼真呢。事情究竟是怎样她并不清楚，也没有时间去弄清楚。她伸手越过马格努姆，抓住方向盘。这种迅速的反应能力是那几个月在沙漠中开车时练出来的。

马格努姆把车停靠在路边。两个人坐在车里，好一会儿都没有说话。鹿凝视着他们，他们也凝视着鹿。它没有鹿角，帕齐因此判断它是只母鹿。她觉得这只鹿很可能怀着宝宝，因为它的肚子看起来很鼓。她没办法更仔细地去观察，用以确认自己的猜测，因为马格努姆把车前灯关了，那只鹿也逃走了。

他说："车前灯下的鹿。你知道吗？帕齐，车……前灯下的……鹿。"他哈哈大笑。也许他是因为紧张才笑，但帕齐却产生了误会——可能帕齐只是很想吵架。

她对他说："他妈的！你这个白痴。"

他说："怎么了？"

"该死的，你觉得差点杀死一只动物很好笑吗？"

"哎呀，帕齐甜心，你知道我没有这种想法。我只是想缓和一下紧张的气氛，好吗？"

她没有说话。

"是这样的，帕齐，鹿群数量过剩，全国各地都是这样。你肯定不知道，因为你都离开很久了。现在，人类甚至可以猎杀它们，不过鹿留市没有人这么做，因为你父亲和教堂的人不允许。所以，鹿全都来鹿留市了。"

"马格努姆，这不是借口。你应该注意别伤到它们的！"

"对，都是那个愚蠢的标语牌把我搞糊涂了。"

"你朋友是谁？"

"什么？哪位朋友？"

“那个在贝齐·罗斯工厂工作的朋友，那个在努力把你喂成该死的感恩节火鸡的朋友。”

“你不认识。”帕齐注意到，他明显停了好一会儿才回答。

“你认识的每个人我都认识。”

“不是每个人你都认识，反正现在不是了。”

“嗯。”

“你离开太久了，帕齐。”

他正准备重新发动车子，这时，帕齐意识到自己又要吐了。她从车上下来，为田纳西州的土地施了一场洗礼。

她在呕吐的时候想起了布兰妮·斯皮尔斯，这个姑娘会不会觉得自己很傻，一开始竟然会嫁给那个蠢货。她的朋友和家人都说他不是一个好归宿，他们说得完全正确。想到这里，她又想到了自己的丈夫。他很可能和某个在贝齐·罗斯工厂工作的人有了外遇。那可是美国第五大甜食工厂，田纳西州鹿留市的骄傲。他很可能和某个每天至少八个小时都要戴发网的人有了外遇。无所谓——她真的离开太久了。

他问道：“你还好吗？”

“晕车。”她说道，“他妈的！他妈的他妈的他妈的！我他妈的很不喜欢呕吐！”

“你什么时候开始这么能说脏话的？”

她耸耸肩：“一直都很能说。”

“嗯，看来是我自己从前并没觉得困扰吧。”

重新上路之后，帕齐思考着这个问题：她是在服兵役这些年学会了满口脏话，还是一直都是满口脏话？为了回答这个问题，她想起了当兵时遇到的一个人。大家都叫他“聪明鬼”，因为他上过西点军校。更让人觉得他聪明的是，大家常常发现他在看书。还有更糟的呢，他看的书从来不是（男性）军人必读书单上的。她观察过，书单上的书仅限于色情、《圣经》和《相约星期二》。比如，帕齐第一次注意到他的这一爱好时，他正在看《项狄传》[1]。这种书是她这个世界的人不会看的。她觉得书名听上去很高深，好像墙上的常春藤，或者羊毛制成的褶裥短裙下裸露的肌肤。她问他这本书是讲什么的，他回答道：“我们都无法逃脱生而注定的命运。”她喜欢“生而注定的命运”这个词，也曾反复对自己说这个词。

马格努姆问道：“你好安静。帕齐，你在想什么？”

她说：“没什么。你看过一本叫《项狄传》的书吗？”

马格努姆摇头：“我应该看吗？”

聪明鬼参加过特殊行动。帕齐第二轮服役时，工作风格已被大家形容成“母狮子”。有时候，帕齐会和他坐同一辆货车（穆斯林女性未必喜欢被美国男性军人安置，所以帕齐的工作就是作为一名女性中间人）。和聪明鬼做搭档的第一夜还是第

1 《项狄传》（*Tristram Shandy*）：十八世纪英国小说，是文学大师劳伦斯·斯特恩（Laurence Steme）的代表作之一，全名为《绅士特里斯舛·项狄的生平与见解》，是一部极具创意的实验小说，打破了传统小说按照时间顺序叙事的模式。

二夜，他对她说：“你就是那种女兵，喜欢在暴风雨中咆哮，来证明自己的顽强。我说得对吗？”

她无法不赞同。

“可以说是一个荣誉男子了。”

她说：“聪明鬼，听着，我才一米五五，我不得不顽强。”

正要把车开入车道时，她的丈夫说：“啊，帕齐？家里还有一些其他人。本来是要为你举办惊喜派对的，可你看起来不太想参加。”

“该死的！马格努姆。”她以为自己说得很清楚。她已经告诉过他好几次，不管是发邮件还是打电话，“不要该死的‘接风’派对！”很不幸，他以为帕齐的命令是女人特有的口是心非，可以忽略不计。比如“你不用给我买生日礼物”或者“和你的朋友们好好玩”。

她问他能否取消这场派对，可为时已晚。她的航班延迟得太久，客人们早已在家里等着了。

“没有那么隆重。”他保证说，“来的不过是莱西、药师还有……”

“牧师夫人没来，对吧？”

他摇摇头。

“显然，牧师爸爸也没来。”

“我……”他说，“你妈妈说随后再来看你，你爸爸说会与你在教堂里见面。”

她的衬衫沾上了几点呕吐物，牛仔裤的拉链还是用别针别好的。她没有心情见这些人。“我跟你说过我不想要什么该死的‘接风’派对。”

“帕齐，我们并不是要给你戴上王冠。”

帕齐不由得笑了。此时此刻，她已经懒得嘲讽丈夫了，也许她只是累了。她让他先进去，她需要五分钟左右的时间来换件衬衫。他一离开，帕齐就开始翻找自己的帆布包。她找到了一件比较干净的T恤衫换上。不用再做什么其他事情来打扮自己了，可她还是无法说动自己下车。她只是坐在那里，想象丈夫把车钥匙留在了点火装置上，这样的话，她就可以开车去某个地方，也许再也不会回来。

半个小时后，她的丈夫从房子中走出来，挥着胳膊问她怎么了。她摇下车窗，说自己刚才晕了一下。她虽然没有真的晕，但也不是没可能。

他走过来打开车门时，帕齐强忍住了想锁车门的欲望。

他说：“衬衫不错。”

衬衫正面写着“让那些浑蛋自生自灭去吧”。

“这个观点很好。”

“这是一件礼物。”

“谁送的？”

“一个朋友。他的脸被炸了。”

“宝贝，如果你想的话，我可以让大家先回家去。”她看得出来，他只想让她赶紧下车，进到房子里去。

她说：“那很好啊。”

“不过，如果你进来待上几分钟，和大家打声招呼，那就更好了。然后，我就说你累了，派对就此结束。大家都非常想见你，帕齐。”

她说：“我累了。”

帕齐和朋友们在一起

她觉得这场聚会的气氛介于商务会议和蜡像馆一游之间，又或者这是为她举办的一场守丧会。不管怎样，她明显感觉到自己并非聚会的中心人物。这一晚，她大多时候动作都很生硬，连同时和两个人聊天都显得勉强。她的目光不停地飘向手腕，落在不复存在的手表上。她把手表丢在了“那里”，但从前戴手表的地方留下了一圈痕迹。

帕齐看到了自己的姐姐：“天啊，海伦，谢谢你大老远过来。”她和海伦相差十岁，一直都不亲近。她没想到海伦会来。

“感恩节还有圣诞节我都没办法回来，但我还是想看看你，帕齐。”

帕齐说：“我想你希望我问为什么你这两个节日都不回来了。”

“帕齐，你真的非得这么说话吗？我们都知道你多倔强。”

“那你为什么不回来了？”

海伦狡黠一笑："嗯，看不出来吗？"

帕齐不知道，也不想猜。

"你可真迟钝，我怀孕啦。"海伦开玩笑地拍了拍帕齐的脑袋，说道，"都五个半月了。再过几周，我就不能坐飞机了。"她撩起衬衫，把帕齐的手按在裸露的肚皮上，那里又软又圆。帕齐突然想到，这个肚皮与海伦身上曾经有过以及以后也许会有的其他东西都不一样。

帕齐说："他妈的，你还是这么瘦。我可能都比你重。"她立刻就后悔了自己这一评语。这句话所暴露的信息不在她准备谈论的话题范围之内。

但她不必担心。海伦更想让帕齐好好听一听自己的怀孕苦难记，而非思考妹妹言语中的含义。据海伦说，她和埃利奥特差不多自婚后便在努力怀孕，可就是不管用。所以，海伦就找到了一位很高明的不孕不育医生。（"帕齐，他上过《早安美国》节目！"）原来，有一个四磅重的囊肿阻塞了她的输卵管。她做了手术，切除了囊肿。即便如此，这位上过电视的医生还是不知道她是否能成功怀孕。海伦夫妇继续着昂贵的生育治疗——"我所花的钱真的都能再买座房子了"——可还是不管用。"我已经同意领养孩子了，我甚至已经开始考虑领养一个在卡特里娜飓风中失去父母的孤儿了。你也知道，他们同样需要家。可然后，奇迹发生了！"

帕齐说："对卡特里娜的孤儿来说可不是奇迹。"

“说真的，帕齐。如果你和马格努姆准备要孩子，那你也应该去检查一下是否有囊肿。先看有没有多囊性卵巢综合征，这个是遗传性的。”

“嗯……”帕齐怀疑生育问题是另一个她和姐姐不一样的地方。

“爸爸妈妈也想来，可是……”

“不，他们并不想来。”

“好吧，也许罗杰不想来，可妈妈是真的想见你。还有，那个浪子……”海伦有时候会称呼她们的哥哥为浪子，不过帕齐觉得自己更适合这个称号，“……甚至打算从纽约飞回来，但他还得工作。不过，他送了那些花给你。”海伦指向沙发上那盒正在枯萎的郁金香。

这时，帕齐丈夫的妹妹莱西到了。马格努姆和他妹妹的名字都来自20世纪80年代的电视节目。帕齐想，自己的运气还算不错；她丈夫如果取名叫方西[1]那就更糟了。“嘿，帕齐宝贝，欢迎回家！抱歉我来晚了，我得待在好尔玛准备11月的促销活动。”莱西还穿着好尔玛橙色的工作服，这让帕齐想起了关塔那摩监狱[2]的新狱服。“应该找个人把这些花插进水里，不然就要枯死了。海伦，你好！最近怎么样？你看起来容光焕发。”帕齐

1 方西：是美国情景喜剧《快乐时光》中的角色。

2 关塔那摩监狱：是美国军方在2002年于古巴关塔那摩湾海军基地所设置的军事监狱，狱服为橙色。

很佩服莱西的效率——她吻了吻帕齐的脸颊，把花从沙发上拿走，并成功得罪了海伦，而这一切都发生在三十秒之内。

海伦说；“我本想帮你把花插好，可我想让你看一下那个装花的贵重盒子。再说，主人还没有看一眼就擅自动她的花实在不礼貌。”

在某一时刻，帕齐看到了药师。药师以前叫马库斯，他现在依然是马格努姆的死党。他的绰号之所以是药师，是因为他是鹿留市的头号毒贩。他主要卖大麻，但也愿意配处方药。正是药师在基督教士兵圣经夏令营上把帕齐介绍给她的丈夫。八年之后，帕齐基本上已经不再为此责备他了。

药师之前不知道躲在什么地方，这会儿冒出来了，在帕齐的耳边说悄悄话：“等海伦开车把明妮送回家后，我要给你点儿东西。既然你现在彻底地摆脱了那里，我们就得小小地庆祝一下，知道吗？”明妮的全名是米纳瓦，她是药师的妹妹。

帕齐问：“明妮也来了？”

药师说：“转身。”

上次帕齐回来的时候，明妮更像是女孩，而非女人。但经过这中间的十一个月，情况已经有所变化。帕齐对她说：“呀，你长大了。”

这个姑娘笑着说：“嗯，帕齐，我都上三年级了。人总会长大的。”

婚后前一两年中的许多个夜晚，当马格努姆和药师两个男人出去疯玩时，都是帕齐在照顾明妮。明妮的父母早已去世，使得药师成了这个女孩的主要抚养人。帕齐虽然从来不想生孩子，但她却对明妮产生了类似母亲的情感。她觉得这个女孩会是自己这辈子唯一照顾的孩子。

她拉着明妮坐到蓝色的天鹅绒沙发上，说："快把一切都告诉我，千万别把糗事漏掉。"

明妮咯咯笑了。像她这个年纪的女孩，可以用这种笑来回应大多数事情，也并不会让人觉得突兀："很抱歉，帕齐，明天还要上学……你的飞机又延迟得太久……"

"没事儿，我明白，改天吧。"

然后，这个女孩还是给帕齐提供了一些乐趣："教堂的圣诞节目中我扮演玛利亚。我知道你现在不怎么去教堂，不过，如果你愿意，可以来看我的表演。就在感恩节后的那个星期六。"

药师加了一句："她演得很好。"

"他这么说不过是因为他是我哥哥，好心哄哄我而已。"

"妹妹，帕齐知道我才不好心呢。"药师说，"我看过明妮的彩排。"

帕齐答应一定会去。她说："我一般很好心。不过，不管你演得好不好我都会夸好。"

莱西把花插好之后回来，说道："你哥哥一个人肯定过得不错，帕齐，这些花真的很漂亮。"

海伦说："我也是这么跟她说的。"

帕齐说："嗯，可以跟家里脱离关系，对他来说是天大的好事。"

"对了，宝贝，我一直想跟你说这件事，如果你感兴趣的话，我可以帮你安排在好尔玛工作。有好几个部门现在都在招人。"

好尔玛超市是大鹿留区开的"沃尔玛"。超市离鹿留市不过十五分钟的车程，几乎所有东西大家都从那里买。要给泳池买一条充气龙？就去好尔玛。要买一把枪打爆自己的脑袋？去好尔玛！人们都把这家超市叫"孬尔玛"，因为写成拼音后，超市名字里的"hao"挤作一团就变成了"nao"。

hao er ma

nao er ma

另外一个把好尔玛叫成孬尔玛的理由，是因为大家都觉得这家超市不好。帕齐心想，没错，我他妈的即便去死也不会在孬尔玛工作。再说，她还打算等夏天的时候靠着山姆大叔[1]和退伍军人权利法案[2]回到大学呢。她十分肯定，凭着最后那一大笔续

1 山姆大叔：Uncle Sam，因为首字母缩写与美国（United States）相同，故而成为美国的绰号和拟人化形象，通常被用来指代美国或美国政府。

2 退伍军人权利法案：是美国国会为了帮助退伍军人在战后更好地适应平民生活，于1944年颁布的法案。法案中提到联邦政府应对因战争中断深造机会的美国公民提供帮助，让他们有机会接受适当的教育或训练。

服兵役的津贴和自己攒下来的钱，她足以撑到那会儿了。

莱西又抱了抱帕齐，在她身上嗅了嗅：“你身上的味道好甜。”莱西用力地嗅了嗅，然后皱起鼻子，“宝贝，像是吐过一样。”

帕齐说：“我猜是因为回来的路上晕车了。”

“你猜？”莱西的眼睛在帕齐身体上来回打量。她的视线在帕齐的腹部停留许久，这引起了帕齐的反感。然后，帕齐条件反射地把手放在了自己的腹部上。

帕齐想，这么早是显不出来的。

她想，莱西知道了。

她很想知道莱西会不会告诉马格努姆，然后又想到自己并不怎么在意。她想，随你说吧，省得我还得说。

“你决定好去不去好尔玛了就告诉我。”莱西说道，声音有意识地放得很轻，“一直到圣诞节期间他们都需要人手，知道了吗？”

“到时候会告诉你的。”

莱西打了个哈欠：“我从早上五点开始就一直在整理货物，如果你不介意的话，我想现在就先走了。马格努姆说你也累了。”她抱了一下帕齐，“宝贝，好好照顾自己。”

不一会儿，海伦和明妮也走了。帕齐问海伦：“我们还会再见吗？”不会了，她的姐姐第二天就要坐飞机回得克萨斯州了。

剩下的人就只有药师和帕齐的丈夫。帕齐突然想到，这基本就像是重新回到高三那年。除了她丢了一根脚趾，其他什么都没有变化。连蓝色的天鹅绒懒人沙发都还是高中的那个——它以前属于马格努姆的父亲。她想，这沙发可能是他父亲送给他们的结婚礼物。她开始琢磨自己是不是还欠他一封感谢信。

药师从腰包里取出大麻，开始做烟卷：“亲爱的帕齐，这是我特地给你的。它是由政府设计的，我觉得你会喜欢这种讽刺效果。”

马格努姆说：“我们衷心地感谢你，山姆大叔。”

药师说：“保证让你们舒服，绝对不会有烦人的妄想。如果你们不介意，我要开始祷告了。”他曾经在神学院待过一两个学期，后来不得不回家照顾明妮，并决定“把握其他机会”。在那个短短的学期里，他养成了嗑药之前必先祷告的习惯。他把大麻烟卷放在桌子上，低下了头：“亲爱的上帝，我们谦恭地感谢您，使我们待会儿能享受到美好的快感。我们也感谢您让帕齐安全地从伊拉克归来。”

> 我们感谢您，上帝，带来内心的愉悦，
> 带来风雨，也带来阳光。
> 我们感谢您，上帝，带来大麻，
> 也让我们今日可以相聚。

“阿门。”帕齐的丈夫说道，“现在，我们来飘飘欲仙吧！”

药师还是那么绅士，把烟卷点上后，先递给了帕齐。帕齐摇摇头。

马格努姆评价说："这可不像你。我还以为你很想嗑药呢。"

她说自己可能会最后再进行一次军人体检，所以她想确保体内是干净的。

药师看着她："很抱歉，帕齐。我还以为，你现在退伍了，一切就都结束了。"

马格努姆提议道："如果你想的话，我们可以去后面抽烟。"

"不用，没事的。"看着两个男人你来我往地递烟，她思考着自己有何选择。她已有两个半月的身孕，虽然暂时看不出来，但她知道自己必须尽快做决定，不论决定究竟是什么。她只想到了两条路：（1）勾引丈夫，然后撒一个弥天大谎；（2）如祖母弗兰过去常说的那样，成为一个"杀害婴儿的凶手"。在父亲的教堂里，第二条路所犯下的罪过要重得多。在帕齐的脑海中，第一条路所忍受的痛苦要大得多。

她喊他："喂，马格努姆？"

"嗯。"

"斯科特在哪儿？"斯科特是她养的狗。它部分血统是杰克罗素㹴犬，部分血统是圣伯纳犬，其余部分则出身不明。它的四肢短小，身体强健而粗壮，一直以来，帕齐都觉得它更像驴而非狗。之前一直忙于回归派对上的应酬，她这才想起来她的狗还没有露过面。

马格努姆狠狠地吸了口大麻后才说话：“它死了。”

“什么？”

“大约六个月前死的。宝贝，我不想在邮件中跟你说这件事。”

“什么？”

“它冲到了车流中，它……”

“你让它冲到了车流中，是不是？你明明知道它需要人看着。”

“我发誓，真的不是这么回事。”

药师说道：“冷静一点，帕齐。”

“你当时也在？”帕齐转向药师，“斯科特冲到车流中的时候，你们两个该死的笨蛋就坐在这张沙发上嗑药是不是？”

药师摇摇头。

“天啊！我他妈的让你做的唯一的事情就是他妈的看好我的狗！”

她把头缩在两腿之间，开始小声背军用音标字母表，这是她感到压力时会有的习惯：“阿尔法，喝彩声，查理……”[1]

“不要哭，帕齐。”马格努姆说，“它的岁数不小了，这辈子也过得不错。”

“我没有哭！我只是在背该死的北约音标字母[2]！”帕齐大

1　这三个单词的英文分别是Alpha，Bravo和Charlie，在军用音标字母表中指代A、B、C。

2　北约音标字母：NATO phonetic alphabet，即上文所提到的军用音标字母表。

喊，“还有，我只是在努力不要动手杀了你。三角洲，回音，狐步舞[1]……”

过了一会儿，药师把双手搭在她的肩膀上：“帕齐，我们悼念过它了。我们知道它对你很重要。如果你想去看看的话，它就葬在后面。”

“高尔夫球，旅馆，印度，茱莉叶[2]……茱莉叶……茱莉叶……”

药师帮忙接上：“千克[3]。”

“我知道下一个是千克。我只是在想要不要去后面向斯科特致哀。”

她决定了，她要去。两个男人都说要陪她一起去，可她只想一个人去。

“它就在苹果树下。那里有一个小小的木头十字架。”药师大声喊道，“你最好带上手电筒。”

她去了后面的苹果树下，打开手电筒，照在马格努姆用两把尺子自制的十字架上。帕齐猜他是从自己工作的学校偷了两把尺子。在一条胶带纸上，她的丈夫用史派笔写了这样的话向她的杂种狗致敬：此处葬着斯科特。它生前是只忠犬。

---

1 这三个单词的英文分别是Delta，Echo和Foxtrot，在军用音标字母表中指代D、E、F。

2 这四个单词的英文分别是Golf，Hotel，India和Juliet，在军用音标字母表中指代G、H、I、J。

3 千克的英文是Kilo，在军用音标字母表中指代K。

它的确是只忠犬。如果她拥有哭泣的能力，她能想象得到自己当下就会哭出来。她转身离开坟墓，开始往回走。正在这时，她注意到后院。

后院的残骸。

这个洞是如此巨大。帕齐想，称作采石场更合适。到处都是沙子、泥土和石头，有那么一秒钟，帕齐几乎以为自己回到了那个鸟不拉屎的地方。

她大声喊道："马格努姆！"

他跑过来，说："天啊，帕齐，怎么了？这都大半夜了，你会吵醒邻居们的！"

"解释一下这个。"她抬手示意这个洞。

"本来是要给你的惊喜。"

的确是够惊的。"解释一下，为什么我们的后院看起来就像是该死的费卢杰市[1]。"

她的丈夫本来打算建造一个游泳池，作为礼物来欢迎她回家。可是承包商施工到一半时溜了。在这一切顺利解决前，他们只能忍受一个大洞和一堆石头。他局促地笑笑，说："宝贝，我知道你很喜欢水。"

她懒得指出一个显而易见的事实：那儿没有水，只有石头。

---

1 费卢杰市：伊拉克西部城市，曾于2004年底（帕齐服役期间）发生第二次费卢杰战役，是美国、英国和伊拉克军队联合发起的军事行动，旨在攻克被武装分子占领的费卢杰市。

帕齐在床上

她厌倦了，厌倦了自己身上的味道——呕吐物的味道、陈腐的味道、大麻的味道、泥土的味道以及汗和酒的味道。因此，尽管已近凌晨两点，她还是冲了个澡。冲完之后，她又慢慢地泡起了澡。

如果她可以选择一份工作，不管自己是否符合条件，也不管恼人的现实是否允许，她会选择做一条美人鱼。身在伊拉克时，她常常思考，自己宁可参加的是二战。那样的话，她就会去诺曼底，那他妈的可是海滩。在发给丈夫的一封邮件中，她曾开玩笑说自己在那里很干燥，她很担心自己会变成“罗得之妻[1]”。

帕齐一边泡澡，一边想着拧开水龙头就有水流出来，这是怎样的一个奇迹啊。她几乎有种错觉，自己就是上帝。她想象着世界上所有无法拧水龙头或者建抽水井的地方，那些地方根本

1　罗得之妻：出自《圣经》。索多玛城毁灭之后，罗得与妻子共同逃亡，上帝告诫他们不可回头，然而罗得之妻违背了上帝的嘱托，因而被化为盐柱。

没有水。帕齐很不喜欢想到那些缺水的干巴巴的人。

她在浴缸里坐了大概一个小时，但也可能更久。随着皮肤越来越皱缩，她打定主意，如果她能选择一种死法，那她绝对想要选择淹死。

聪明鬼曾说，有一个词可以形容像她这样的人：喜湿。起初，她以为他是在说她坏话，要么说她是同性恋，要么说她是男人婆。然后，她在可随身携带的口袋词典里查了一下。（在她动身参加基础训练前，鹿留市的基督复临安息日会送了她一份礼物，包括一本词典和《圣经》。）原来喜湿的意思是喜欢潮湿，或者是在潮湿环境中才能活得很好的植物。没错，就是她。

“帕齐，你睡着了吗？”她丈夫的喊声从另一个房间传来。

她说：“我只是在泡澡。”她把头浸入水中，试着计算她可以憋多久的气。

九十三秒之后，她从浴缸中出来。

她穿上自己看来最为保守的衣服：自七年级起就拥有的特大号黑色T恤——正面以轻佻的方式写着几个显眼的字：抗拒吧，以及彩虹条纹的五指羊毛袜。让她觉得好笑的是，羊毛袜的其中一指空荡荡地挂在那里，就像被丢弃的安全套。她暗自揣度着，马格努姆要过多长时间才会注意到她身体的一部分已经擅自消失了。

帕齐躺到床上时他早已钻进了被子里，可直到帕齐关掉灯，他才开始说话。在帕齐漫长的泡澡时间里，他终于有机会自我反思，主动认错。

他轻轻地说："很抱歉后院成了那个样子。我会尽快弄好的。"

她说："很好。"

"很抱歉那只狗死了。"

"好了，马格斯[1]，我们明天早上再谈这些。"

"帕齐，你身上真好闻。特别香。"他从帕齐身后贴上来，手也从"抗拒吧"T恤下摆伸了进来。

"嘿。"帕齐说，"我累了。"

"帕齐，你什么也不必做，躺在那里就行。"

她原想着就随他折腾自己吧，可他接下来竟然开始用脚在她腿上来回磨蹭。

他说："宝贝，你穿这双袜子会很热。"他用脚把她的袜子褪到了脚踝。

帕齐说："滚开。"她可不要在二十四小时之内第二次被迫脱掉袜子。

她快速将他转了个身，背部朝下，自己则跨坐在他身上，用食指和中指对准他的眼睛："再动一下我就弄瞎你。"

他笑了："你不会这么做的。"

"你试试看。"

---

1 马格斯是马格努姆的简称。

“你在上面其实还有点诱惑人呢。”

“我不是在开玩笑，马格努姆·弗伦奇。”

他眨了眨眼，睫毛擦过帕齐的指尖，说：“好吧。”

她从他身上下来，滚到自己那一边的床上。

“我只是很久没有见到自己妻子了而已。”

她啪的一声打开床头灯：“我们是要聊天还是要睡觉？”

“我认为两者都要有。”

“这完全不可能做到。”她抓起自己的枕头，宣布自己要去睡沙发。

她大步走向客厅。沙发还是一股子烟臭味，可她不在乎。

她都快要睡着了，却又被丈夫吵醒：“你不能怪我想和自己的妻子在一起。”

“我在睡觉！”

“我是想说……这样不对。你不能因为我想和自己的妻子上床，就把我看作是一个浑蛋。”

“好吧。”帕齐说道，“你想交欢的欲望十分自然，也情有可原。现在，我可以睡觉了吗？”她开始因为倦意而感到绝望。

“可你为什么不愿意？你每次回来的当天晚上我们都会做爱。”

“因为我在路上颠簸了一天。因为我的后院他妈的有一个大洞。因为我刚刚得知自己的狗死了。因为我们差点开车撞上一只鹿。因为我现在不习惯和别人一起睡了。因为现在是凌晨两点钟，马格努姆。现在是他妈的凌晨两点钟！”

他点点头：“所以，绝对不是因为你之前指责我吃了太多的贝齐·罗斯食品？”

她把自己的枕头朝他扔过去：“看在上帝的分上，你就让我睡会儿，行吗？”

他在黑暗中一动不动地盯着她，就像之前碰到的那只鹿一样：“嗯，帕齐小姐，那你好好休息吧。”他说完这句话，便回了卧室。

她不得不起身从房间另一头拿回枕头，如此一来，她也清醒了。

她打开电视。她已经很久没有操控过遥控器了。

浏览过所有频道之后，她选定了《呀！好莱坞真事》这个节目。“布兰妮·斯皮尔斯。”这个姑娘真是无处不在。

帕齐都不知道布兰妮的处境已经如此凄惨，这位流行歌手竟沦落到出演《呀！好莱坞真事》这个节目。节目的前一分钟她还是《米老鼠俱乐部》的嘉宾，下一分钟她的脖子上就缠绕着一条蛇，再下一分钟，她亲吻了麦当娜，而不过是短短的一条广告之后，她便赤着脚怀着孕地出现在加油站里。而我们两个人都还不到二十五岁，帕齐睡着之前在心里想着。

第二天早上帕齐醒来时，因为睡沙发而脖子抽筋。她的丈夫站在一旁，身穿绿色和金色的鹿留市学院的体操服，也就是他的工作装。

他说："昨天晚上的事情我很抱歉。"

帕齐回答："体操服穿上有点紧了。"

"嗯，我想是放在烘干机里太久了。"

"也许吧，毕竟是驼鹿的指关节[1]。"

他说："帕齐，你看上去也没有多瘦。"

她用鼻子哼了一声："我那都是肌肉。"

"我也是。"

"想和我掰手腕吗？"她把胳膊放在咖啡桌上。

"女人，我不想弄伤你。"

"你不会的。"

他说："真的要掰？"

二人跪在地上，把胳膊肘压在人造木制成的咖啡桌上。

他比她想象的更加强壮。所以帕齐耍了点小手段，稍微扭了一下他的手腕。

"嘿，帕齐，你他妈的弄伤我了！"

她更狠地扭着他的手腕，然后用力把他的拳头推倒在桌子上。

她说："我赢了。"

他走了之后，帕齐突然想到，如果要假装自己腹中的小宝

1　驼鹿的指关节：一个致力于生产高品质服装的加拿大运动品牌。此处帕齐是在嘲讽马格努姆不肯承认自己变胖了，怪罪烘干机把高级品牌的运动服弄坏了。

贝有可能是他的，那么前一天晚上和他上床也许才是明智之举。

那天她本想离开沙发的，也许去开车兜风，也许去跑跑步，也许给美国退伍军人事务部打个电话。可不知怎的，她始终没有离开沙发，而是观看了所有在早上播出的脱口秀节目。等看完这些节目后，时间也到了下午。此时再开始办正事似乎已经太迟了。她又调了一遍所有频道，发现了一个自己从未听过的节目，叫作《鉴宝路演》。起初，她觉得这个节目就好像看自己的丈夫拔鼻毛一样无聊透顶。可接着，毫无征兆地，帕齐看得入迷了。让帕齐入迷的片段是一个老头子带来了一个很旧的调味瓶。这个调味瓶价值三万两千美元，因为它的原主人是威廉·特库赛·谢尔曼将军[1]。

帕齐想起来自己也有一大堆破烂东西。事实上，帕齐不知该如何处理这些东西。她很好奇自己会不会也有一个价值三万两千美元的调味瓶。她从沙发上起身，打算去整理一下自己的橱柜。

她只找到了一堆带有缺口的节日餐具，这是马格努姆去世的母亲留下的遗产。

帕齐从昨天开始便没有吃过东西，所以她转而开始找口粮。冰箱里除了一块正在迅速变色的奶酪以外，空空如也。

冰箱旁边就是食品间，在那里找到的东西让帕齐心烦意

1　威廉·特库塞·谢尔曼（1820—1891）：美国南北战争中地位仅次于格兰特将军的联邦军将领，陆军上校。

乱。马格努姆储藏了够他吃一辈子的贝齐·罗斯牌甜食，有美国派、美式甜布朗尼、巧克力仁棒、阳光牌蛋糕等等。整条生产线上的食品他都有。如果自她上次离开家之后，他的主要食物就是这些东西，那就难怪他现在看起来就像米其林轮胎先生[1]。

高三那年冬天，她曾在贝齐·罗斯工厂工作。（基本上鹿留市的每个人或早或晚都会在那里工作一段时间。）就是在那段时间，她和现在的丈夫正式复合了，并且再未分开过。

帕齐在调制布朗尼面粉糊机器旁发现了几颗老鼠屎，于是告诉了主管。可主管却反过来告诉她管好自己的事情就行。

她问道："你真的不在乎布朗尼里面可能会有老鼠屎吗？"

主管无所谓地耸肩。

"你甚至都不去检查一下吗？"

他才不去。

帕齐辞职了。她当时才十七岁，反正也不用还抵押贷款或者汽车贷款。

马格努姆无意中听说了事情缘由，于是决定和她一起辞职。他主动提出开车送她回家。一路上，两个人都在抱怨前老板多么令人厌恶。

"那次阿瑟·普鲁普斯被分离器弄断了一根手指，可生产线上都没有人停下工作！"

1 米其林轮胎先生是米其林集团的商标，是一个肥胖的白色漫画形象。

“有一次，我看见几个家伙在鲜奶油机那里手淫！我跟你说，再没有比这家更恶心的畜产品加工厂了！”

“那些营养棒含有76%的脂肪！”

在某一时刻，帕齐问他会不会后悔辞职——和帕齐不同，他还要还汽车贷款。

“不会啦。”他回答说，“我这段时间一直想找借口辞职。”车子在交通信号灯前停下，他转头看着帕齐，“而且我知道你需要有人送你回家。”

在此之前，她曾两次和他分手。第一次是因为她在得克萨斯州陷入了一场愚蠢而短暂的爱情；第二次是帕齐在圣经夏令营同意和他发生关系之后，因为她嫌弃马格努姆变得很黏人。说实话，她一直都觉得马格努姆哪里不够。不够聪明，不够有进取心，不够冲动——反正不够。从贝齐·罗斯工厂辞职的那个下午迫使帕齐重新思考自己最初的结论。

一年之后，他们结婚了。

她把马格努姆的贝齐·罗斯食品贮藏室的门关上，返回客厅，又看了一集《鉴宝路演》。

八点钟左右，马格努姆回到家，从肯德基带回了完全不含鸡肉的食物。帕齐现在仍然不吃肉。这是习惯使然，而非出于宗教信仰。吃完肯德基，马格努姆走进厨房，向帕齐喊道：“我要吃一块甜食，你要吗？”

“不要。”

他回来时带了一块美式甜布朗尼，这其实就是经化学加工而成的重奶油蛋糕，再涂抹上带有爱国主义色彩的脂肪。

“对了，马格努姆，食品间是怎么回事？”

“什么怎么回事？”

“为什么我们存的贝齐·罗斯食品都够我们活到世界末日了？”

“不过是我免费得到的一些东西。”他熟练地剥掉透明包装纸。

帕齐问：“你朋友给的？”

“嗯。”他说。他开始舔蛋糕上的糖霜，“说到这事，其实呢，是药师的女朋友在那里工作。”

“我的天哪，药师有女朋友了！她是怎样的人？”帕齐和药师认识这么多年，他从来没有对这种事表现出多大的兴趣。

“我也不清楚，她……就是个女孩。”他咬掉一半被剥光的重奶油蛋糕。

“嗯？”

“她……在贝齐·罗斯工厂工作。”马格努姆把剩下的蛋糕吞进嘴里。

“嗯，这个你说过了。”

“帕齐，我真的不清楚。他不太喜欢谈这些。你也知道他嘴巴有多严。”

11点35分，《莱特曼脱口秀》开始播出，到来的嘉宾是阿尔·弗兰肯。帕齐记得他上过《周六夜现场》。阿尔简单提了一下去伊拉克参观军队的事情。他说曾看过一个公告，标题是“就军人打电话回家所提的几点建议”。他读道：“第一点，在过问你的车和船怎么样之前，先问一下你的爱人过得怎么样。”

马格努姆问帕齐有没有见过这个公告。

“没有见过这个公告。不过和它差不多的应该见过。”

“挺有意思的。你以前就总是先问你的车，然后才问其他的！”

“马格努姆，才不是这样！”

“就是这样的。你总是问：‘你还车贷了吗？’‘有没有记得洗车？’‘还有，如果你识相的话，最好不要开我的车！’”

“才不是这样。”

但她其实不知道是不是这样。可能是吧。

看完《莱特曼脱口秀》，马格努姆说他要去睡觉了：“你睡吗？”

帕齐告诉他自己想再熬会儿夜。

“帕齐，你是要打破看电视的纪录吗？”

她说：“是啊，最好给吉尼斯世界纪录的人打个电话。”

帕齐支付账单

帕齐很讨厌新闻，除此之外，基本上其他所有类型的节目她都看。于是，她的日子就成了一系列让人既惬意又麻木的电视片段：

莱肖恩，你……不是……孩子的亲生父亲。

杰瑞！杰瑞！杰瑞！

开始吧！

你得教会人们如何待你。

约翰——特拉——沃尔塔！

给我，给我，给我。

现在播报另一条关于“布拉吉丽娜[1]”的消息……

她差点就把宝宝掉到了地上。

这个部落的人说话了。

1　布拉吉丽娜：由布拉德·皮特与安吉丽娜·朱莉的恋情产生的流行词汇。

小男巫接下来会怎么样呢?

帕齐很可能会这么一直看下去，但某天上午，她正在看11点钟播放的莫里·波维奇脱口秀（这个节目下午1点钟会重播），却被打断了。波维奇先生每周大约会举行四期专题亲子鉴定节目。帕齐看电视时最喜欢这些亲子鉴定。她很喜欢白纸黑字的鉴定结果，某个人要么是孩子的亲生父亲，要么不是。谜底在此揭晓。她也喜欢莫里高超的表演技巧，尤其是他在揭晓一个人是生父还是傻瓜之前，会夸张地停顿很久。

她正在看这个节目时，有线电视断了。帕齐被打断得实在不是时候，因为莫里正在说“安芬尼，你——”，尽管帕齐知道可能没什么用，但她还是砰砰地拍着电视机侧面：万一这个毛病可以通过暴力解决呢!

她试着拨打马格努姆的手机，但被直接转到了语音信箱。她在房子里翻找了一遍，终于找到了有线电视公司的联系方式。等候接听的时间格外漫长，最后是一位话务员接通电话的，他告诉她都已经三个月没有人支付有线电视账单了。

帕齐说：“肯定是哪里弄错了。那我现在能不能邮递一张支票过去？”

“不行。”这个账户已经“严重逾期”。不过他们仍然欢迎帕齐使用信用卡支付。话务员说道：“考虑到节日和周末连上了，你最好今天就处理好。否则，你的有线电视会一直停到感恩节之后的那个星期五。”

怎么都到感恩节了？帕齐问他："你刚才不会正好在看莫里脱口秀吧？"

"并没有，夫人，我一直在工作。"

帕齐找到了自己的信用卡，半个小时之后，服务成功恢复。这时候，安芬尼和他的情人艾莎早就不在电视上了——他要么是孩子的父亲，要么又是一个该死的戴绿帽的人。这下她永远不会知道答案了。虽然再过二十三分钟，帕齐就能看到今天的莫里脱口秀重播，但她并不像往常一样兴致勃勃。和有线电视公司的这个插曲让她感到心神不安。她很想知道还有什么是丈夫忘记付钱的。

她决定稍微在房子里翻一翻。还是寻常那些：抵押贷款、汽车贷款和信用卡结算单。马格努姆丝毫没有费劲去藏这些东西。要不是她心情不悦，她甚至可能会十分感动，毕竟他把这些东西放置得如此有条理。粗略地过了一遍账单，帕齐得出结论，马格努姆的确有经济困难。虽然大部分款项他都已经结清（除了有线电视！），但去年好几个账户都曾逾期还款。她发现了一张信用卡账单，上面说他们欠款一万七千美元，还有一张信用卡则欠款一万三千美元。她发现了那个他努力为她建造的破泳池的账单。他在一月份的时候付了三千美元的押金，就在她上一次离开家之后，但他并未支付余款。一封信中详细说明了泳池建造失败的来龙去脉：因为"不曾预料到后院的石头数量巨大"，这个泳池所要花费的钱超出了最初的计划。

她找到了他们最近一次的银行对账单。她从军队得到的所有钱——薪水（虽然很是微薄）、应征入伍的津贴、迄今为止收到的延任津贴——应该都在里面，大约两万四千美元。再加上马格努姆在学校工作攒下的不知道多少钱。

账户几乎空了。他们剩下997.97美元。

等到她把这些账单都检查完毕时，她也错过了莫里脱口秀的重播，电视上已经开始播放两点钟的《鉴宝路演》。她观看了节目，但她仍旧不像往常那样兴致勃勃。一个小女孩带来了她曾祖母收藏的纸娃娃，而这些纸娃娃藏品价值……

一千一百美元。并不算很多钱，却比她和马格努姆的共同存款更多。如果这个小女孩没有傻乎乎地去玩那些纸娃娃，那这些藏品的价值就会高达一千五百美元。

钱都去了哪里？除了后院的那个大洞，帕齐没有看出来房子哪里变好了。要说哪里有变化，那也是比她上次回家的时候更破旧了：脏兮兮的家具毫不相配，天花板上裂缝横生，厨房充满了五十年前的风格，印有苹果的浴室墙纸下潜伏着黑色的痕迹，等等。如果他打算花光他们所有的钱，她想他至少也该买一张新沙发。

下午三点钟，《菲尔博士脱口秀》把一个讨厌瘦子的人和一个讨厌胖子的人放入了同一座房子。虽然这一幕应该特别能引起人的好奇心，帕齐却无法从中得到多少乐趣。她决定去学校探望一下自己的丈夫。

自从回来以后，她还没出过房子。在车库，她又发现了一个惊喜。

她的车不见了。

接下来的三十秒中，作为一名荣誉男子，她没有辜负自己的名声。

那辆车没有什么特别之处：1999年推出的丰田卡罗拉。婴儿蓝，四个轮子，一个引擎盖。可那是她的车。

那是她的。

她难以想象自己的丈夫背着自己把车卖掉，然后还一点儿口风都不透给她。更别提之前看那个犹太喜剧演员做客《莱特曼脱口秀》时，他明明有一个最佳时机坦白一切。帕齐心想，难怪他从来不因为她坐在电视机前而找她麻烦。他可能就喜欢她那样——肥胖而温顺，不东问西问。

她决定跑去学校。她不确定怀孕期间是否应该避免跑步，但她不怎么在乎。

学校离他们家不过一英里，但她到那里时早已气喘吁吁。她吐在了一片雏菊上，花了一会儿时间惊讶于自己的身体竟退步得如此迅速。接着，她径直走向体育馆，去和她的丈夫摊牌。

她问道："老师在哪儿？"所有的孩子都看着她，他们看起来年轻得令人难以相信，尽管帕齐自己也只有二十二岁。"他妈的你们老师呢？"

过了一会儿，一位金发小姑娘做出回答。她可能就是少女帕齐的幽灵。“波克夫人出去了，不过我们这会儿应该开始做拉伸运动。还有，夫人，你真的不应该在孩子们面前说脏话。”

鹿留市学院什么时候开始也有两位体育老师了？明明只有150个孩子在这里上学。帕齐又问有没有人能告诉她另一位体育老师马格努姆·弗伦奇去哪里了？

孩子们偷偷笑了。

“怎么了？怎么了？”

终于，有一个孩子说：“夫人，他已经不在这里工作了。”

大约七点钟的时候，她的丈夫穿着一身体操服回到家。

帕齐问：“今天体操课上得还不错吧？”

他耸耸肩。

帕齐又问：“每年这个时候学生都做些什么运动？”

“打篮球。”他连想都没有想便答道。

帕齐本打算冷静地处理这件事。所谓的冷静，也就是给那个蠢货一根足够长的绳子用来上吊。可是“打篮球”这个词触动了帕齐。她从沙发上跳起来，把他扭倒在地：“他妈的我的车呢？我们的储备金呢？你为什么一直没有付账单？”还有其他类似的话。

到了某个时候，他对她说：“帕齐宝贝，我快窒息了。你听我解释。”

帕齐说：“如果你还能说话，那就没有窒息。”不过，她还是把双手从他喉咙那里移开。马格努姆咳嗽了一下，接着便讲起了他们经济危机的始末。

一月份时，也就是帕齐上次离家之后，马格努姆看了一段时间的电视节目，不知道是《日界线》还是《60分钟》，他也记不清楚了。那个节目讲的是如今的儿童越来越肥胖了。作为一名体育老师，马格努姆也注意到这是事实。不过，那个节目让他开始思考这个问题，而思考对她丈夫而言从来都是一件危险的事情。那个节目让他开始思考，也许他可以做点什么，帮一帮自己班上的那些胖孩子。依据这一想法，他策划了一个十分高明的计划：不再教授体育，开始从事减肥工作。此时此刻，他想象着自己的事迹登上报纸，总统还给他颁发奖章呢。

马格努姆带着一腔热血回到了学校，在自己带的每个班级上都发表了一番演讲。他讲述着整个美国正在变胖的事实，同时宣布鹿留市学院并非美国。而他，弗伦奇教练，绝不会让鹿留市学院在自己眼皮底下变胖。到了第七节课，他已经做过六次演讲，并且感到这已经升级为一大益事。

第二天，麻烦就来了。马格努姆已经做好决定，他要先统计好所有学生的尺寸，身高、体重等等。没有这些信息的话，他如何记录他们即将取得的进步呢？但很不幸，有些学生并不乐意量体重。他们哭闹着直接拒绝，有人甚至还给了他几拳头。

到了晚上，学生家长便怒气冲冲地打来电话，说弗伦奇教练让他们丰满的孩子受到了精神创伤；弗伦奇教练应该得到许可之后再测量身高体重；弗伦奇教练已经偏离了公认的教学方式；弗伦奇教练不喜欢小狗、耶稣、消防队员、婴儿以及美国一切美好的东西。

接下来的那个周一，学校便请他主动辞职了。

马格努姆表示拒绝，他觉得自己没有丝毫错处。他很不解："怎么给一群孩子量体重这么小的事情也能引起这么大的骚动？"他还感觉自己被白白占了便宜。毕竟，他所给予他们的是一大益事。

由于他拒绝离职，学校于一月份的最后一周把他解雇了。马格努姆也尝试着应聘其他体育老师的工作，可是体育老师的工作本来就不多，在学年中间就更少了，更别提他上一份工作还是被解雇的。夏天到来又远去，马格努姆还是没有找到一份教师工作。九月份，他接了一份非体育行业的工作——离体育行业十万八千里，就在贝齐·罗斯工厂。至少，这解答了橱柜里那么多甜食从何而来的疑问。

"他妈的，为什么不告诉我？"

他说："刚开始，我是不好意思说。后来，我是不想让你心烦。你似乎非常……嗯……"

"说啊。"

"……生气。所以我决定等你回来之后再告诉你。所以我才把贝齐·罗斯甜品放到车上带去机场。借助一下直观手段，知道吧？可你似乎并不太喜欢看到那些东西。所以，我就每天穿着体操服去工厂，然后在车里换衣服。我最终肯定会告诉你的。”

“而且，帕齐，那儿和从前不一样了，我发誓！贝齐·罗斯工厂已经不是我们曾经以为的那个糟糕的地方了。”他强调说。

帕齐低头看着丈夫。她仍然跨坐在他套着黄绿色体操服的腹部上。他脖子上被帕齐抓着的地方出现了红色的指印。他正抬头看着她，眼中有种像是希望的东西。

她叹了口气。她看得出来，他对自己所做的事情感到很抱歉。她还看得出来，他需要帕齐表现出一副没关系的样子。再者，帕齐自己同样住在一间易碎的玻璃房子里。她问道：“原来的工厂变了？跟我说一说。”

他对她笑了。在这个笑容里，帕齐能够看到他还是个没牙的婴儿时的样子，也能够看到他以后变成耄耋老人时的样子。“帕齐，我开始在那儿工作时，也有自己的顾虑。但我跟你说，这家公司正在越变越好。有段时间，那儿的生意并不好，因为人们越来越注重健康什么的。这就意味着有好点子的人就有机会升职，也就是像我这样的人。帕齐，我大学选修了营销，你记得吗？”

她记得。

“公司有一个员工意见箱，对吧？他们希望员工提出建议，宣传和扩大贝齐·罗斯品牌。你是了解我的，帕齐。我总是能想出好点子。我在箱子里放了六条建议，而就在两个月前，他们把我叫进了总办事处。你绝对猜不出来他们说了什么！”

她能猜出来。

“他们选中了我的一条建议！”

如果他们没选中，那就没什么故事可说了。

马格努姆被青睐的点子是贝齐·罗斯应该制作出世界上最大的纸杯蛋糕，努力跻身于《吉尼斯世界纪录大全》。马格努姆被任命为纸杯蛋糕研发和实施委员会的领头人。

“你知道这意味着什么吗，帕齐？这意味着我能赚更多的钱！以后会的。他们希望圣诞节前能够完成，如果一切顺利，就可能提拔我为田纳西州贝齐·罗斯总公司的营销副总监！”马格努姆坐直身子，帕齐跌在了他的大腿上。他紧紧地抱着她，把她肿胀的胸部都挤扁了，“很抱歉要通过这种方式告诉你。但你知道吗？我很高兴你终于知道了。”

“还有，帕齐，我知道自己动用了一些储备金，但我发誓，我会给你买一辆新车，比原来那辆更好。我会尽快把你所有的钱都补上。我之所以不想告诉你，是因为我想在你不知道的情况下把一切解决好。也许我是有点幼稚，可是宝贝，我不想让你担心。我知道你也有自己的烦心事，那些你甚至没有告诉我的烦心事。”

她从丈夫身上起来，坐回沙发上。她觉得身体很沉重，这不仅仅是因为自己体内那个未出世的孩子。这种沉重是因为知道自己所有的希望就系在一场纸杯蛋糕比赛上；这种沉重是因为怀疑丈夫被挂在了一张蜘蛛网上。如果希望就像插着羽毛一样是轻飘飘的，那么绝望便如同戴着盔甲一样是沉甸甸的。

她算了一下，山姆大叔还欠她几张啤酒券，总额应该约为4500美元。这是她的最后一点延任津贴和固定薪金。如果她足够小心，她可以使用这笔钱（外加微薄的军人安置费）来支付在查特努加第一学期的学费。可这钱只够第一学期。她本打算用所有的积蓄来支付大学学费，这样一来，她在学校完善自身的同时就不必做什么狗屁工作。她在脑子里不停地计算，但无论她怎么算，这些数字也无法算出令她满意的结果。

另外，这都没有将她腹中的婴儿或流产计算在内。

“帕齐？你安静了好久。”

“我只是在想……我明天得给美国退伍军人事务部打个电话，”帕齐说道，“他们还欠我一些钱。”

他说：“恐怕没有人会接电话，明天可是火鸡节。再说，宝贝，我不想让你担心钱的事。”

“我不是担心，我只是……”她决定转移话题，“所以说，我猜，除了你之外，药师并没有其他在贝齐·罗斯工作的女朋友了，对吗？”

马格努姆笑了，然后用一只手臂搂住她。她随他搂着自己，虽然这只胳膊搭在肩膀上既潮湿又沉重。她已经被沉重拖累，这只胳膊也增添不了多少额外的负担。

为了不让自己多想，她絮絮叨叨地说了些漫无边际的话。

说着说着，她提起了自己错过了《莫里秀》的最后一段。

马格努姆惊喊出声："早上十一点钟的《莫里秀》凌晨两点钟还会重播！"在他自己那段烦恼期，他对《莫里秀》的播出时间已经了如指掌。

他们熬夜到凌晨三点钟看完了《莫里秀》。

安芬尼。

不是。

孩子的父亲。

帕齐出现在教堂

马格努姆并没有和她一起去看明妮的圣诞节演出。虽然他曾经足够虔诚，常常去做礼拜，但自从被学院开除后，他觉得自己不受教堂欢迎了。于是，他主动提出今天早上去买点生活必需品。帕齐对于强迫丈夫（或者其他人）违背意愿去做礼拜没有丝毫兴趣，所以她搭了药师的顺风车。车都还没有驶出车道，帕齐就告诉药师整场仪式她都会待在车里，她只会去看明妮演出的短剧。

他们到得很早，因此有足够的时间看着那些敬畏上帝的人列队踏入教堂：白色印花的漆皮鞋，聚合物混纺浅灰色西装；小女孩打扮得就像秀兰・邓波儿[1]和琼贝妮特[2]——天蓝色的短袖礼服衬衫，苍白而绝望的双臂十分醒目；强烈得如同汽油的百露

1 秀兰・邓波儿（1928—2014）：美国著名童星，电影演员。

2 琼贝妮特・拉姆齐（1990—1996）：美国著名童星，曾当选“美国小小姐”，1996年在家中遇害，年仅6岁。

香水和宝洁沐浴露的味道，以及其他可以在药妆店买到的古龙香水的味道；又老又胖的女人脚踝浮肿，头上就像戴着难看的假发。

她看到了她母亲，对方已经成了那些又老又胖的女人中的一员。过了一会儿，她也看到了明妮。她父亲肯定早早就进去了，因为帕齐并没有看到他。

她能听到仪式开始的声音以及教区居民站起身时椅子擦地的声音。药师估计短剧大概会在仪式开始三十五到四十分钟后上演，所以，帕齐闭上眼睛，试图小憩片刻。

成为预备役军人后不久，她就被开除了教籍。安息日会的人相信应该为了宗教信仰而拒绝服兵役，不过他们还是将给反堕胎候选人投票视为理所当然的事情。

罗杰向帕齐表达过歉意，可他不得不这么做，好给全体教众做一个表率。帕齐是他的女儿，而这是他的教堂，他才刚刚成为那里的牧师。当然，如果她在教众面前证言，坦承自己入伍是个错误，重申对于耶稣和基督复临安息日会的信仰，那么教堂也会重新接受她。

有时候，她也记不清楚自己当初加入预备队是为了什么。不想去一所复临安息日会大学自然是其中一个原因，但是惹父亲生气也许是个更加强烈的理由。

药师从前门悄悄溜出来，打了个二人约定好的手势，告诉帕齐该到浪子回归的时候了。

她和药师偷偷坐到教堂的后排座位上。就算她父亲看到了他们，他也没有指出来。他只是继续介绍即将开始的短剧，称其为“一部小演出，来让我们重温圣诞节的真谛”。

全体演员登场时，帕齐不得不强忍住笑意。戏服是有人从好尔玛超市买的，显然是刚刚过去的万圣节剩下的存货。明妮扮演的玛利亚的服装是用白色的聚酯纤维衣料制成的莱娅公主[1]的长裙；至于圣约瑟，帕齐十分肯定，他穿着佛罗多·巴金斯[2]的斗篷；三位智者穿着清一色的条纹羊毛斗篷，这使得他们看起来就像刚弄丢了乐器的墨西哥流浪乐队。此时正是南部11月份的那种高温天气，每位演员都在流汗。教堂的空调只有在特殊场合才会开启，而圣诞节短剧不在特殊场合之列。

帕齐清楚，演员们未必知道戏服的渊源，他们的宗教并不赞同他们看电影或者电视。能看懂这场笑话的人只有像帕齐和药师这样的“劣质”复临会员。

她低声对药师说：“你觉得尤达[3]什么时候会露面？”

药师没有理她。他把出席教会这件事看得很严肃。

帕齐以前看过这部剧，清楚地知道结局是什么。这让她有时间专心看明妮表演。

她是个好演员，帕齐给出结论。尽管她穿着傻乎乎的莱娅

1　莱娅公主：电影《星球大战》中的重要角色。

2　佛罗多·巴金斯：小说/电影《指环王》中的主人公。

3　尤达：电影《星球大战》系列中的人物。

公主装，帕齐仍然发现自己竟莫名觉得这个女孩就是玛利亚。每次明妮一开口，全场都安静下来。甚至当耶稣出生时，他们带出来一个活生生的婴儿，也没有人注意耶稣。最后，上帝也出来了（他的服装出自《指环王》中的甘道夫）。上帝这个演员最差劲。帕齐觉得他可能是自己曾在贝齐·罗斯工作时的主管，但他戴着中产阶级那种俗气的假胡子，帕齐也认不清楚。不管怎样，没有人注意上帝。大家都只看着明妮。

帕齐在想，如果他们都生活在别的地方，信奉其他宗教，那么会怎么样呢？也许明妮会成为所有校园剧的主角，也许某个人会看到她出演的那些剧，并且告诉她，她的表演很特别。然后，明妮就会去纽约、伦敦或者哪个地方的戏剧学校。帕齐则会到处旅行，去看她出演的所有话剧。也许有一天，明妮会成为一个伟大的演员——不是出演色情片的妓女（在帕齐的幻想中，这一点极为明确），而是伟大的舞台剧演员。帕齐看到了这个女孩的另外一种人生——如果她生来便不属于这个宗教。

药师用胳膊肘轻轻推她："帕齐，表演结束了。如果你想避开你的父母溜出去的话，那么我们最好现在就走。"

她正准备答应，却感觉到又一阵晨吐袭来。她从后门跑了出去，冲到教堂的洗手间里。由于仪式尚未彻底结束，洗手间还没有人。

从洗手间出来时，她遇到了特雷德韦尔夫人。她曾是帕齐母亲的朋友。特雷德韦尔夫人身材高大，上臂就像渔网一样，要从她身边偷偷溜走太难了。

“真没想到啊！”特雷德韦尔夫人说道，“这是我以为的那个人吗？”

“那就看你以为我是谁了。”帕齐回道。

“你一点儿也没变，帕齐。你妈妈没有提到你旅行回来了。”

“我不是去旅行的，特雷德韦尔夫人。我是去参加战争。”

“哦，当然啦。如果我说错了那我向你道歉。你们现在这些孩子呀，都喜欢离家远远的。啊，你爸爸走过来了。哦，罗杰牧师……您的布道真是太精彩了！”

帕齐能够看到罗杰正从圣殿中走出来。仪式已经结束，他正像摇滚明星一样趾高气昂地迈步，脖子上甚至还松松地披着一块白色的毛巾布，恰如埃尔维斯·普雷斯利[1]。帕齐还没有准备好和他说话，因此努力地催促特雷德韦尔夫人：“很高兴见到你，但我真的该走了。”

太迟了。她已经被发现了。“帕特里夏。”他说。

“牧师父亲。”

她的父亲停了一下，朝她的方向点头，然后继续迈开脚步。他没有问她过得怎么样；没有说他很高兴帕齐能够安然无恙地回来；除了帕齐的名字，他什么也没有说。

---

1 埃尔维斯·普雷斯利（1935—1977）：美国著名摇滚歌手、演员，被称作“猫王”。

接着乔治从圣殿里出来了。从近处一瞧，她的母亲看起来甚至比之前在车里看到的时候还要胖。帕齐猜测这个女人肯定快到250磅了。

她的母亲走到她身边，肉乎乎的蓝眼睛里是大滴大滴的眼泪。她抱住帕齐，然后在她耳边轻轻说："我很高兴见到你，但你也知道，你不该来这里，除非……"

"我知道。"帕齐说，"我是过来看表演的。"

她母亲和她父亲一样，点了点头，什么也没有说。典型的反应，帕齐心想，跟着家规走。

明妮挤进帕齐和乔治中间。这个女孩抓住了帕齐的手，带她朝着停车场走过去。她问帕齐："我演得好吗？"

帕齐回答道："我觉得，如果你愿意，你可以成为一名职业演员。"

明妮笑了，帕齐努力克制自己不去宰了她。

帕齐说："我是说真的。"

"嗯，我的演技明明这么拙劣。"

"我他妈的是说真的。你应该去学表演。"

"好吧，帕齐，随便啦。你觉得约瑟夫[1]怎么样？"明妮调皮地笑了，问道。

"圣约瑟？"

1　圣约瑟/约瑟夫：Joseph。在《圣经》中，圣约瑟被记载为耶稣的养父，该姓名同样可翻译为约瑟夫，为日常男性名字。

“就是演圣约瑟的那个男孩……”

“除了你之外，我没有特别注意到别人。”

“哦！你的嘴好甜。”明妮压低声音，“圣约瑟是我的男朋友。他本人的名字也叫约瑟夫，是不是很有意思？”

药师把货车开到帕齐和明妮所站的地方。

帕齐问明妮：“你和我们一起回去吗？”

明妮摇摇头。她和叫约瑟夫的圣约瑟还有约会。

帕齐抱了一下明妮，然后钻进药师的车里，坐在副驾驶座。

药师问道：“你感觉好点了吗？”

“我觉得就是感冒。”

药师点点头：“也许你应该去检查一下。”

“嗯。”

“你很安静。”他说道。

“我的胃……”

“嗯，但你不是因为那个才安静的。”

帕齐告诉他，她希望他妹妹去伦敦成为一名伟大的演员。

药师点点头：“嗯，她还年轻，帕齐。如果她想做这样的事情，她可以去做的。”

“她18岁了。你知道吗？我到18岁的时候，连讣告都已经写出来了。”

药师什么也没有说，

“在你出生的时候，整个人生也早已注定。”她停顿了一下，“人无法逃脱生而注定的命运。”

“不是这样的。”

“如果她要为之努力，那她现在就得行动。你必须让她现在就开始。”然后帕齐笑了，因为她不想再谈这件事了。她突然想到，这也许就是为什么明妮总是在笑，“老天，你看到那些戏服了吗？”

“就是说啊。说真的，马格努姆真应该过来的。我刚才向上帝许愿，希望自己星期六也能小吸一口大麻。”

“药师，你可是个毒贩子。如果上帝不在乎这个，那他也不会在乎你在安息日吸大麻。”

药师耸耸肩：“我只做自己能够承受的事情。”

“你知道圣诞故事里面哪一点一直让我受不了吗？好比说，玛利亚告诉圣约瑟她还是处子之身，而圣约瑟就完全相信了。去他的圣灵感孕说。他更像是世界上第一个被戴绿帽子的人。”

“好吧，帕齐，我想信任也是这个故事的内涵之一。”

“嗯。”

药师问道：“你知道哪一点一直让我受不了吗？所有的旅馆都被预订了。难道伯利恒[1]正在召开大会还是什么的吗？”

1 伯利恒：耶路撒冷附近，耶稣的出生地。根据《圣经》的记载，由于罗马政府下达命令，所有人民都需要前往伯利恒申报户籍，所以圣母玛利亚与圣约瑟在耶稣即将出生时出发前往伯利恒，却发现伯利恒周边的旅馆都已住满了人，他们只能借宿在一个马棚里。

帕齐说：“我觉得是因为他们已经身无分文了之类的。”

“嗯，就这一点描述得并不太清楚。我更愿意想象是房地产经纪人或者《星际迷航》迷或者什么的在举行大型会议。”他说道。

“也许是因为那个时候是平安夜？”

药师点点头，说道：“那个时候旅馆的确会被订满。这一点儿没错，亲爱的帕齐。可是，拜托，你难道不喜欢我的大会论吗？伯利恒的万豪国际酒店欢迎广大《星际迷航》迷。店无空房。如果他们真的身无分文，那又究竟为什么要去那些旅馆呢？怎么不去伯利恒医疗中心？愚蠢的基督徒，对吧？对了，你妈妈一直在服用抗抑郁药。她不想让你爸爸知道，所以就从我这里拿药。”

帕齐问他为什么要告诉她这件事。药师耸耸肩：“不知道，帕齐。我觉得你听了可能会开心。”

帕齐拜访父亲和一位生病的朋友

知道了自己贫困潦倒之后，帕齐的电视瘾便被治愈了。感恩节后的那个星期一，帕齐一大早就给退伍军人事务部打了个电话。最后一部分延任津贴和最后两次的薪水（总计约四千五百美元）都没有如期打入她的账户。她还需要问清楚军人权利法案的具体福利，这样她就可以重新回到“自我完善”和“个人发展”的道路上了。

退伍军人事务部的热线电话以错综复杂的通讯录为特色。由于帕齐的问题涉及多个领域，她无法确定自己是否按对了号码。等她终于被接入正确的线路时，却还要等候接听。

半个小时后，有人说话了：“有一个问题。”

阿尔法。喝彩声。

肯定和她的退伍有关系。她从军队离开得有点突然，并没有时间把每件事情都处理好。她以为自己把一切都处理得还不错，但她最后被分类为一般退伍，而非荣誉退伍。一般退伍并不像开除军籍那么糟糕，但也算不上好事。很显然，或者是电话中这个人企图让她这么相信，一般退伍足以使她的津贴泡汤，并且让她没有资格享用军人权利法案的福利。她曾预感到津贴会泡汤。延任还差一周才能结束，她却提前离开了。她猜测到这可能会让事情变得麻烦，但她还是第一次听说自己无法享用军人权利法案的福利。

查理。迪斯科。回音。

所以，这就是她现在的处境。

狐步舞。

电话中的人告诉她，他们将会调查清楚她退伍的详细情况，然后才能支付余下的津贴，并决定她是否可以享用免费上大学的钱。当然，这就是她入伍的主要原因。

高尔夫球。

她问道："我什么时候能知道这次调查的结果？"

旅馆。

电话中的人说："我们会给你打电话的。"

靛蓝。[1]

她挂断了电话。

茱莉叶。

接着她又拿起电话。

1　靛蓝：Indigo，英文发音与"印度"相似，而印度在军事音标字母表中指代字母I。

千克。

然后，她走到房子后面，把电话扔进院子里的大洞中。

接着她回到房间里面。

可她得打个电话。

所以她又走出去，跳进洞里找回电话。

爬出来比跳进去要困难得多，但她的顽强足以让她完成这项任务。

然后，她回到房间里面，插上电话线，给教堂打过去。

“鹿留市基督复临安息日会教堂，罗杰·波默罗伊牧师的办公室。”她父亲的秘书接电话时这样说道。

“牧师在吗？我的意思是，我可以和他讲话吗？”

“可以问一下您是哪位吗？”

这个问题很明显，却让帕齐为难了。她不想说自己是哪位。她不想这么问：“你认为牧师有时间和疏远的女儿说句话吗？”如果他根本不在办公室，帕齐可不想留一则口信，让整个教堂猜测牧师爸爸的坏女儿这次又想怎样。而且，她不想等着他给自己回电话，所以她选择询问父亲下午的办公时间是什么时候。

帕齐到达的时候秘书出去了，她父亲的办公室里没有人。不过，帕齐还是走了进去坐下来。她看着父亲办公桌上的照片。一张是她母亲从前的照片，那时她还年轻、苗条，值得被相框保存；还有三个孩子的照片，那时他们还小，心地纯洁。帕齐看着曾经的那个自己，真想用黑笔把她的脸涂抹掉，或者至少在她脸上画上胡子和恶魔角。

她父亲出现时，并没有一眼认出她。这算是他玩的一个游戏，帕齐看他玩过很多次。当准备好了和某个人谈话时，他才会和某个人谈话。早一会儿都不行。

他脱掉外套，松开领带，然后检查自己的邮件。接着，他给窗台上的一株虎尾兰浇水。虎尾兰上沾了灰尘，就好像几个月没有被触碰过一样。所幸，这种植物不需要人太多的关心。

终于，他坐下了。他把自己安置在办公桌的正中间，然后把椅子往回转了大约一英尺。他把白色礼服衬衫的袖子往上一推，就好像在说：我现在准备好弄脏我的手了。

“好吧。”他说道，声音中带有一点笑意，就好像那句“好吧”是某种只有他们二人才懂的经典笑话。“好吧。”他又重复了一遍，尽管他说第一遍时帕齐也没有觉得精妙，“好吧，我确实没想到会在教堂看到你。”

帕齐说：“这一点我很抱歉。我只是去看明妮的表演。她很好。”

“她是个好孩子。”他说道。

“不。”帕齐回道，“我是说，她演得很好。她是一位好演员，你不觉得吗？”

他说：“对于教堂而言够好了。”

这个浑蛋就是无法在这一点上让步，帕齐心想。

她的父亲点点头，好像在暗示客套话到此结束了：“我能帮你做点什么？”

帕齐想，我这一生，这个人从来没有伸出过一根手指来帮我。“我想要外婆留给我上学用的钱。”

他问：“你会上复临会大学吗？”

帕齐告诉他自己不会。她说在这一点上什么也没有改变，自己会在查特努加完成学业。

“宝贝，我们之前都谈过这件事了。你外婆希望你用这笔钱去上复临会大学。”

“不，她没有这么说。她只说了这笔钱让我用来接受宗教教育。在我看来，在一所普通高校也可以得到宗教教育。”

他笑了笑，没有说话。

帕齐接着说：“说实话，我并不想这样做……我并不想惹麻烦。但如果逼不得已，我会以起诉的方式得到这笔钱。外婆写那份遗嘱时，年纪大了，脑子也糊涂。而且，她最后才加上宗教教育那部分……她的意思，还有当时的情况，都是……”她搜索着合适的词语。

“有争议性的？”他摇摇头，表情里带着作为父亲和牧师的极度失望，“你做你必须做的吧，帕特里夏。”他看着她的眼睛，帕齐感到一种被看穿的无力感。他知道她不会起诉的。他又说：“我还以为山姆大叔无论如何都会照顾你呢。”

“军人权利法案又不会为一切买单，爸爸！”她考虑过对他说谎，可转念一想，如果她承认津贴出了问题，自己和军方之间在整体上也存在问题，也许他就会同情她，继而把钱给她。她父亲喜欢认为自己在拯救别人。因此，帕齐把实际情况告诉了他。他似乎在听。无论如何，他一直在点头，这让帕齐燃起了希望。讲完自己悲惨的故事，帕齐加了一句："如果你真的觉得外婆不想让我用那笔钱读非宗教大学……那么，一旦我的津贴发下来，我一定会把钱还给你的。可以吗，爸爸？"

他笑了。"好吧，帕齐，你提出了一些……论点。"他说道，"我得为此祷告上帝。"

帕齐点点头："你是说现在就祷告吗？因为我想知道祷告得花多长时间。"

他说他也不知道祷告会花多长时间，毕竟上帝有他自己的时间表。但根据以往经验来看，上帝的时间表通常不会超过一星期。

她父亲的秘书敲了敲门："罗杰，你现在有时间吗？"

"梅根，为了你，我可以奉上所有的时间。"罗杰说道，腔调熟练而愉悦。他并没有费心这样对帕齐说话。帕齐对他的魅力已经免疫有段时间了，所以非常惊讶于他的魅力对别人还起作用。

秘书把头伸进办公室里。帕齐之前从来没有见过她。她比帕齐还小，刚刚高中毕业，显然并不知道帕齐的身份。"哦，我不知道你还有访客。"秘书有点妒忌地说道。

"我们已经谈完了。"他摆摆手，让他的女儿离开。帕齐听话地离开了。

回去的路上，帕齐让自己往最好的情况想。也许罗杰会向上帝祷告，而上帝会告诉他把钱给帕齐；也许山姆大叔那边一切都能解决好；甚至，也许马格努姆的纸杯蛋糕竞赛会成功；也许自己肚子里那个未出世的孩子的问题也会莫名其妙地迎刃而解——她只是还不知道如何解决而已。

她到家的时候，电话正在响。她拿起听筒，希望这是上帝（通过罗杰）或者山姆大叔打来的。

“是帕特里夏·弗伦奇吗？”是个女人的声音。

帕齐回答道：“是的。你是哪位？”

她说自己是帕齐那位整张脸被炸掉的战友的未婚妻。巴迪如今在孟菲斯的退伍军人医院，准备在脸上还剩下的那部分上做个手术。他的未婚妻觉得请他的老朋友去看他能够“极大地鼓舞斗志”。巴迪的精神十分不振，这一点毫不奇怪。

“什么手术？”

“哦，不是什么大手术！”她说道。她选择的标点符号是感叹号，这使她听起来就像一名啦啦队队员。帕齐很肯定，巴迪曾经给她看过自己未婚妻的照片，可她想不起来那个女人的样子了。“他们准备从他的臀部取出一根骨头，然后试着移植到脸上，这样就能给他做出个新鼻子。”

帕齐说道：“听上去像是大手术。”

巴迪的未婚妻说：“跟他经历的事情比就不算什么。”这个女人的声音少了一丝欢快，但很快又复原了，“不管怎样，他听说你在田纳西州，只是说到要和你见面这个主意整个人就立马振作起来了！”

“真的很抱歉。”帕齐说道，“我只是不知道自己这周能不能过去。如果可以的话，我就过去。不过，我这边的许多事情都他妈的一团糟，而且……”

“拜托，帕齐。你不介意我叫你帕齐吧？拜托。他的情绪真的很低落。我觉得你来看他会起作用的。我真的觉得会起作用的。”

在那个时刻，帕齐不想同情任何人，除了她自己。也就是说，她不是很想一路开车去孟菲斯，花上自己压根儿没有的一大笔汽油费，就是为了能看看残存下来的巴迪。不过，她同意第二天过去。他是她在军队中第一个真正的朋友，而且帕齐知道，他也会为了她这样做的。他是我们中的一员，她心想。

她把丈夫送到上班的地方，然后行驶了三百英里去孟菲斯。她回想起自己开车走过的其他路程。当行驶距离很远时，她总会这么做。这在某种程度上十分奇怪，因为她永远都感觉自己在另外一段路上，另外一段在脑海中的路，而不是当下正开车驶过的路。

这位未婚妻在医院大厅与她见面。“帕齐。”她说道，“我很高兴你能来。你好。”她看起来的确像啦啦队员，曲线玲珑，肌肉结实，头发金黄，扎成马尾辫。她看起来就像是为啦啦操金字塔顶和橄榄球运动员的怀抱而存在的。帕齐心想，她看起来就像我——曾经的我。

正当她们准备进入巴迪的病房时，一位医生叫住了这位未婚妻。帕齐停下脚步等她，但她挥手让帕齐先走：“他在等你呢。”

战友的病房中有两位病人。二人都是……面目全非，帕齐想。靠窗那人头部被完全缠在绷带里，似乎正在看电视。不过，帕齐无法完全肯定，他可能只是被摆向了那个方向。靠门的那个没有缠绷带，可他其实也没有脸。二号病人正在睡觉。他没有耳朵和鼻子，不过，脖子上倒是有一个“鼓起的气球”，可能是为了形成额外的皮肤，便于日后进行令人难以想象的痛苦手术。他受的这种伤让帕齐很想跪下感谢上帝那个人不是自己。

帕齐推断，巴迪肯定是缠着绷带的那个，因为他的未婚妻提过他的脸上移植了骨头。所以，帕齐朝窗边的那张床走过去。

帕齐问候道：“嘿，巴迪，你还好吗？”

巴迪并没有真的做出回答。他只是哼了一声，点了点头，帕齐把这看作是热情。

她的伙伴不太能说话，这实在令人沮丧。她努力提醒自己，绷带下的那个人曾是她的好朋友，她还提醒了自己一些其他类似却无益的陈词滥调。

帕齐说：“我敢肯定你很快就又可以说话了。”

这个人用力摇摇头。

她听人说过，当你遇到一个患有中风或者其他头部创伤的人，你应该保持自然地谈话。她努力这样做，不过，她并不觉得这种自言自语有多么自然。她说："我猜你听说我退伍了吧。"

巴迪摇摇头。

"嗯，老实说，是有点突然。我——我也解释不清楚。我想自己只是受够了待在那边。"

巴迪歪头朝向她。

"拜托，巴迪，别这么看着我。"

巴迪把头歪向另一边。

"哦，兄弟，你太了解我了。我永远骗不了你。"她环顾了一下房间，压低声音道，"好吧，事情是这样的。你可能已经知道我和聪明鬼上床了。就那么一两次，就这样。"

巴迪看着她。

"对，我知道他订婚了！你知道，我还结婚了。我并不为自己所做的事情感到骄傲，可一个女孩子总是会感到寂寞的。"

巴迪把头转向窗户。

"所以呢，我怀孕了。"

巴迪摇摇头。

"嗯，我真的不知道自己要怎么解决这件事，但还是谢谢你的责备。他们打算让我处理行政事务，他们打算把我调到布拉格堡，或者其他一些地方。我光是想想这件事就超级郁闷。我服役了这么久，你也知道我……"

巴迪又摇摇头。

“拜托，你知道我的。我他妈的特别凶猛。我不是什么狗屁用都没有，只会哭诉、发牢骚，外加和别人上床的士兵。好吧，除了和聪明鬼。可那不过就两三次。我又不是部队里的女王，也不是该死的沙漠女郎。我很顽强的。我讨厌想到布拉格堡的每个人都觉得我是个大着肚子的失败者，怀的孩子也显然不是我丈夫的。所以，我拿上步枪，坐在营房的床上，然后举起枪。哎呀，此时此刻，我得跟你提一句，我当时并没有考虑清楚。反正，你刚刚被遣送回国，我在那边待了大约11个月，还被搞大了肚子，所以荷尔蒙可能起作用了吧。不过这方面我也不在行。但我得郑重声明，我的计划从来就不是杀死自——”

巴迪的未婚妻走进来。她说道：“嘿，约翰尼，你今天感觉怎么样啊？”

他妈的约翰尼是谁？

这位未婚妻温柔地说：“帕齐，这是巴迪的病友，陆军一等兵乔纳森[1]·加西亚。巴迪在那边。”她指着靠门的那个人，那个脖子上有怪气球的正在睡觉的人，“乔纳森还不能讲话，但我们希望他很快就能复原。”

有那么一秒钟，帕齐很担心自己刚刚把一辈子的故事都讲给了一个不认识的人听。她又转而自我安慰，这个人不会说话，

1　约翰尼是乔纳森的简称。

所以不太可能揭人隐私。

未婚妻走向巴迪的床，然后把他晃醒：“巴迪，有人来看你了。”回想一下，很明显这个人才是巴迪，窗边缠绷带的人不是。这个人的手是黑色的，另一个人的手是白色的。

“对了，”巴迪的未婚妻小声对帕齐说道，“他现在还不能真正看到你。他算是看着你这个方向，不过不要纠结这个。”

帕齐在侧面坐下，这样巴迪就不必转头了。“嘿，巴迪！”她说道。她的声音听起来既虚伪又无力，就好像她在给人留言一样。

“嘿，水果糖。”在那边，他们就这么叫她，因为她总是在吃水果糖。这是唯一数量充足的糖果。作为一名素食主义者，她很少能够找到足够的食物。帕齐的素食主义与政治、宗教、家庭或者其他什么都没有关系。事实是，由于从来没有吃过肉，她的胃不具有消化肉的能力。她向指挥官抱怨过餐厅缺少素食，而指挥官的回答是她应该开始吃肉。濒临饿死的绝望之下，她试着吃了几天水果糖，然后不可避免地经受了一场如史诗般的腹泻。接着，帕齐决定，因食用水果糖造成的营养不良是一种更合她心意的死法。

“你怎么样啊，姑娘？”巴迪问她。虽然他的嘴唇部位所剩无几，但在帕齐听来，他的声音并没有明显变化。和窗边的伪巴迪相比，至少真巴迪还保持着说话能力。

未婚妻说：“我看得出来，你真的很高兴见到帕齐。你都在咧着嘴笑呢。”

帕齐不知道巴迪的未婚妻是怎么做出判断的。她能辨认出来的唯一表情就是损害和灼伤。

未婚妻说道：“我不打扰你们两个了。”

帕齐正准备告诉她不用离开，可这个女人已经走到了门外。

帕齐问道：“你怎么样？”

“难道不明显吗？”

“我想也是。”

“该死的！”他笑着说。然后他进入自说自话的状态，讲述着自己的健康问题：他去年不停地进出医院；他因为那边的泥土而患有某种强烈的细菌感染；再也没有人能看出来他是黑人，因为他的皮肤烧焦了、腐烂了；没有人愿意好好和他说话或者看看他；他把侄子侄女都吓跑了；如果不是他的未婚妻，他就熬不过去了。她可能看起来像芭比娃娃，可脑子却聪明着呢。

到这里，帕齐觉得他可能开始哭了，不过这很难看得出来。不管怎样，他眼睛里透着奇怪的蓝色，明亮而透明。他可能只是讲故事太费劲出汗了而已。“婚礼在四月份。”他说道，“帕齐，你一定要当我的伴郎。”

帕齐问：“伴郎不应该是男人吗？”

“该死的！水果糖，你可是一个荣誉男子，这你知道的！”

帕齐一直很是骄傲，自己参军时交的好朋友都是男人，而从来没有人说她是个软弱而愚蠢的女孩。她同意当他的伴郎。

“如果这真的是你想要的。”帕齐说道。

未婚妻将帕齐送到了车边：“非常感谢你来这一趟。”

“不是特别麻烦。”

“那我们婚礼上再见，对吧？”

帕齐点点头：“对了，你以前是啦啦队队员吗？”

“对，高中的时候。”

“我也是。”帕齐说，“直到她们害我摔倒在地。”

在返回鹿留市的三百英里的途中，帕齐陷入了沉思。这也情有可原。

她在沙漠里度过的时光有时候似乎就像一次漫长的货车之旅。除了那些运货汽车，她几乎想不起其他东西。她和巴迪一直同坐一辆货车，直到巴迪在空港道路上被炸伤了。不和巴迪一起开车的时候，她就和聪明鬼一起开车。

一般来说，她努力不想起聪明鬼——她知道想起他绝不会有什么好处。可是，回鹿留市要开好长一段路，所以她允许自己例外一次。

他曾嘲笑帕齐在苹果音乐播放器上听布兰妮·斯皮尔斯的歌；他嘲笑她竟然用苹果音乐播放器——明明用需要电池的播放器更加明智。但当他不嘲笑她时，他们也会好好聊天。他想知道她为什么是素食主义者，反过来，他也会向她倾诉说他手底下的人不太喜欢他。他们往往怀疑他。他推测这是因为他自己的背景。他上过西点军校，他的叔叔是肯塔基州的代表，但他自己并不是什么精英。有一次，他还给她弄了那种素食野战口粮，因为这种东西很难搞到。他还教她怎么下象棋。他的拉链箱里有一套小小的带磁性的象棋。他以前常常嘲笑帕齐，因为帕齐从不喜欢看到马倒下，即便这意味着要牺牲王和后。“这么下棋可不行啊，水果糖。”他说道。不过他说这话时眼睛附近总是会泛起皱纹。帕齐并不太在乎输赢，她只是喜欢马。还有，和聪明鬼在货车里的那一次可以说是帕齐最幸福的时候。而且，那不只是她在伊拉克最幸福的时候。那可以说是帕齐这一生最幸福的时候。她知道这种生活状态非常可悲，但这是事实。她对伪巴迪说，和聪明鬼上床只是因为她寂寞了——那是谎话。

聪明鬼也要结婚了。对方的名字叫作里甘·格雷厄姆，她正在芝加哥学习成为一名馆长。帕齐从来不认识一个成了馆长的人。这不是鹿留市（甚至是大岩石区）的人会做的事。聪明鬼曾经给帕齐看过她的照片。她的牙齿偏大，不过帕齐找不到她的其他缺点。

有一次，帕齐休假时无事可做，曾在谷歌上搜索“里甘·格雷厄姆”。她并不是名人，可她的名字还是有三千八百条搜索结果。她毕业于哈佛大学，曾是吉尔伯特和萨利文歌剧院的排演伴奏。她的一篇题为“纷乱时代的阈限”的研究论文曾经获奖。她曾经在费城举行的姐姐的婚礼上当过伴娘。她的礼服是黑白格子裙。那张照片登在费城报纸的社会版上，帕齐不得不输入自己的姓名和地址才能看到照片。里甘在某个贵格会学校里打过长曲棍球，那个学校也在费城。就在去年二月份，她在芝加哥参加过五公里长跑，名列第四十六。她曾伤过某个男孩的心，显然，这个男孩对此打击所做出的反应是写了一篇长长的博客讲述她是怎样一个贱女人。2002年的几个月的照片显示，她把头发染成了黑色。她把自己所有的书编入那种图书馆网站。她喜欢画集，可那种艺术家帕齐从来没有听说过。她在陶瓷大谷仓和蒂凡尼都登记了婚礼礼物清单。她喜欢白色和米黄色的盘碟和亚麻布。她比帕齐大五岁——里甘的生日在十月份。有时候，帕齐觉得自己应该给她送一份礼物——她是如此了解她的喜好。

不久之后，帕齐在谷歌上搜索了自己的名字。帕特里夏·弗伦奇的搜索结果有无数条，但大部分都和她没有关系。有一位帕特里夏·弗伦奇是密苏里州圣路易斯市的房地产经纪人；有一位帕特里夏·弗伦奇会画动物肖像，并精通骑术；有一位帕特里夏·弗伦奇是英格兰利兹市的民政专员——她可能是所有叫帕特里夏·弗伦奇的人中最有名的一个。还有一位帕特·弗伦奇是个颇为年轻的男人，他喜欢写关于女性向情感小说的同人小说。他的朋友喜欢取笑他，把他称作“帕特里夏”。

然而，她是宇宙中唯一已知的帕特里夏·波默罗伊·弗伦奇。共有八条链接指向她的全名，其中三条提到她的第一轮调配；两条提到她是牧师的女儿（其中涉及她的调配）。还有一条错传她已经去世。最后两条是死链接，也就是说根本链接不到什么内容。

当她回到家时，房子里空荡荡的，电话正在响，是罗杰打来的。

“帕特里夏。”他说道。

帕齐走向餐桌，这是家里唯一一件她喜欢的东西，也是家里唯一一件从好尔玛超市买回来的全新的东西。桌椅的边缘镀成了铬银色，就像是从老餐馆弄来的一样。她用第一笔入伍津贴购买了这套桌椅，在当时，这让她感到了极大的愉悦。人生之中第一次，她发现一切都如此相配，实在是令人满足。她坐下的时候，坐垫发出同情的叹息声，帕齐想，这些椅子是否就是她整个军人生涯中唯一拿得出手的东西。

“帕特里夏。”他重复一遍，“你在听吗？”

“我在听，爸爸。我只是在想，你和妈妈从来没有来过家里看看我的餐桌。”

他说：“帕特里夏，我想让你知道，我整日整夜都在为你的处境祈祷。”

她告诉他这就是她最大的期望。她看着自己的脸在餐桌的福米加塑料贴面上微微反光：她就是阴云密布的夜空中的一轮月亮，她就是被打翻的牛奶。她意识到自己根本没有注意听罗杰说话。

“……可是，你参军的时候十分清楚教堂对于战争的立场，所以，我不得不请你坚持下去。”

“这话是什么意思？”

“你离开了自己的教堂和家庭前去参军。你知道这违背了我们的信仰。你相信军方会支付你的学费，所以你必须坚持你的决定，保持你的信念。”

她问他这和外婆的那笔钱有何关系。

“如果我把那笔钱给你的话，看起来不太对。”

她注意到左边那把椅子的乙烯树脂上有一个小小的裂缝或是烙印。可能是马格努姆和药师吸大麻的时候造成的。她把小指指尖伸进洞里，结果把洞撑得更大了。这让她想起了二年级还是三年级时课文中的一则故事：一位裁缝受雇给毯子补洞，于是便想出了一个办法，把洞裁掉，结果毯子上的洞反而比之前更大了。帕齐很好奇这则故事的寓意是什么？不要雇用愚蠢的裁缝？自己动手补毯子？

“嗯……谁看起来不太对？”

“教众。这会造成不良影响。”

“可是，其他人不必知道这件事啊！”

“我会知道，你母亲会知道，上帝也会知道。我的良心会不安……从另一方面来说，如果你想重回教堂，去复临会大学……”

“你不能这么做！”

“帕特里夏，我只是在为你的灵魂能得以永生考虑。”

“我现在在这里，爸爸。我还活着。我他妈的才不管灵魂永生。我现在在这里，而且我他妈的想要自己那笔钱！”

“我不允许你对我说脏话，帕特里夏。”

“去他妈的！我见识过不少事情。我参加过战争。如果我想，就能他妈的说那句该死的他妈的！我已经赢得了这种权利，可以用整个他妈的英语语言中的所有脏字！”

她不确定他有没有挂断电话。

“拜托，爸爸。很抱歉我骂了脏话。我很抱歉……我只是……我真的需要那笔钱……”

她接着恳求，直到罗杰打断她：“听我说，帕齐，我知道你并不觉得我对你而言是个完美的父亲。我知道你可能觉得我犯过很多错误。但我之所以坚持这一点是因为我不想你重复我可能犯过的错误。还有，帕齐，我想让你知道我会为你祈祷。”

帕齐知道“我会为你祈祷”其实是基督教中的“他妈的”。“不要他妈的为我祈祷！我不想要你他妈的祈祷！”

“不管怎样，我会为你祈祷。”罗杰说道，然后挂断电话。

她把无线电话扔到房间另一边。电话没有摔坏，可后面的电池松掉了，滑到了烤箱下面。

帕齐所有一时冲动下的破坏行为常常只会害得她要费更大的力气来解决问题。大约一秒钟后，帕齐意识到自己还得再打个电话。

她用一把长木汤匙从冰箱底下把电池钩出来，然后拨打了莱西的号码。她的小姑子曾经提起过好尔玛超市有一份工作。

她对自己说这只是临时工作。

就做到山姆大叔那边把一切解决好就行。

未出世的孩子在撞她，就像一只在朝后移动的低音鼓一样。

“嘘！”她对着它说，“你别动。”

可它并没有停下来。

帕齐得到了一份工作

帕齐在好尔玛超市庆祝了自己的二十三岁生日。

她在好尔玛的面试是由超市所有者亚伯拉罕·斯利克进行的。莱西觉得这是一件不得了的事情，没完没了地问帕齐这场面试的情况。说实话，帕齐对亚伯拉罕·斯利克没有什么可说的。他是帕齐在鹿留市遇到的唯一的犹太教徒；当二人握手时，他的手似乎异常柔软。办公桌上有一张他妻子埃丝特的照片，传闻他妻子疯了。帕齐知道，在那个世界，“疯”的意思有很多种。有听说唱音乐的疯；有开车带孩子冲下悬崖的疯；有戴怪帽子的疯；有对着自己脑袋开枪的疯；有给自由党投票的疯；有信奉和大多数人不一样的上帝的疯。

“帕特里夏，”斯利克给她这份工作时说道，“我们好尔玛大家庭中的所有人都很骄傲能够支持我们的军队。”家人是斯利克最喜欢用来形容雇员的委婉说法。

她说：“谢谢你，斯利克先生。”

“还有，我不仅非常乐意让你成为这个大家庭的一员，我还有一个提议要告诉你。”

斯利克倾身越过桌子。帕齐能够感觉到他的呼吸喷在自己额头上：“我在想，作为家庭中的新成员，你可能会愿意为好尔玛超市代言一系列广告。”

“斯利克先生，什么广告？”

“嗯，不完全是广告。更像是你穿着制服或者军装或者随便什么合适的服装的照片。这个就留给你来决定。不要担心，我们会请人把你的头发弄好，再给你上点妆。你呢，可能正在整理货架，对吧？或者就是红色、白色和蓝色的背景[1]。在照片底下，海报里会写着这样的话：好尔玛超市很骄傲能够支持我们的军队——好尔玛大家庭的新成员帕特里夏·弗伦奇。”斯利克说得就好像自己真的看到了这张海报，就好像他正按照远处某个地方的提示卡上的解说词在念一样。他把视线转回到帕齐身上，“帕特里夏，你觉得这样的提议怎么样？”

这几乎让她想吐。但她觉得如果她想被雇用，那就不应该这么说。“嗯。”帕齐说，“可能很有趣。让我向上帝祷告一下这件事。”

斯利克用自己异常柔软的手拍拍她的手：“嗯，姑娘，你愿意祷告多久就多久。不着急。”他把胳膊搭在她肩膀上，带她走

1 美国国旗的颜色为红、白、蓝。

出办公室，“当然，借用了你的肖像，让你这么辛苦，我很乐意再给你点儿额外的补贴。”

这确实使得这一提议更加诱惑人了。不过，她觉得，如果自己不表现出对这一提议的向往，那她可能会争取到更多的钱。于是她闭上嘴巴，等斯利克再次和她沟通。

“帕特里夏，我很期待你的出色表现。”斯利克说道。接着，他便把帕齐交给人力资源部门。帕齐也正式拿到了橘色的好尔玛工作服。

上班第一天，帕齐被分到了好尔玛体育用品部门，那儿的存货有帐篷、钓鱼竿和枪支。她的工作非常简单：帮助客人找到他们要找的东西；不管他们想要什么，努力把最贵的那件卖给他们；努力把他们并不需要的配件卖给他们，好和他们最初来买的那件东西相配。

还有两个人在她的部门工作。他们的名字是莱尼和乔治。

“就像《人鼠之间》[1]中的主人公一样。”当三人互相做自我介绍时，帕齐这样说道。

他们两个都没有读过这本书。他们并不怎么读书。可帕齐这样一说，就让他们觉得她很喜欢读书。这让帕齐尴尬不已，她认为自己并没有博览群书，这一点十分可悲。她读过了高中英语课上的大部分小说；自然，她也读过《圣经》。几年前的生日

---

1 《人鼠之间》：*Of Mice and Man*，美国作家约翰·斯坦贝克的中篇小说。

时，马格努姆的妹妹给她寄了一个护理包，外加《在天堂遇见的五个人》这本书。帕齐把这本书借给了巴迪，而据他所说这本书“特别能改变人生”。她还没有抽出时间自己去读，可她发现平装本的大小和重量用来拍苍蝇再理想不过了。

“我母亲的名字也叫乔治。”她很少谈及自己的母亲，她说这句话是为了把谈话从她的阅读习惯上引开，“不过，她可不是男人。”

两个人都觉得这是个让人异常激动的发现。

帕齐说：“这是乔治亚的简称。”

“她来自乔治亚州吗？”

“不是，她来自佛蒙特州。”这也让他们捧腹不已。帕齐得出结论，两位新同事的笑点很低。

“来自佛蒙特州的乔治亚。”身材高大、过早秃顶的那个人说。帕齐十分肯定他是莱尼。

“帕齐，你可真有意思。”身材矮小、毛发旺盛、状如猿猴的那个人说。他是乔治吗？

因为她比莱尼和乔治更懂武器，他们两个人商量好应该由帕齐负责枪支柜台。超市卖的唯一一种枪是猎枪。当顾客进来时，帕齐会表现出一副热心的样子，然后秘密地说服他们去别的地方买枪。帕齐又不能从中收取回扣，亚伯拉罕·斯利克也不会因为几个乡下人去别的地方买枪就得沦落到去救济院生活。而且，如果少了那么几只鹿发现自己眼睛之间有个弹孔，这也不算什么坏事。如果她因此被解雇，嗯，她准备好了接受解雇作为可能的脱身之计。

她在好尔玛的任期将被标记为一系列同样徒劳无益的无政府状态。

上班第二天，帕齐开始用安全别针（作为系裤子的那根别针的备用品）在店里储备的塑料瓶上打孔。这样做的时候，帕齐觉得自己有点儿像环境保护委员会成员。好尔玛超市巨大的浪费让她深感厌恶。每件物品都被放置在某种盒子里，然后盒子又被装在其他盒子里。她猜所有的垃圾都会直接进入海洋，或者堆上某个有毒的大船。在货车里，她和聪明鬼曾经讨论过水瓶、多用途跑车、红肉和灯泡。这些毫无意义的垃圾正在杀死地球，也在杀死他们。如果没有石油的话，他们的人生会截然不同。聪明鬼过去常说被派遣出来让他比从前更加关心这种事情。所以帕齐就会一边打孔一边想他。

上班第三天，帕齐逼不得已，搭了莱西的车回家（马格努姆和帕齐商定二人轮流使用唯一的那辆车）。帕齐从不觉得和马格努姆的妹妹聊天是件特别简单的事情。莱西说斯利克先生非常喜欢她。帕齐说："嗯。"然后帕齐讲了马格努姆纸杯蛋糕比赛的事情。莱西说："嗯？"可是帕齐在这个话题上想不出更多的话来说。就在那时，未出世的孩子释放出一连串快速而猛烈的踢打。

莱西让她在房子前下车。帕齐知道下一个合乎逻辑的步骤是什么：进门。门前有一块玻璃嵌板，这一直让她觉得十分淫秽，就好像这所房子穿着短裙，里面却没有穿内裤。透过玻璃嵌板，她能够看到寻常灯束发出的黄光、电视的蓝光、纸桶红白相间的光以及她丈夫柔软的黑色剪影。他正在给帕齐倒无糖汽水。帕齐甚至能够想象出来自己一旦进去了会是什么样子。那几种颜色加上自己工作服的橙色光芒，映照出一个身材矮小、金发脏乱、橙色满面的女人。虽然帕齐还不到二十五岁，但那个女人看起来却至少有三十岁。

她只是不想成为那所房子里的那个女人。

她绕到后面去看她的狗的坟墓。

看到药师坐在大洞的边缘帕齐一点儿也不惊讶。他正在吸大麻，还把大麻递给帕齐。天啊，帕齐很想要，可她硬是逼着自己拒绝。

她在他旁边坐下。两个人的腿悬荡进大洞里，那儿本该是个游泳池。

帕齐开玩笑地问："你常常来这儿？"

他很认真地对待这个问题。"很安静。"他回答。

石头、泥土连带着大麻开始让她的脑袋发昏："药师，在你眼中，自己的人生就是这样走下去的吗？"

他深吸一口大麻。过了一会儿，他说道："在我眼中，自己的人生根本就走不到哪里去。我们小的时候，总是听他们说世界末日即将来临，所以我总以为自己现在会和耶稣一起待在天堂里。”

“你相信那些屁话？”

“是的，帕齐，那时候我很相信。现在大多数时候我仍然相信。”他又深吸一口大麻，“我已经彻底毁了，你不知道吗？”

她仔细想了一下自己这位老朋友被火光照亮的脸。他不是真正意义上的帅气。他十分脆弱，恰似一个瓷器做的男娃娃。

他问道：“文尼近来怎么样？”

“嗯，我回来之后他给我打过几次电话，不过我一直没有时间给他回过去。”

药师点点头：“他还在纽约？”

“纽约和洛杉矶两头跑。”

药师又点点头。

帕齐提议道：“也许你和我什么时候可以去看看他？”

“嗯，也许吧。”

这时，他抽完了烟卷。他把烟蒂扔进大洞，然后扶起了帕齐，陪她回到屋子里。

上班第四天，她正要走向休息室时，不知道是莱尼还是乔治对她说了一句：“别去那儿，帕齐。”他招手让她过去，把她带到外面的装货区，上了一节外部楼梯，来到了好尔玛的阁楼。

那儿没有多少东西，只有嵌板和一个与世隔绝的空间。此外，有一个小洞，可以透过它偷偷俯视整个超市，还有一大瓶美格波本威士忌以及几个连起来的空瓶子。“在这里更好，对吧？”这个不知道莱尼还是乔治的人一边问她，一边把威士忌瓶子递给她。

“是不一样。”

莱尼，或是乔治，从上到下打量了她一遍，然后说：“你看起来像是一个不容易喝醉的姑娘。”

她耸耸肩。她并不想得罪自己的同事，于是说道：“我觉得自己生病了，不想弄脏你的藏酒。”如果她要生下这个孩子，她可不想生出来一个醉醺醺的、长着蹼足的孩子。

她从小洞偷偷往下面看。尽管似乎不太可能，但这个角度让这份工作变得更加压抑。所有的小人无非是一群蚂蚁，正在为自己的土墩采集食物。

莱尼，或是乔治问她：“你觉得这份工作怎么样？”

“有过更糟的。”帕齐说。

上班第五天，她在好尔玛的避孕用品过道看到了明妮。

帕齐叫了她的名字。这个女孩的手里正拿着一盒避孕套。她一看到帕齐，就把东西藏到了身后。

“帕齐。”她说，“我都不知道你在这里工作。”

“才刚开始。”帕齐说，“你怎么样啊？”

她们拥抱了一下，安全套掉到了地上。

明妮问道："你不会告诉我哥哥，对吧？"

帕齐咯咯地笑起来："药师才不会在乎你和哪个男孩上床呢。"

明妮摇摇头，说道："你没有我了解马库斯。再说，不是你想的那样。那个男孩……我们会结婚的！"

"这话是什么意思？"

她告诉帕齐，她爱上了教堂演出中的那个叫约瑟夫的圣约瑟，他们打算结婚，但两个人都认为婚前发生性行为是不对的。不过他们打算高中一毕业就结婚，把事情做对。她说："能把这件事说出来我真是松了口气。"她又抱了一下帕齐，帕齐很想哭，却不是因为喜悦。

帕齐说："明妮，你知道吗？你不一定非要嫁给第一个和你上床的人。"

这个女孩脸红得像苹果一样，把目光移开，结结巴巴地说："我……我觉得不嫁是不对的。上帝和《圣经》都是这么说的。"

帕齐说："《圣经》并不是什么都知道，而上帝他妈的才不在乎你和谁上床。"

"别喊了，帕齐！"这个女孩来回看看过道，确保没有人在听她们说话。

帕齐本来没有意识到自己在喊，但是明妮这么一说，她就能感觉到自己的心跳得很快，额头也渗出了汗。她深呼吸了一下，想了一下北约音标字母表。有那么几秒钟，她只能听到远处生锈的购物车的声音，还有商店来来回回播放的几首背景音乐——此时此刻，正在播放的是《世界之巅》，演唱者是厌食症女孩和她的兄弟或者丈夫[1]——帕齐记不清是哪一个了。“抱歉。”帕齐说，“只是……我曾经也相信那些屁话。可是他们在骗你，明妮。我爸爸每周骗你一次。教堂也在骗你。你还没有去过什么地方，所以你不知道。你什么都不知道。”

对于一个什么都不知道的人而言，明妮笑得却像是无所不知。帕齐看得出来，这个女孩很同情她。

帕齐想用20%的员工折扣帮明妮付安全套的钱，可这个女孩拒绝了。不管怎样，帕齐还得回去假装卖猎枪。

之后的一下午时间，帕齐都无法专心于不卖枪。然后，她又意外卖出了一把枪，这让她十分沮丧。她一直在想明妮，想这个年轻的女孩是怎样大错特错，竟然真的以为自己必须嫁给那个名为约瑟夫的圣约瑟。当帕齐嫁给马格努姆的时候，她也有过这种靠不住的想法。她想自己嫁给他主要是为了证明一个观点。而六年后的现在，有时候真的很难想起到底是哪一个观点了。

上班第六天，好尔玛的屋顶开始漏水。持续的、可怕的漏水

1 《世界之巅》是由卡伦·卡朋特与其兄理查德共同演唱的歌曲。卡伦因厌食症与神经过敏于1983年过世。

逃过了大部分人的注意。

* * *

上班第七天，漏水在天花板上留下了一个水印。一位顾客评论说这块污迹看起来像是耶稣站起来伸出双手。帕齐不太看得出来。在她看来，不过像是个污迹。眯起眼来看的话，她愿意承认这块污迹看起来有点像是一个人伸出双手，可她找不出证据表明这个人就是耶稣。她倒觉得看起来很像马格努姆，就是那天晚上他想让她赶紧下车时的样子。

帕齐猜主要是时机问题——距离圣诞节只有十天，这才让人们觉得污迹是个奇迹。

上班第八天，亚伯拉罕·斯利克给当地电视台打了个电话。他觉得一则充满人情味的故事可能会额外增加节日期间的人流量。

不幸的是，这也招来了错误的生意。

上班第九天，帕齐的母亲开始了一系列去商店的朝圣之旅。

莱西去枪支区和帕齐商量这件事情。帕齐通常都是在忙着不卖枪。不过这次，她正在制作圣诞节枪展——她想把枪支摆放成圣诞树的样子，结果这比她预计的更加困难。“你好呀，宝贝。”莱西说道，“今天枪支交易进展得怎么样？”这是她说的一个笑话，帕齐觉得这对马格努姆的妹妹来说过于前卫。莱西看着枪展，皱起眉头：“这应该是棵树吗？”

帕齐点点头。

“很有节日气氛。”她说，“对了，帕齐，我是要说……你妈妈这会儿在超市。”

“嗯，可能是在圣诞采购。”

“嗯。问题是，帕齐，她都在这儿待了六个小时了。”

“好吧，她肯定赢不了什么快速购物的奖牌了，这是非常肯定的。”

“你不想去见她吗？”莱西低声耳语道，“她在安全套过道。你也知道，就在污迹下面。如果那是我的妈妈……”

帕齐打断她的话道：“不太想。”接着将话题转到更紧迫的事情上，“莱西，你觉得斯利克先生会不会给枪支区分配一些装饰品？店里的其他地方看起来都很有圣诞气氛，我觉得自己的小树也很想要点什么。”

上班第十天，帕齐的母亲又来了。虽然帕齐看到了她，但还是选择不和她说话，甚至没有靠近她。那块耶稣污迹在安全套部门的正上方，所以帕齐实在没有什么理由去那儿。可是，对，她的确看到了自己的母亲。她很难被人忽略。她有250磅重，穿着教堂的服装。她就站在过道中间，靠在购物车上，抬头盯着天花板看。有时候，她的嘴唇会微动。帕齐觉得她是在祈祷，但帕齐从未靠得太近，所以也无法肯定。她想知道药师是不是还在提供抗抑郁药给乔治。

帕齐上班的第十一天，她母亲开始把安全套从污迹下面的货架上移走。有人偷听到乔治在对其他顾客说避孕用品是对耶稣的大不敬。

斯利克先生把帕齐叫进办公室。他问帕齐在安全套货架那儿的是不是她母亲。帕齐回答说，虽然过道里的那个女人的确生育了她，可她已经有段时间不是自己的母亲了。

斯利克问道："那么，你不介意我报警吧？"

帕齐思考了一下这个问题。不管母亲正在经历什么精神上或是心理上的崩溃，她都很不想掺和进去。

然而……

她用斯利克办公室里的电话打给罗杰。自从他那次挂断电话后，帕齐还没有跟他说过话。

她甚至都还没出声，她父亲就先开口："我并没有改变主意。"

"我是因为你的妻子才打电话来的。"帕齐说，"她正在好尔玛超市——我现在在那儿工作。如果你还在乎的话，她快要被逮捕了。"

罗杰有一瞬间说不出话来，这让他的女儿非常高兴。帕齐知道明星牧师身上能够发生的最糟糕的事情就是自家人在大庭广众之下出丑。

他清清嗓子："这种情况持续了多久？"

"大约三天。"

"你没有想到早点给我打电话吗，帕特里夏？"

"他妈的，爸爸。我以为你知道。她并没有伤害别人，他们只不过要把她扔出去，因为她开始挪动避孕用品。"

她父亲说他十五分钟后过去。

帕齐去耶稣污迹之下看自己的母亲。

她说道："嗨，妈妈。"

乔治正忙着把一堆润滑剂丢进购物车里。

她在喃喃自语："好了，我真的只需要把带有杀精剂的东西移开。因为带点润滑作用的东西并没有什么问题。一点儿问题都没有……"

"妈妈？"

她过了一会儿说："哦，你好啊，帕齐。宝贝，我今天有好多事情要做。真是忙疯了。"

疯倒是真的，帕齐心想。"嗯，爸爸大约15分钟后来接你。"

乔治停顿了一秒钟，然后茫然地看着帕齐："罗杰要来这里？"

"嗯。"

“他为什么过来？”帕齐觉得，对于一个在好尔玛超市大出洋相的人而言，这话说得很是傲慢。

“嗯，我……我想他是想帮你。”

她母亲哼了一声：“帕齐宝贝，你可以告诉他一切都在我的控制之中。”

乔治拿起一瓶热感装润滑剂：“帕特里夏，你知道这里面有没有杀精剂吗？”

“我觉得没有。我只知道它能把东西变暖。”

乔治笑了：“那就可以放在这里！”

她的父亲赶来时，从帕齐身边挤了过去，抓住她母亲上臂的肉。

“乔治，我们走。”

“不。”她说，“我还没结束呢。”

“你结束了。”他说道。她能够看到罗杰正捏着乔治胳膊下面的脂肪组织。那会留下瘀伤的，帕齐心想。这之后的几年，无论何时帕齐想起父母的婚姻，这个画面就会跳进她的脑子里。

罗杰僵硬地对聚集在耶稣之下看这场家庭闹剧的人微笑：“好戏收场了，各位。这儿没什么好看的。没什么好看的。”

“爸爸。”帕齐开口了。

“现在不是时候，帕特里夏。”

然后他把母亲带出超市，帕齐看着乔治圆圆的、青绿色的屁股摇摇晃晃地远去。她母亲还一直在自言自语：“我还没结束呢。我还没结束呢。我还没弄好。”

“你弄好了。”罗杰说道。

他们到超市前面的自动门时，她母亲停下了：“帕齐，你会来过圣诞节吗？”

“可能不会。”帕齐说。

“太好了，那就到时候见。”

帕齐并非对母亲被护送出好尔玛的场景无动于衷，并非对抚养她长大的女人的好事无法完成感到无动于衷。可是，她这一辈子早已见过了一些苦难，她已经学会把每件事情看成是照片，而非那件事情本身。她可以把照片挂在博物馆里，然后继续生活下去。她就是这么做的。那一天不过是帕齐在好尔玛超市上班的第十一天，无关其他。

帕齐被解雇了

上班第十四天，帕齐被解雇了——距离圣诞节恰恰还有一周。帕齐听说这个时间被解雇是一件了不起的成就，因为斯利克先生更愿意等到过了节日再解雇员工。

帕齐被解雇有两个官方原因。

其一是，她被监控摄像头拍到在塑料瓶上扎孔。看到录像带时，帕齐认为并不能看得很清楚她在做什么。于是，她告诉他们她是在测试瓶子以判定漏水的原因，这个解释他们似乎接受了。“我是在塞孔。”她声称，“不是在扎孔。”

“你为什么不向主管汇报这件事？”

“我不确定自己看到的是否真如自己所想的那样。”她说。

第二个插曲发生在休息室，这件事更加罪责难逃。

她正在和莱尼或者是乔治吃午饭时，一个帕齐从来没有见过的人走了进来。他的头发是白金色的，胳膊和脖子都是红色的。他在电子产品部门上班。大家都知道电子产品部门的人个个都觉得别人狗屁不如。

电子产品部门的家伙和他们坐在了一起。莱尼或者是乔治对他说："你知道帕齐吧？"

这个家伙对着她的方向轻哼了一声："听说你当过兵？"

"嗯。"她说这话带的明显是句号，因为她现在没有心情讲以前打仗的故事给大家助兴。

"那是什么样子？"

"热。"她说。

莱尼或者是乔治偷偷笑了。

"沙子多。"她补充说。

"我猜你的裤裆里全是沙子。"这个家伙说。

真能打趣，帕齐心想。不过她当兵四年期间当然听过更糟糕的话。"嗯。"她说，"我的阴门就像砂纸一样。"

三个人听到这话都笑了，帕齐笑得最大声——帕齐学会了这个好办法，如果一个人想和讨厌的人和睦相处的话。然后她说自己必须回到销售区去了，可说真的，她只是忍受不了和电子产品部门的男人同在一个地方。

那天下午晚些时候，她独自一人休息时，电子产品部门的家伙又回来了。

"那……"这个家伙说，"在那边到底是什么样子？"

"如果你这么好奇，为什么不报名？"她揭掉酸奶杯的盖子，开始把草莓从底下往上搅。

“不能啊，”他说道，然后他抬起运动鞋，放在人造木桌上，“扁平足。可你很幸运。因为我猜你在那边没有见过实战什么的。”

帕齐请他把话说清楚。

“我是说，因为你是女人，女人是不会看到实战的。”

真是个专家，帕齐心想。她只是摇摇头：“说真的，你不知道自己到底在说什么。”

“不是，”电子产品部门的家伙说，“现在你看起来很是心烦，但我说这话并没有什么恶意。你做的仍然是件好事，去那边报效国家什么的。”

“谢谢。”帕齐说，“十分感激。”

他还没有说完：“可是，女人当兵和男人当兵并不完全一样，对吧？因为男人会看到实战，而女人——”

帕齐把酸奶放在桌子上：“你现在想见识一下实战吗？”

“我是认真的，我只是想把话说清楚。对女孩来说，在那边是不一样的。我是说，女孩子不会上前线，所以——”

“说实话，我现在需要你停止讲话。”

“哦，帕齐，别生气。你误会我的意思了。我只是想说——”

帕齐忍无可忍了。于是，她拿起酸奶勺子，把勺尖朝外翻转，对准电子产品部门的家伙的喉咙：“闭上你的臭嘴，可以吗？”

接着，她把电子产品部门的家伙抵在饮料贩卖机上。

“我是在跟你说话吗？”帕齐问道。

“是。”他回答。

“不，我指的是刚才。我是在跟你说话吗？”

“嗯，是。”

“我是认真的。”帕齐说，“我需要你他妈的给我闭嘴，好让我能安静地吃酸奶。你认为自己能做到吗？”

电子产品部门的家伙至少比她高一英尺，所以她不得不抬起手才能把勺子抵在他的喉咙上。他微微点了一下头，帕齐把勺子拿开。帕齐能看到他的喉结上有块深红色的痕迹，很可能会转成可爱的小瘀伤。

她走到水槽那里，把勺子洗干净。勺子是她从家里拿来的。

“你是个疯婆子，你知道吗？”

帕齐坐下来，尝试着继续吃自己的酸奶。底下的草莓莫名让她感到了一丝反胃。这让她想起了自己见过闻过的人肉，还有动物肉、发酸的呕吐物以及其他本该待在里面，结果却跑了出来的东西。

未出世的孩子踢了一下她的肚子作为回报。

休息室的其他人都在看她，但没有人说话。“谁想要我剩下的酸奶？”帕齐问道，“酸奶一点儿问题都没有，”她接着说道，“我只是不想喝了。”

一个有苹果肌的微胖女孩说话了。她的名字是拉腊，帕齐记得她和莱西一起在化妆品部门上班。拉腊说：“好啊，帕齐，我要了。”

帕齐把酸奶给她，然后回到了枪支区。

当日营业结束时，斯利克先生开除了她。原来，电子产品部门的那个家伙娶了他的女儿。

帕齐觉得老板的时机选择要么是太有胆量，要么是太过愚蠢。她被开除的时候，手里正举着一把猎枪。枪里没有子弹，可斯利克先生又不能确定这一点。

斯利克先生搂住帕齐的肩膀，陪她走向停车场。当帕齐告诉他自己没有车时，他便开车送她回家。

他把车开入帕齐家的车道后，说道："你是个好女孩，帕齐。你只是正在经历一段糟糕的日子。你何不花点时间调整好自己之后再给我打个电话呢？"

"我很好。"帕齐说，"我他妈的好极了。还有，嘿，兄弟，去你妈的！你没有权利对我说这些。你没有权利表现出一副好人的样子，因为正好是你在离圣诞节只有一周的时候解雇了我。大家都知道你妻子疯了，大家都把你的店叫作他妈的孬尔玛。这你知道吗？还有，你的女婿是个蠢货，对于当兵的事情狗屁都不知道。所以，我们两个人中到底是谁正在经历一段糟糕的日子？你根本不知道我正在经历什么样的日子。"

斯利克先生摇摇头。他朝帕齐探过身子，把车门打开。

帕齐笑了，笑容既灿烂又恶意："怎么？你不想利用我来拍你的广告了？"

"节日快乐，帕特里夏。"他说道。

帕齐看望自己的母亲并在最后时刻进行圣诞采购

三天后，帕齐接到了海伦打来的电话。

“妈妈怎么了？”海伦问道。海伦和乔治每周日晚上都会通电话，而上周日乔治并没有接电话。帕齐告诉她具体情况自己并不清楚，她只知道上一个星期五乔治被护送出了好尔玛超市。

“你都没有打电话来告诉我吗？”

“嗯，好像是没有。”

“你都不觉得妈妈被带出好尔玛这件事值得你进一步调查一下吗？”

“说真的，海伦，爸爸似乎能解决这件事——”

“天啊，帕齐！你真是个孩子！难不成你到现在都还不知道爸爸什么事情也解决不了吗？”

帕齐继续说：“我基本上就是因为她才被孬尔玛解雇的。而且，你也知道，我也有自己的麻烦事。”

“对，你都离开五年了。你究竟能有什么麻烦事？”

帕齐没有说话。

海伦叹了口气："你现在需要做的事情有这几件：开车到爸妈家，去探望一下妈妈，和她聊聊，弄清楚上周五之后都发生了什么事情。然后你再给我回个电话。"

"说真的，海伦，我今天还有事情要做。"

"是吗？什么事情？和《菲尔博士脱口秀》节目有个重要约会？你刚刚才说你被解雇了，看样子你手头应该有点空闲时间。"

"去你的。拜托，我可是个军人，我可是个他妈的军人，我有自己的麻烦——"

"帕齐，我希望你知道，我很敬佩你曾参过军，可你已经不在伊拉克了，你也不是个小女孩了。"

"去你妈的！你又不在这里。你和你的梦幻丈夫住在你的梦幻得克萨斯房子里。你不是我的指挥官，海伦。你不能对我发号施令。"

"去处理这件事吧，帕齐。"接着海伦就挂断了电话。

虽然帕齐很恼怒，但她还是给药师打了个电话，问他有没有她母亲的消息。他的确有所耳闻。他听说她被安置在了某种地方。

"哪种地方？"帕齐问，"你是说疯子待的地方？"

有一瞬间，他并没有说话。于是帕齐明白了，他说的很可能就是这个意思。"是越过县界的安息日医院。"他说道，"我以为你已经听说了。”

由于当天轮到马格努姆用车，帕齐让药师开车送她过去。

他们到的时候大约两点钟。接待员问他们过来是不是要探望病人，帕齐反问说不然她为什么过来。她和药师报了一下名字，然后被带到了一间豪华而明亮的房间里，窗户上还有栅栏。房间里的人大部分都在忙着编结或画画之类的活动，可乔治不是。她一个人坐在角落里。

“嗨，妈妈。”帕齐说道。

她母亲的双眼用了一秒钟才得以聚焦，然后她便认出了她：“帕齐。”

“我还带了我的老朋友马库斯和我一起过来。你记得马库斯，对吧？他是原来那个牧师的儿子。”

“哦……”乔治说。她转移目光，朝他挥手。帕齐让药师去自娱自乐，好让她和母亲可以单独说说话。

“这里挺好的。”乔治说道。

“嗯。”帕齐说。然后，她想不出来还能说什么，于是加了一句，“很多活动。”

“罗杰觉得我需要休息一下。”

“这可能不是爸爸所有主意里最糟糕的一个。”

“嗯，最糟糕的主意是去考博士学位。”

乔治的回答让帕齐十分惊讶，她不知道自己是否应该笑：“好吧，海伦想让我过来确认一下你是不是还好。”

“我很好。”

“那就好。那么，我想我现在就得走了。”

“等等，帕齐，再待一会儿，可以吗？”

帕齐又坐回去，可她母亲似乎并没有话要说。这种沉默让帕齐很不舒服，于是她说：“很抱歉那天在好尔玛我没有过去帮你。”

乔治摆摆手：“我表现得很疯狂，我现在意识到了。我弄了点抗抑郁药。”——她没有提这些药来自药师——“我想自己是服错药了，导致我出现了一些幻觉。”她笑了，“现在来到这里，基本上一切都会往好的方向发展了。”

“那就好。”帕齐说道。

“帕齐，你在好尔玛上班，我只想问问，那块天花板会怎么样？”她问道。

“嗯。”帕齐说，“我想他们最后会修好它，并搭一块新的上去。”

“哦！”乔治双手抬起，捂住脸庞。

“我还以为你知道那不是真的呢。”帕齐说。

“我是知道。我只是觉得它很美丽。它是这个世界上一件美丽的东西。即便不是真的，它也依然美丽，依然是个奇迹。我觉得，这些日子以来，都没有多少美丽的东西了。”

“好。”帕齐说道，“好，好。”

“我只是很不愿意去想象那块天花板被扔在哪个垃圾桶

里！”帕齐的母亲抓住了她女儿的手，看着她的眼睛说道，“我很抱歉。”

“嗯。”帕齐说，“我也抱歉。”

“不，我是在替你父亲道歉——因为他对待你的方式。我叫他把钱给你，可是……还有，因为他在你高中时把你送走……”

帕齐笑了：“妈妈，我现在甚至都不想那件事了。事情都过去很久了。”

乔治点点头，看着帕齐的双手，最后，她说道：“我为你骄傲。”

帕齐想告诉她去他妈的骄傲，她参军并不是为了让任何人骄傲。但凡她的父母在她面前有一点儿父母的样子，她压根儿就不会去参军。但她知道母亲正处于虚弱状态，所以她只是站起来离开了。“再见。”帕齐说。乔治重新将脸转向窗外。

开车回鹿留市的路上，药师不时停车去送了几次“货”，然后，他们在汉堡大王吃了饭。“这个地方真令人恶心。”他说道。

“差不多。”

吃到一半的时候，药师说：“你得知道，自从你告诉我你妈妈是因为那些药才出现幻觉什么的，我就有点内疚自己把抗抑郁药卖给了她。”

帕齐耸耸肩。她正在咀嚼食物。

“也许我可以做点什么弥补一下。”

“比如说不再卖药了？”

他说道：“说实话，我已经在考虑这么做了。毒枭是一方面原因，还有就是那些制药公司简直是魔鬼。就你妈妈而言，我希望提供一些更私人的补偿。”

喝完了健怡可乐后，帕齐思考着这个问题。她放下玻璃杯。很长一段时间以来，她第一次清楚地知道自己下一步应该做什么。

“怎么了？”他问道。

“我知道有件事情她会很喜欢的。”帕齐告诉了药师，他同意了。帕齐一直觉得说服药师做什么事情一点儿也不难。他本来就倾向于触犯法律。

药师结了账，然后他们开车去好尔玛。不过帕齐·弗伦奇已经不是那里的员工了。

闯进去并不难，这里毕竟不是沃尔玛。安防系统只在商店的前门起作用，所以他们从后门的装货区溜了进去。装货区大门的唯一防护就是号码锁，质量比高中体育馆看到的锁好不了多少。帕齐用液氮（他们之前停车时在二十四小时营业的沃尔玛超市买的）喷了一下，然后药师用锤子把锁砸碎。他们就进去了。

他们走到安全套那排。药师用手电筒照着“它”。耶稣仍然在看着下方的避孕用品微笑，不过他比帕齐上次见到的时候更朦胧了一点。“它看起来真的很像救世主。”药师有点虔诚地说。

“只有当你这么照着它的时候才像。”帕齐边说边抓住手电筒。

药师问道：“你打算怎么把‘耶稣’拿下来？”

“很简单。”帕齐说。在这里上班的短暂时间里，她花了大量的时间思考天花板的事情，“你看，那些都只是独立的隔音板。我们只需要一把足够高的梯子，然后就可以把三块‘耶稣’板一块一块地拿下来。”

“帕齐，我们根本不可能够得着那么高。天花板大概有三十英尺高，我们需要一个摘苹果机。”

帕齐觉得店里可能会有。她和药师到处找了一会儿，结果两个人都空手而归。

“现在怎么办？”药师问道。

有那么三十秒钟，帕齐感到十分气馁。然后她想起了店面上方的秘密通道。“我们从上面走。”她说。

他们又回到外面，上了金属楼梯，前往阁楼。

“亲爱的耶稣啊。”药师说道，“这上面有个酒馆。”他注意到所有的金宾和美格牌空酒瓶。

“嗯。”

药师踢倒一个空瓶子，有一点酒漏了出来：“你觉得有没有可能是这个创造出了下面的神迹？”

帕齐觉得这似乎是个很合理的推测。

他们发现阁楼的构造并不属于整座建筑的承重部分，反而更像是一个独立的顶楼空间，就好像教堂里会有的那种东西。阁楼的地板和好尔玛的天花板之间有一个约两英尺的空隙。他们推断，如果拿掉地板，那么他们就能够得着那三块“耶稣”嵌板。所以，药师搬开了一块地板——地板很薄很弯——但是空间还不够，于是他又搬开了一块。帕齐的身子探进新开的洞口，她发现自己能够得着组成“耶稣”污迹的中间那块嵌板（基本上，就是“它”的下半身）。再往上和往下的嵌板就更难够到了，因为她的胳膊太短了。她把身子从空隙中缩回去，药师说他来试一试。不过他也并不是特别高。他竭尽所能地伸展自己的身体。帕齐说：“嘿，兄弟，别弄伤自己。只要再拿掉一块木板，然后我就能够得着了。”可是药师说他能够得着。大约二十秒后，他取出了勾勒出“救世主”衣服下摆和凉鞋的嵌板。

帕齐从空隙往下看。她可以看到那排惹怒了她母亲的避孕用品。从这个高度看下去，下面还离得很远。

药师又钻进去拿最后一块嵌板。

“你确定可以够到吗？”帕齐问。她提出要抓住他的脚。

“没事的。”他说道。他的身体伸得很长，像猫一样。“拿到了。”他喊道。

可怕的事情就在此时发生了，不过帕齐并没有看到。她只是听到了杂乱的响声和碰撞声，之后便是一声呜咽。

“药师！”帕齐大喊，“马库斯！”

没有人回答。

跑下楼梯回超市里面的时候，帕齐十分肯定自己杀死了自己在这世上的最后一个朋友。她想到了马格努姆和明妮，想到了他们会是怎样悲痛，想到了对他们两个人也怀有愧疚会是多么难受。她重新开始默念阿尔法、喝彩声，好让自己保持冷静，可是不管用。她总是忘记茱莉叶后面是哪个单词。

她跑到安全套的过道。马库斯没有动，不过他的头部在撞击中似乎因为架子上掉下来的几包卫生棉而得到缓冲。最后一块“耶和华之子”的嵌板，也就是“它”戴着光环的头，正躺在马库斯旁边，粉碎了个彻底。

马库斯昏迷了，不过还有呼吸。她看不出来他哪些地方骨折了。

“马库斯。”帕齐轻声说，“我很抱歉。我这就去叫救护车。”

“不要。”他说完之后便睁开了眼睛。帕齐几乎要喜极而泣。“帮我离开这里就好。”他朝她伸出手，帕齐觉得这是个令人难以相信的好迹象。她本来还担心如果马库斯还活着，他会做出一副克里斯托弗·里夫[1]的超人模样。他再次朝她伸出手，

1　克里斯托弗·里夫（1952—2004）：美国影视演员，曾出演《超人》系列电影。

然后昏了过去。

“药师。”虽然他并没有听她说话，帕齐还是解释了一下，“我不应该动你。你背部可能受伤了，不应该移动。”这是她服役期间亲身学到的。当初做啦啦队员的时候她也学过，不过那似乎是很久之前的事情了，甚至已经不能作数。

帕齐决定，比起药师因为她愚蠢地动了他的身体而瘫痪而言，他们两个被逮捕反而要好得多。她把他留在地上，走进员工休息室，拨打了急救电话。

她解释说自己曾是好尔玛的员工，因被解雇而十分不满，于是在超市关门之后闯了进来。长话短说，她的朋友从屋顶上掉了下来，现在需要医疗照顾。

漫长的停顿之后，话务员说他会派辆救护车过来。虽然这个人没有说，但帕齐猜警车也会跟过来。

帕齐打了个电话

警长共问了帕齐五次愿不愿意打电话请人保释，帕齐五次的回答都是“不”。这个问题被问第六次的时候，帕齐吐了。帕齐并不是以此作为对问题的回答，不过她很担心呕吐的时机可能使情况看起来如此。“抱歉，女士。”帕齐说道。警长穿着那种可笑的高腰孕妇装，肚子十分明显。帕齐希望并不是由这位怀孕的警官来负责收拾残局。“真的很抱歉。”帕齐重复道。

“我也不想跟你透露这个，不过这也不是第一次有人在那间牢房里面呕吐了，况且这还不是有人在里面做过的最糟糕的事情。”警长说，“你喝多了吗？”

“怀孕了。”

“嗯。”

“我倒希望自己是喝多了。”帕齐说。

“同意。”警长说。

“你知道我朋友怎么样了吗？”

警长摇摇头："不知道，如果你愿意，可以给他打个电话。"

"我觉得他现在很可能体内全是药效重的止痛药。"

警长提议说："你可以给你丈夫或者随便谁打个电话，他们可能会帮你弄清楚情况。"

"太晚了。"帕齐说，"我宁愿明天再打电话。今天晚上就不必让大家担心了。"

"嗯，大多数人并不这么想，那是一定的。"警长说。然后她从桌子上拿起了一本书，也许是因为她觉得不值得为一个不想打电话的人操心。

帕齐看到那本书是旧版的《杀死一只知更鸟》。她说道："我上学的时候这是必读书目。"

警长点点头："嗯。"

"当时我并不太喜欢这本书，不过我的狗是以其中的一个人物命名的。"

警长猜道："布？"

"斯科特。"

"好名字。"

"很抱歉因为我你今天晚上必须待在这里。"帕齐说道，"在这里得远离你的家人什么的。"

"这是我的工作，为此我感谢上帝。"

"事实上，我真不知道我朋友和我究竟是怎么想的。"

警长笑了笑，没有说话。帕齐也不好意思再打扰她了。

她躺在小床上，试图入睡。她能听到远处亨德尔的《弥赛亚》。虽然音乐声柔和悦耳，她还是觉得无法伴其入眠。不管怎样，她就是无法真正静下心来。她想起了斯科特，想起了马格努姆和药师让它跑掉了；然后，她又想起了所有的狗，想起了它们比大多数人类要靠谱得多。接着，她又想起了在伊拉克连狗都饱受战争之苦。

帕齐说："也许我会给我丈夫打个电话。"

警长放她离开牢房，然后给她指了指电话的方向。帕齐说："我一会儿就好。"

警长耸耸肩："宝贝，没有人给你计时。"

帕齐拨了马格努姆的手机号。响了好几声之后他终于接了。她能听见背后的音乐声和嘈杂声。明显是一场派对。

"发生什么事了？"帕齐问。

"我们成功了！"他说，"我们做出了世界上最大的纸杯蛋糕！"

"那是今天晚上的事情吗？"

"对啊，我跟你说过的。你真应该过来的。总之，本地新闻的记者也来了，我的照片很可能要登上报纸和电视了。嘿，你可不可以帮我录一下十一点钟的新闻？这没什么大不了的。如果你刚好记得的话。"

帕齐说她会试试看，不过她不确定他们有没有空白磁带。

"你在哪儿？"他问道。他还没有认出来帕齐打给他的电话号码。

“在外面。”帕齐说，“我等一会儿就回家。”

“你的声音听起来很奇怪。”他坚持问道，“药师和你在一起吗？”

“不……不在……我只是在想……这只狗，在想所有的事情！”她努力让自己的声音听起来轻柔而搞笑，却无法完全做到，“我有没有给你讲过我们部队养的那只狗？”

“没有，帕齐。”马格努姆回答道，他的声音听起来比之前清醒了一些，“你不怎么说起那些事。”

“嗯，我们叫它老黄，因为它是只黄狗——我知道，真是一点儿新意都没有。这只黄狗的肚子带着灰色的斑点，几乎快要碰到地面了，水汪汪的棕色眼睛就好像蜜糖一样。这种品种的狗你在美国未必见得到。不幸的是，我对这只狗的记忆比对在那边遇到的大多数非美国人的记忆还要清楚。

“有一天，我们在解除一座老校舍的武装。他们认为这些伊斯兰教徒在储备武器，但结果那里主要就是一群人的居住地。所以呢，这些人很困惑我们为什么会过去，而我们也很困惑自己为什么会过去。然后，他们中的一个人开枪了，因为人就是会誓死保卫自己的东西，不管那东西有多糟糕。然后，我们也开枪了。这只狗是跟着某个人一起来的，我猜这只笨狗挡在了枪战的中间。”

“我一直等到回到货车里才崩溃。我咬着自己的嘴唇，直到上下牙齿相抵。可是没有用。”

“我努力不让聪明鬼看出来——我有没有跟你说过聪明鬼？他也许是我在那边最亲密的人。我觉得你会喜欢他的。我努力不让他看出来，可他还是看出来了。他怎会看不出来呢？”帕齐能听到马格努姆的呼吸声。那边安静了点，他肯定是出去了。“你还在听吗？”帕齐问。

“我在听，帕齐。”

“你很安静。”

“我只是在听而已。”

“我对聪明鬼说的是我流了太多汗。这个借口很蹩脚，不过，顺便提一下，那天真的很热。我说我流了太多汗，不过该死的嘴巴在说‘汗’的时候暴露了一点儿我的情绪。”

“聪明鬼用胳膊搂着我，声音柔和而亲切地说：‘帕齐。帕齐。像你这样的好女孩在这种战争中做什么？’”

“马格努姆，我看着他，然后说出了我心中的真相：‘只是想要活下去。’”

第三部分

一个相对意义上的天堂

六年后

2012年

黎明之前的海伦

从某种意义上来说，她是为了树才选了这座房子。房地产经纪人给她看的大部分房子都是在2003年后的房地产繁荣时期新建的，几乎或者完全没有景观美化：只有泥土或者草皮，草坪是如此之新，以至于看起来和铺上瓷砖的浴室没什么两样；也许有一堆患了厌食症的树苗，荒芜一片，毫无希望，树根被捆进了廉价的粗麻袋中。房地产经纪人信誓旦旦：“等到你搬进来的时候，这些都会弄好的。你必须发挥自己的想象力，海伦。”——几个星期前，经纪人就不再和埃利奥特说这些了；做决定的人是谁一目了然。——“闭上眼睛，想象一下完工之后的样子。”

海伦当然不会闭上眼睛，而且即便她没有明说，她觉得这个建议荒谬至极：让一个人闭上眼睛买东西，不管是买什么东西！谢天谢地，海伦在完成所有必要的判断时总是把眼睛睁得大大的。如今让她看这块或者其他任何该死的草坪也会是这样。在她看来，这种景观（或者说是根本没有景观）透露出暴发户的感觉。她想要的是大树。那种可以证明祖祖辈辈曾在这里生活的大树（虽然不是她的祖辈，但至少是某个人的祖辈）；那种枝丫轻叩二楼窗户的大树；那种夏天树荫茂盛、春秋色彩浓郁的大树；那种扎根深处、得克萨斯州时而出现的飓风也无法轻易刮倒的大树；那种枝丫粗壮、可以悬挂轮胎秋千或者吊床的大树；那种她的孩子们（当时孩子们还是假设出来的）可以爬上去的大树。

“像这样的树需要你在其他方面做出牺牲。”经纪人曾这么说，“老树也就意味着老厨房和老浴室。”

但海伦很有头脑。你要做的不过是花钱重新装修厨房，可树却是你无法伪造的。

于是她就得到了她的大树。

拥有孩子所花的时间更久，不过海伦还是想方设法地得到了他们。那是一对双胞胎，艾丽斯和伊莱。两个小淘气鬼，身体结实，身高、爱好、毛病和性格都和普通孩子没什么不同。不过，那是她的孩子，这一条永远不会改变。她想，从各方面来看，他们真的很普通。这岂非一大幸事吗？不普通的孩子一只手弹着奇妙的钢琴，又或者另一只手带着可怕的先天缺陷——就把这些不普通的孩子留给不普通的父母吧！海伦就喜欢普通和平凡，就喜欢钟形曲线中间那片广阔而美妙的平原。

“妈咪。”伊莱说道，“妈咪，快醒醒。”

伊莱用力拉着她的睡衣袖子。海伦瞥了一眼闹钟，才六点钟。她说道："妈咪得再睡一会儿。"下午，他们全家都要坐飞机去田纳西州看望她父母。带着两个六岁孩子坐飞机旅行让她有权利再多睡半个小时。在她的计算中，飞机旅行外加在父母狭小而陈腐的房子里待一个周末让她有权利至少再多睡一个小时。

"妈咪，艾丽斯想让我跟你说一件事情。"伊莱接着说道。

"嗯，去和爸爸说。"

海伦躺回自己那一边，躲开伊莱。她听见伊莱叹了口气，拖着脚走向埃利奥特那边。她一点儿都不内疚把责任推过去——埃利奥特在机场反应很迟钝，在她父母家又起不到一点儿帮助。他竟然有胆子表现出一副大老远去看望她家人是度假的样子。

"爸爸。"

埃利奥特打了个哈欠："什么事，小家伙？"

"艾丽斯卡在树上了，她下不来。"

"什么树？"

"那棵大树。"

就这样，他们都醒了，穿上拖鞋就往门外冲。那天早上，谁也别想再多睡一会儿了。

孩子们是在玩爬树比赛。规则很简单，谁能爬到最高处就算谁赢。听到勇敢的艾丽斯赢得比赛，海伦涌起了一阵短暂的骄傲感。艾丽斯赢了，可在某种意义上来说，她也输了。她爬得这么高以至于自己都害怕下来。在去前院的路上，埃利奥特承认这种黎明前的比赛已经进行一段时间了。孩子们被告诫在中午之前不可以看电视，于是他们就找到了其他的娱乐方式。

这正是劳动节前的那个星期五，黎明的空气凉爽而湿润。海伦扫视了一圈院子，并没能一下子找到艾丽斯的所在。她问伊莱他姐姐在哪棵树上。“那棵树。”他指着一棵广玉兰说道。这棵树春天会开出白花，香气馥郁，海伦十分喜欢。参照海伦家所有大树的高度，这棵广玉兰并不是特别出众。说实话，它有点矮，只有二十二英尺。当海伦努力寻找艾丽斯时，有个念头在她脑海中掠过，大的广玉兰可能高达六十到九十英尺。

海伦抬头凝视——她没有戴眼镜，也没有时间戴上隐形眼镜。树顶上有一团小小的浅红色身影。她微眯着眼，能够看到（或者她以为自己能够看到）一个不情不愿的圣诞天使，穿着粉色的包脚睡衣。小姑娘正在轻声啜泣。“别担心，小甜心，妈咪马上就上去接你。”海伦喊道。

“好。”艾丽斯回答说，声音听上去就好像她该擤鼻子了一样。

正当海伦向树底走去时，埃利奥特抓住了她的胳膊。

“我觉得我们应该停下来想一会儿这件事。”埃利奥特说道。

海伦挣开胳膊：“我会没事的。”

“我也不确定，海伦。那东西的枝丫很脆弱，我不希望你们两个人都受伤。我觉得我去拿把梯子过来会更好。”

“妈咪。”艾丽斯喊道，“我得上厕所！”

“我马上就过去，宝贝！”海伦有点生气，她转向了埃利奥特，“你的梯子够得着那么高吗？”

埃利奥特抬头看了一下树：“完全展开的话就可以，它差不多二十五英尺。我们把梯子斜靠在树顶，其中一个人站在下面，我想就交给我吧。然后你爬上去接阿尔[1]下来。”

海伦叹了口气：“好吧。那你他妈的快点，行吗？我不想在这里站上一整天来讨论这件事。”

“妈咪，我真的得上厕所了！”艾丽斯喊道。

“爸爸这就去拿梯子。”海伦喊道，“不要怕，小天使！”

艾丽斯开始抽泣：“我要尿裤子了！我要尿裤子了！”

“努力憋一下，宝贝。”海伦说，“妈咪马上就上去。”海伦可以听到埃利奥特把可停放三台车的车库弄得乒乓作响。“快点！”她大喊道。一只小手轻轻地拉住了海伦的衣袖。是伊莱：“妈咪，我能帮什么忙吗？”

“安静一点。”这话说得十分尖锐，海伦立刻就后悔了。她朝孩子微笑了一下，她也知道笑得很假，可能还很吓人，但她只能做到这个地步了，“你为什么不进去看看电视呢？”

“可是现在还没过中午。”她的孩子回答道。

---

1 阿尔是艾丽斯的简称。

“没关系，今天可以例外。”海伦说。

伊莱进屋的同时，埃利奥特拿着梯子回来了。“一切还好吗？”埃利奥特问道。

“嗯。”

“我需要你帮我把这个顶在树上，好吗？”

海伦点点头。他们开始动手将梯子展开并放好。

“妈咪，我不想尿裤子！”

“你不用尿裤子的，阿尔！”

“也许我现在试着下去吧！”艾丽斯喊道。

就在海伦和埃利奥特把梯子放稳的时候，她听到了“扑通”一声。她觉得这个声音似乎过于轻柔，完全无法对她造成什么影响。就像是一袋衣服被从窗户里扔出来，一袋化肥被扔进皮卡的车厢里，一袋面粉从不太高的货架上滑了下来。一件小事，甚至是一件遥远的事情。一件可能发生在邻居身上而非她身上的事情。

早晨的乔治

电话响起的时候她还躺在床上。她滚到罗杰空着的那半边床位去接电话。一个好听而忧伤的女声想找她丈夫。

“罗杰去外地了。”乔治说完之后想起来不应该对陌生人说自己一个人在家，即便对方是个女人。这个女人可能只是个幌子，随后便有男性罪犯过来抢劫你、强奸你或者更糟。她看过一台电视节目，里面就有这样的事情，“其实呢，他没有去外地。”

“那么我可以和他说话吗？”

“我的意思是说他今天晚上才会回来。他在教堂山做客布道。”她为什么要提供这么多信息？“不过我可以带个口信给他。”

“可以把他的手机号给我吗？”

罗杰已经不再使用手机了。他说手机（以及其他相同属性的东西）会繁衍出感情中的隐瞒和秘密。他就这个话题做了一整场布道，大受欢迎（这种东西都很受人欢迎）。乔治倒是有一部手机——用于处理紧急情况的预付费手机。罗杰并不知情。

“他今天晚上就会回来。”乔治重复道，“你何不到时候再打过来呢？”

这个女人叹了口气。接着毫无预兆地，叹气变成了啜泣。

“哦，我很抱歉。”乔治说，“请不要哭啊。”

“我母亲去世了。”这个女人说，“她去世了。”

“我真的很抱歉。”乔治重复了一遍。

“你和你母亲关系好吗？”这个女人问道。

“她都去世很久了。”乔治说，“不过，我们关系不太好。我希望我们能再亲密一点。”

“那么你有孩子吗？你和他们的关系好吗？”

“我觉得很好。”乔治说，“我不知道他们会怎么说。”乔治轻笑出声，好让最后这句话像是个笑话，“我当然也犯过错，但我一直在努力亲近他们。”

“我母亲是我的好朋友。”这个女人说，“我感觉非常孤单。我之前都不知道自己会有这种感觉。我的感觉如此强烈，几乎都有点傻气了。”

乔治不由得打了个哈欠：“哦！请你原谅！”

“不。”这个女人说，“是我不对。我不应该这么早打来电话。我只是在整理母亲的通讯录。我试着给你丈夫发了封邮件，可那肯定是个旧地址吧。下个月在得克萨斯州大学会有一场我母亲的追悼会，我在尽可能多邀请一些她的毕业生和助教。妈妈和她助教们的关系一直都很好。再说，你得知道，她的自尊心还是很强的，所以她会想要一场尽可能盛大的仪式。”

“我会告诉罗杰的。对了，你母亲叫什么名字？”

这个女人告诉了乔治，接着又向她提供了追悼会的细节。乔治尽职地将信息都记了下来，不过她十分确定罗杰不会去的。为了随便某个教授的葬礼坐飞机去得克萨斯州可是要花一大笔钱的，而且，罗杰很少提及他们人生中的那段日子。

挂断电话之后，乔治起床了。反正她已经醒了，而且那天早上还有很多事情要做。正如她不小心透露的那样，罗杰快要回家了，而且文尼和海伦这周末都要过来。虽然海伦还尽职尽责地时常回来，文尼上一次回家都是十多年前的事情了——为了帕齐的婚礼。

乔治冲了个澡，等她出来的时候，电话又响了。罗杰打来问候。

“你今天准备做什么？”他问道。自从乔治病了以后，他就十分温柔体贴。

“先去看医生，然后还得买花、买杂货，接着去挑选新眼镜架。你呢？”

“基本就是坐飞机，然后直接去教堂——假如航班不像平时一样延误的话。不管怎样，我得准备那场他们希望我在孟菲斯大会上做的布道。就是那场关于亚当和夏娃的布道。真是老套，对不对？这个故事大家都知道。你会觉得安排一场像样的布道十分简单，可是乔治，我越是思考亚当和夏娃的故事，越是觉得这场布道问题重重。如果原罪不曾存在，那么就不会有尘世，因为亚当和夏娃还会生活在天堂。那么也不会有我们，因为不存在性行为。所以，你怎么能告诉人们不要犯罪呢？或者……”罗杰笑了，“还在听吗？”

“嗯。”她说。他又不是说了什么特别难懂的话。他总是把乔治想得比实际上更笨一点，又把他自己想得比实际上更聪明一点。乔治花了将近三十年的婚姻才弄清楚这一点，又花了十年时间让自己不去在意。“我喜欢听你说话。”

“我听起来就好像《圣经》课上的八岁小孩。糟了！”罗杰说，“我迟到了！我爱你，乔治。今晚见！”

“我也爱你。”她说道。两人都挂断了电话。乔治意识到自己忘记告诉他卡罗琳·默里去世了。

她对查尔斯医生产生了感情，这也许可以被称为“女学生的迷恋”。他是英国人，和医院里的大部分医生不同，他不是复临会教徒。他的年纪和她儿子差不多，也许要大一点儿。牙齿凸出，眼睛斜视，但十分好看，就像爱情喜剧片里的口吃演员。他就像遭遇了海难一样——仿佛他原本属于另一个（更好的）地方，而在出席与乔治的预约时，言谈举止就好像他很惊讶（但也欣喜，非常欣喜！）地发现自己来到了这座岛上，被一群野蛮人所包围。

顺便说一句，和大多数女学生一样，乔治的迷恋并不意味着她想和他上床。她当然没有幻想他把自己推倒在检查台上，并脱下她的裤子。不。她只是希望他觉得自己美丽可人，尽可能地不把自己当成负担。最重要的是，她希望他觉得自己是个好病人，是个好人。只要是好的就可以。

“波默罗伊夫人。”他向她打招呼，并伸出手来与她相握，“你还好吗，乔治亚？进来吧！”

她喜欢他叫她的全名，不过乔治觉得他的声音听起来并不欣喜。她怀疑在他秀气、微凉而苍白的手中的那份文件里可能有不好的消息。

你看，之前已经做过了检查，而检查发现了一些东西，现在则需要做出决定。哦，让一个长得像电影演员的医生告诉你即将离世的消息是多么可笑啊！在那一刻，乔治心想，是什么、或者为什么、或者怎么样、甚至什么时候都不重要。重要的是，不管这具身体曾经被加诸过多少伤害，它总是能毫不留情地自我痊愈。而很快，它就再也不会痊愈了。

“我很抱歉。”她说道。

“我觉得这话应该由我来对你说。”查尔斯医生回答道。

七岁的时候，乔治觉得自己老了。万圣节前夕，她穿着牛仔女孩的装束走在街上，心里想道：我老了，不适合穿这身衣服。十九岁的时候，她觉得自己老了。有个婴儿在她的髋部，她想着：现在这个世界上有人比我小十九岁，我老了。二十七岁、三十二岁、四十五岁和五十岁的时候，她都觉得自己老了。五十七岁的时候，他们切掉了她的乳房，她当然觉得自己老了。她意识到她这一辈子都觉得自己很老。直到那一刻，在六十岁的时候听到自己可能会死的消息，她才觉得自己终于是年轻的了。无用且愚蠢的年轻。

“一切还没有结束，乔治亚。我想再预约一次见面，来谈一谈各种选择。”

“嗯，当然可以。”

“你的丈夫应该到场。”医生说。

“他工作很忙。”

“我想他会愿意过来的。”医生坚持说。

乔治耸耸肩。她爱她的丈夫，也承认他的缺点。

“那么让你的一个孩子过来？”

“也许吧。”乔治猜测，海伦并不讨厌我，只要她愿意从得克萨斯州飞过来的话，“查尔斯医生，我能问你一个问题吗？”

“当然。”

“死亡是种什么感觉？我是说，死亡会如何发生呢？”

“我们还没有到那个地步，乔治亚。”

乔治没有说话。他告诉她是感染。或者其中一块肿瘤会逐渐长大，导致某个重要器官——比如，心脏或者肺——停止运转。好在还有一丝慰藉：如果服用足够的药物，大多数人都不怎么会感觉到这些过程。一个人刚才还在世，接着就不在了。

谈完之后，查尔斯医生陪她走到接待台。尽管听到了刚刚的消息，乔治还是忍不住享受着被优雅的医生搂在怀中的虚荣感。“乔治亚，你这周末有什么计划吗？”

“我女儿一家人还有我的大儿子都要过来。大儿子还会带上他的女朋友。”

“那可真是太好了。”

“我们还没有见过这位女朋友呢。”乔治开玩笑说。

查尔斯医生笑得有点响，有点久，有点像匹马。就这样，乔治不再爱他了。

* * *

她已经对这一天进行了规划，好让所有要做的事情能够一次性完成。

在去见配镜师的路上，乔治心里想：我要死了。

在乔治前面的那位司机是个老女人，身材十分矮小，以至于看起来就好像她的卡迪拉克在自己运行一样。这个老女人在时速四十五英里的高速区以每小时三十英里的速度前进着。乔治打开了转向灯，心里想：哦，别这么夸张。大家都会死。开卡迪拉克的那个女士会死。再说，医生又没有说你会死。变道的时候，她挡了别人的路。这不全是她的错——那个司机的车速大概是六十码，突然就冒了出来。那个人按着喇叭，从另一边超过了乔治。“去你妈的，女人！”

乔治的心脏狂跳——某个重要器官会停止运转。她心想：刚才我很可能就死了。那岂不是更好吗？又快又准。不必麻烦再花钱看病。死得好像一支广告，而非一部电视连续剧。

乔治去配镜师那里要做的事情是挑选新眼镜架。“给我看便宜的就好。”乔治对店员说。

“知道了。”店员回答，“不过，先试一下这副眼镜架。你戴上绝对好看。”

店员从并不便宜的盒子里拿出一副眼镜架。乔治戴上了。这副眼镜架是深红色（几乎算是黑色）的，椭圆形，眼镜腿由钛制成。

“看吧，我就知道！我从来都错不了。”店员说，“很衬你的眼睛。”

在商店里被忽视了多年之后，乔治患上了癌症，掉了七十磅的体重（其中只有六磅半位于乳腺组织），然后突然之间就成了商场中的美女。

乔治照了照镜子。“多少钱？”她问道。

店员报了一个天价，然后乔治把信用卡放到了柜台上。

“还有。”店员说道，“这副眼镜需要特别订购，也就是说要花一点时间才能到货。没有问题吧？”

“当然。”仔细一想，乔治觉得自己一直都有点像个赌徒。

* * *

鲜花是在鹿留市唯一的花商那里买的。

“哎呀，你看上去身体很好，乔治亚！”卖花的人说道。乔治和这个女人十分相熟，因为她为罗杰教堂的一应事务供应花束。

“谢谢。”乔治说。

“真想知道你的秘诀。”

乔治并不介意教堂众人猜测她做乳房切除手术的同时把胃也切小了。在某种程度上，这是对她的赞美，同时证明了他们对她知之甚少。

“我想要一种精美而别致的花。”乔治对卖花的女人说，“我儿子要从纽约过来。他还要带他的女朋友，女孩是个印度人。”

卖花的女人问道：“是印第安人吗？”

“她来自印度。”乔治说，“她的名字叫作米娜，是一名演员。”

“好厉害！”卖花的女人说，“我有没有看过她的作品？”

乔治知道这个问题的答案，因为海伦曾上网搜过米娜·瓦斯瓦尼这个名字。“你知不知道那部讲恐怖分子占领了游艇的电影？”

“嗯！我知道，不过我没有看过。”这部电影是R级片[1]，大部分教会成员都不看（或者至少声称不看）非PG级电影[2]。乔治刚嫁给罗杰的时候，教堂的政策还是禁止看电影。对于乔治而言，这一点难以忍受，因为她在这个世界上最大的一个爱好就是逃进电影院里。她不介意一个人去，也不在乎看哪类电影。她真正需要的只有黑暗和空调。这些年来，教会已经放宽了政策——允许某些事情总比承受失去教众的风险要好。可是，到了那个时候，乔治已经失去了对电影的兴趣。她年轻时候的所有明星不是去世了就是做了整容手术，她都认不出来任何演员了。

“她应该是里面的一个恐怖分子。”乔治回答。

“哦。或许买一束天堂鸟花？”卖花的女人拿出橙紫相间的花给乔治。这种花让乔治莫名觉得粗鄙——就像在看着某个讨厌的东西，就像在看着阴道。“不……我觉得，我想要的是更干净、更简单的花。”

“那么玫瑰呢？买玫瑰肯定出不了差错。”

乔治摇摇头。不知怎么，花似乎变得格外重要。她希望——是的，她可以承认这一点——她希望文尼的女朋友喜欢她，喜欢她和罗杰，不过主要还是喜欢她。乔治希望花能告诉她：尽管文尼可能对你说过他有一对糟糕的父母——疯癫、软弱的小偷

1 美国电影分级制度中，R级电影为限制级，建议17岁以上观众观看。

2 美国电影分级制度中，PG级电影为辅导级，该级别电影中的部分内容可能不适合儿童观看，但整体而言该级别电影比R级电影更温和，几乎不含暴力或性爱场景。

母亲和虔诚、愚蠢的父亲——但我们其实还不错，我发誓。他认为我们做过的那些事情，我们都是有苦衷的。事实上，我们只是普通的年老的父母。有点像乡下人，没错。但我们会为客人买花、准备美味而健康的饮食。拜托你让我们唯一的儿子常来看看我们，而不是每十年回来一次。

她环顾一圈花店。“这些怎么样？”她指着堆在银桶里的非洲菊。

卖花的女人皱起鼻子：“你要知道，这种花很贵，而且保持不了多久，周末结束之前花瓣就会落得到处都是。天堂鸟花则要有生机得多。”

“没关系。”乔治说，“我就想要这种花。”

那个女人叹了口气：“好吧，随你决定。”她开始用亮粉色的纸包装花束，“这是不是意味着好事将近？”

“你指的是我儿子吗？我也不知道。”乔治把信用卡递给这个女人。

“等非洲菊开始落得到处都是的时候，告诉好牧师我建议你别买它的。”卖花的女人刷卡的时候说道，“我再免费送你几枝天堂鸟花。”

开车回家的路上乔治经过了教堂。她看到罗杰的车已经在停车场了，于是她决定停下来，去提醒罗杰该由他来负责去机场接他们的儿子。

他的秘书梅根年轻而充满朝气，正坐在办公桌前，可是罗杰办公室的门却关着。

“看来他已经回来了。”乔治说。

“是的，波默罗伊夫人，他的飞机提前到了。牧师正陪着珍妮特·菲普斯和菲尔·哈里斯在里面。这两个人下周要结婚了。”

“我知道了。”乔治说。

“他可能还要……”——梅根停顿了一下，看了看她的手表——“……三分半钟。”

乔治说道：“你对牧师的习惯真是了如指掌。”

“哦。”梅根脸红了，“不是的，我只是……这种事花费的时间总是差不多的。”

“没关系，他有你是他的幸运。”乔治仔细地打量着这个年轻而有朝气的女孩。她很漂亮，长着雀斑，比帕齐瘦，也比她年长一点儿。她穿着粗斜纹棉布裙和朴素的白衬衫，涂着粉色的唇彩，头发扎起小马尾辫，充满着希望。尽管她去年参加过这位梅根·卡尔森的订婚宴会——是什么时候呢？——但不知道为什么，乔治产生了这样的想法：等我死后，罗杰可能会娶那个女孩。

梅根很崇拜罗杰，这一点显而易见——很准确的三分半钟。而罗杰喜欢被人崇拜。虽然乔治十分确定，当她去世的时候，罗杰会适当地颓废一下，但她也同样确定他不是那种会忍受得了鳏夫生活的人。

“婚礼在什么时候举行？”乔治问道。

“下周末。”梅根说道。

“我是说你的婚礼。”

“哦！嗯，我们还在定日子。”梅根回答说。

门开了，乔治注意了一下，刚好三分半钟。罗杰送这两个人出了办公室。看着丈夫走入一个房间时，乔治仍会感到一种愉悦感。她认识他这么久，了解他这么深，她知道自己或许应该对此产生免疫了，但事实并非这样。

“哎呀，这可真是个惊喜。”他说道。

“我想我是想你了。”

罗杰花了点时间结束那对情侣的事情。“唉，你们也知道，我的服务没有一大笔费用可不行……”他开玩笑地说。他很擅长这个，乔治心想。他当高中管理人员时业绩平平；虽然乔治从不清楚整件事情，但他钻研学术时可以说是一场灾难。可是，他的确是个极好的牧师。不知怎的，这份工作把他的优点和缺点发挥得淋漓尽致。

“进来坐一会儿。”罗杰说。

“不了，车里的食物和花都不能久放。”她说道。

“就一会儿。”

乔治跟着他走进办公室，心里想着：我不想死。

不，也不是这样。她不在乎死掉，她只是不想经历死亡的过程。她这一生中已经进了七次医院：三次生孩子，两次流产，做乳房切除手术，还有精神错乱的那次。每次进医院她都深感厌恶。她不喜欢被展示给别人看，不喜欢在别人衣冠整齐的时候自己却穿着睡衣，不喜欢不能掌控自己的时间。这一切都很……令人尴尬。我真应该自杀，她想着。可她知道自己太过软弱，做不出这种事情。这一辈子，她从未做过什么伟大的事情，她很怀疑自己在死亡面前会伟大一次。

“你在想什么呢？”罗杰问。

“你觉得文尼带那个姑娘来见我们是因为他要和她结婚了吗？”乔治问道。

“除非他已经和她结婚了，否则他们不能在一张床上睡觉。反正在我家里不能。”

“哦，罗杰。”乔治说，“谁在乎呢？文尼都快四十岁了。”

“我在乎。”罗杰说道。

“我敢肯定他们在纽约就睡在一张床上。”乔治说。她没有提这周末海伦、埃利奥特、艾丽斯、伊莱、文尼和米娜都要过来，从家里房间有限的角度来看，文尼和米娜睡在一起反而更好——虽然耶稣不赞同。但这是她的丈夫，和他争论毫无意义。这些年来，乔治已经明白了直接做自己需要做的事情才最简单，即便所用的手段罗杰肯定不会同意。文尼和米娜这周末会睡一张床，除非乔治愚蠢到在此时小题大做，否则罗杰就绝不会注意到这件事。

“我要赞美耶稣，所有的孩子都会回来。已经多久——我也无法确切地知道多久了——没有这样了。”罗杰说道，“我想，帕齐还是不来吧。”

“海伦说她会试着打个电话——”

罗杰打断她的话：“希望她能对她讲讲道理。她就是固执，不折不扣的固执。她的大部分麻烦都是她自己招惹上的，而她以为我们做的那些事情基本都是她想象出来的。她住在离我们只有十英里远的地方，为什么她不想过来？为什么她不想看看自己的哥哥和姐姐？那个女孩……”罗杰摇摇头。

乔治抓住罗杰停顿的机会提醒他晚上八点去查特努加机场接文尼和他的女朋友。（她忍住了想说的话：“对那个女孩好一点！尽量少提耶稣。不是每个人都和你的看法一模一样，知道吗？”）任务完成后，她亲了亲罗杰的脸颊，跟他的秘书道别，然后开车回家为浪子的到来做准备。

乔治想道：真是忙碌的一天。当然，首先是来自医生的消息。还有这一天的糟糕开始——那个可怜的女孩在电话里为她的母亲哭泣。乔治想知道自己的女儿们会不会这样为她哭泣。大概不会吧，她做出判断。她当然没有为自己的母亲这样哭过。一点儿眼泪都没有掉。现在年纪大了，乔治对这个一辈子都不曾亲近过的女人感到了一种亲切感。她猜想自己的女儿们也会这样。在乔治去世多年以后，帕齐或者海伦（很可能是海伦）正开车经过某条路，然后某样东西会让她们想起乔治曾经给予的某个小善意——虽然我的母亲当时都破产了，但她还是知道用牛皮纸制作婚礼请柬的重要性。然后，她会不得不把车停到路边，想她想得难过。她们会这么想：她也没有那么糟啊，她尽了最大的努力。想一想她的条件和资源吧，她真的尽了最大的努力。

她自己的母亲格蕾丝十七岁就怀孕了。孩子的父亲是个已婚工头，与格蕾丝一起在乔治亚州士麦那市的一家制帽厂工作。他给了格蕾丝五百美元现金，让她要么把孩子解决掉要么赶紧离开那座城市。格蕾丝选择了离开。她买了一张去纽约的汽车票。坐到新泽西州附近时，她睡着了。不论出于何种原因，汽车司机都没有注意到她，结果她就坐到了汽车的终点站，佛蒙特州的伯灵顿市。当她睁开眼睛看向窗外时，外面正下着大雪。格蕾丝说起这段经历的时候总是那么几句话（只有喝醉的时候才会说）：“我揉了揉眼睛，赶走睡意，心里想：原来这里就是纽约。大概要等雪化了我才能看到那些高楼大厦吧。”一下车，格蕾丝立马意识到自己弄错了，不过她还是决定留在那里。当时，伯灵顿还是个像雪花玻璃球一样的城市，她推测自己身上所剩的四百多美元在那里能花得更久一点。“可是我真的以为自己在纽约！我可真是个傻瓜。”通常，当乔治扶她上床睡觉时，她会这么说，“答应我，乔治，你永远不会那么傻。”

想到母亲当时的那个画面——一个远比乔治的女儿们年

轻得多的女孩透过汽车窗户，看着那座弄错了的城市，乔治就感觉自己的心脏像是快要碎裂了一样。虽然还有一英里就到家了，她却不得不把车停到路边。乔治心想：我希望你曾经爱过我；我希望我也爱过你。她缓和好情绪，继续开车，并下定决心：没错，她这个周末要让三个孩子都回家。不管怎样，她都会说服帕齐也回家。

午饭及之后的文森特

都快下午一点钟了，可文尼要见的制片人汉密尔顿·巴尼什还没有露面。午饭安排在十二点半，考虑到文尼的飞机下午4点17分就要从拉瓜迪亚机场起飞，时间已经算是卡得很紧了。巴尼什这个星期没有其他时间了，下个星期也是。而下个星期之后，这个人就要回伦敦了——一年的半数时间他都会生活在那里。文森特这几个月来都在努力和他见上一面，于是决定接受这一不太理想的时间。

文尼打了电话给巴尼什的助理。男助理只知道巴尼什先生正在路上。什么都没有改变。

他看着手机上的时钟：1点05分。他决定给米娜发一条短信："拿上我们的行李，我们在机场碰面吧。大鱼迟到了，没有时间先回家。爱你。"米娜会生气，可他能怎么办呢？并没有那么多人愿意帮助纪录片筹资。

三十秒后，米娜回复说："去死吧。机场见。亲亲抱抱，米。”

啊，米娜。去田纳西州是她的主意。他们在一起七年了，她觉得还没有见过他的父母“实在有失体面”。大约六个月前，她无意间（她是这么说的）接了文尼的电话。打电话的是罗杰。“他听起来没那么糟啊。”米娜随后汇报道，“很有魅力。”

“你们说了多长时间？三分钟？”文尼的父亲当然能维持三分钟的魅力。

“他说你母亲病了。你都没有跟我说过。”她继续说。

文森耸耸肩。

“你也知道，他们又不会长生不死。”

米娜是个聪明的女孩，不过文尼觉得她在某些方面反应迟钝。由于她自己的父母（她父亲是连锁杂货店的老板，母亲是理疗师）既宽容又慈爱，她就无法想象别的家庭和自己家不一样。

关于他们是否应该回文尼家看看的讨论持续了四个月。文尼被这个话题吓怕了，他完全不知道米娜什么时候或者因为什么事情就会重新谈起这件事。可能是因为她在网上读到的一篇文章，或者是他们看的一场电影，又或者是看到一个人推着另一个人坐在轮椅上。也可能莫名其妙地就说起这件事。“我不想搬到田纳西州。”有一天，米娜正坐在马桶上的时候说道，“我只想去一次，得到他们的认可，就这样。我们以后就再也不用过去了。”

文尼摇摇头：“你还不明白吗？我不在乎他们认不认可你，我认可你就行了。”她冲了马桶，他吻了吻她的额头。

“文尼，我不期望他们会喜欢我，如果你担心的是这一点的话。”

当然，文尼知道这是谎话。米娜期望每个人都喜欢她。她希望跟她学瑜伽的学生喜欢她，希望她的表演老师喜欢她，希望她妈妈那栋楼的门卫喜欢她，希望餐厅里切三文鱼的那个人喜欢她。有时候，她甚至希望她朋友的男友或丈夫也喜欢她。文尼想，这是她最大的缺点，也是最大的优点。

米娜继续说道：“我知道他们也许会讨厌我，因为我不是基督徒……”

“不，我爸爸只会告诉你，你生存的方式不对。”文尼开玩笑地说。

“不过你妈妈会喜欢我吧。妈妈们总是很喜欢我。”

“我不在乎我妈妈喜不喜欢你。”文尼说。

“我很讨人喜欢的，你知道吧。”

当天晚上，米娜就订了机票。

“我们应该住你父母家还是酒店？”她问道。

“酒店。”

“嗯。”米娜回答道，“如果你不介意的话，我想我更愿意全方位地体验一下田纳西州。”

她将会得到全方位的体验，文尼在每日面包店等候的时候心里想。这家餐厅是汉密尔顿·巴尼什为了这次见面特意选的。文尼不喜欢每日面包店，并非是因为餐厅本身，更多的是因为这家餐厅表明了巴尼什对这次见面并不看重。这家餐厅或许有着做作的法国名字以及木桌子，但实际上就是快餐店。法式的麦当劳而已。

文尼看了一下表，1点25分。巴尼什快迟到一个小时了。文尼在想，什么时候离开能说得过去。更准确地说，文尼得待到什么时候才会显出悲惨？

1点26分，文尼想到了要接受加拿大的那份编辑工作，放弃再拍一部纪录片的想法。

1点27分，文尼想到了前列腺上的小肿块。

1点28分，文尼想到了米娜。经过了这周末的田纳西大冒险，他们很可能就会分手。

1点29分，汉密尔顿·巴尼什走进餐厅大门。巴尼什立刻就认出了文尼，这让文尼知道了他的助理早就在网上找到了自己的照片。也许是他参加过的某个二流电影节的照片；也许是2006年他把第一部纪录片带到圣丹斯电影节的那次？“我真的很抱歉！”巴尼什表达了一连串相当令人信服的歉意，以至于文尼几乎要相信这个人是真的很抱歉。“我真的真的很抱歉！我真高兴你还没有离开。我从来没有迟到过这么久。太没礼貌了。你可千万别怪我。来这里的路上出了点小意外，不过别担心，现在都没事了。我快饿死了。”

巴尼什点餐点得很快：三明治（这家餐厅用了某个含糊不清的法语词指代三明治）和薄荷柠檬水。“你想要什么吗？”巴尼什问他。

文尼已经吃过东西了，不过他还是点了一杯咖啡："汉密尔顿，事情是这样的，我还要赶飞机……"

"很抱歉，我们赶时间。"他对服务员说道。然后，他回过头对着文尼，"好了，介绍一下你自己吧？"

啊，把人的一生变成一连串引人入胜的故事！文尼十分清楚应该怎么做。一开始，他提到成长过程中电影在他家里是被禁止的，不过这却是他唯一钟爱的事情，于是他就想方设法地偷偷看电影。接着，他说自己偷偷申请了耶鲁大学，当他父亲发现他被录取之后，就把十八岁的文尼赶出了家门。"你没有家。"他的父亲曾这样说，并且实现了这句话。整整四年大学生活中，罗杰从不允许他圣诞节或者暑假回家。即使他的母亲不同意这项政策，她也肯定从来没有说过什么。然后，他们全都去参加了他的毕业典礼，竟然还有胆子表现出一副什么事也没有发生过的样子。

"哦，对了，我也被逐出了教会。"

"听起来很振奋人心，就像亨利八世[1]或者马丁·路德[2]一样。这对你来说到底意味着什么？"

1　亨利八世（1491—1547）：英国都铎王朝第二任国王。因为休妻问题，亨利八世与罗马教会展开了六年的拉锯战。罗马教皇在宣布亨利与第一任王后的婚姻无效的同时，将亨利与新妻驱逐出了教会，英国的改教活动也由此展开。

2　马丁·路德（1483—1546）：十六世纪欧洲宗教改革倡导者，因宗教改革运动而受到四面攻击，最终被罗马教会定罪，逐出了教会。

“哦，意味着我再也不能进教堂。真的不算什么惩罚。我觉得我父亲是希望这样一来能对我的妹妹们起到警戒作用，或者是在其他复临会教徒中提高他的威望。就好像是，你一定是个非常忠诚的基督徒才会主张驱逐自己的儿子，对吧？我真的不知道他是怎么想的。”

“你爸爸长什么样子？”

“哦，你也知道，典型的怪物形象。不，他……嗯，很有魅力。如果你见到他，或许会喜欢他。大多数人都会这样。至少暂时会的。”

最后，文尼说到了自己读研究生时被母亲盗用身份的故事，她竟然以他的名字开通了信用卡，然后还不还款。

“哇。”巴尼什说道，“那你现在和她的关系怎么样？”

“没有关系。”文尼坦言，“她表现出一副这些事情都不曾发生过的样子。我想她处理事情一贯是用这个办法，可我办不到。”

此时此刻，巴尼什快吃完三明治了。“希望你不要介意一个应该比你大上几岁的人的忠告。”巴尼什说道，“文森特，人生中的某个阶段，我们总要克服父母这场灾难。”

没错，文尼同意，这倒是事实。（可是说真的，他说这话多烦人啊！是他要求了这一场故事会！又不是文尼闲着没事干，天天为这些陈年往事烦恼。是他特地要听，文尼才拿出来说。）

“那么给我说一下你的电影计划吧，我十分感兴趣。我们共同的朋友告诉我电影是关于战后女兵的待遇。”

文尼点点头，进入了另一段同样熟悉的故事中：“我不知道自己是否提起过，我母亲也偷了我妹妹帕特里夏的钱。只不过，帕齐后来当兵了，而我就得到了个不良信用。”文尼停顿了一下，巴尼什笑了——文尼就知道他会笑。

3点30分，巴尼什的手越过餐桌握住了文尼的手：“我觉得我们可能会做出点什么东西。”

出了餐厅，文尼花了快十分钟才打到一辆出租车。在前往机场的途中，他查了一下语音留言。有三条留言来自米娜，一条比一条恼怒；还有一条来自他妹妹海伦。显然，艾丽斯进医院了，这就意味着海伦这个周末还是回不去了。“很抱歉把爸爸妈妈都丢给你，不过……我随后再打给你，好吗？等有进一步的消息再说。”

文尼拨通了海伦的电话：“海伦，你还好吗？艾丽斯怎么样了？”

“哦，天啊，文尼，太可怕了。”海伦说道，声音温柔得不太像她，“目前还什么都不知道。她可能有脑部损伤，也可能什么事儿都没有。”

“到底发生什么事了？”

“她和伊莱在爬树，不知怎么她就卡在树上了。我们正在拿梯子，可这个孩子不想弄脏那身印着爱探险的朵拉[1]的睡衣，所以就试着自己下来。这个小笨蛋，她就应该尿裤子上。”

“她可能是太害怕了，海伦。”

“不过，这真是最愚蠢的事情了。我一直在回想自己当初做言语治疗师的日子。我那份工作干得很糟，一想到这点我就有点羞愧。我做那份工作时带有一种……你可以说是缺乏同情心，这实在令人羞愧。因为如果艾丽斯熬过来的话，她可能会需要一名言语治疗师……这一整天我都在想那个自杀了的病人……我现在甚至都想不起来他的名字了！他对我有些着迷，文尼。我跟你说过这个吗？然后，我又开始想到今天早上，每件事、每个人都好好的。我当时既瞌睡又暴躁，却感到幸福。我只是从来没有想到自己的幸福竟如此……啊……脆弱？不，是哪个词呢？”

“缥缈？”文尼给出建议。

“不完全是。不过我想也差不多。文尼……”——她把声音放低——“我一整天都在脑子里回忆这件事发生的过程。她说她要去厕所的时候，我叫她憋一下。你是不是觉得我很可怕？”

“不。”

“可是如果我说的是直接尿呢！”

“海伦，别再折磨你自己了。专心给艾丽斯看病，好吗？我

1 《爱冒险的朵拉》：是美国尼克频道于1995年出品的动画片。

快到机场了，得给司机付钱。我等会儿给你打回去可以吗？”

“不用了。”海伦说道，“反正我也不应该在这里打电话。到处都是这种‘禁止使用手机’的标志，我只是装作没有看到而已。”

正当出租车在美国航空公司的航站楼停下时，文尼的电话响了，是米娜打来的。

“我们错过航班了。”她说，“而且我已经查过了，明天才会有飞往查特努加的航班。”

“该死。”文尼说，“我很抱歉。”

“我讨厌你。”米娜说道。

文尼说：“你不讨厌我。”

“有点儿。”她坚持道，“我绝对有点儿讨厌你。你从来就不想让我去见你父母，对不对？”

“你在哪儿？”文尼问道。

“我在里面，地面交通柜台旁边。在等你。”

“等一下。”文尼说，“我已经看见你了。我们一起坐车回家。”

文尼把钱给出租车司机，然后走进机场接米娜。

“你给你母亲打电话说我们不去的时候，一定要让她知道这是你的错，跟我无关。”米娜看到他之后说道。

文尼从女朋友那里拿过行李：“我不用跟她说。她会知道的。”

下午的马格努姆

马格努姆从沙发上爬起来。他考虑过不去开门，可这位访客十分执着，按门铃按了不下十五次。无视这个人似乎变成了一件更麻烦的事情。

那天他待在家里，没有去上班——感冒了；或者并不是感冒，但是有常见的各种可以被称作“感冒”的症状。

“你好，乔治亚。”他说，“我想和你握手，但我不太清楚自己的病会不会传染。”他停下来咳嗽了一声，等他抬起头时，他发现她带了两枝很丑的橙紫相间的花，裹在包装纸里。“这是给我的吗？”

“不，嗯……我是带给帕齐的。”他的岳母说道。

“嗯，我知道。我是开玩笑的。她去踢踏舞班——还是其他什么舞蹈班——接布里特了。”

“布里特在学跳舞吗？”

“而且她跳得很好。”他的头开始晕了。所以，即使他知道妻子可能不会赞同，他还是请乔治在客厅坐下。

“什么风把你吹到这里了？”马格努姆问道，“我们家是有电话的，你知道吧？”

“嗯，我试过打电话，可是没有人接。所以我就想，管他呢。这么美好的周五下午，我不如开车过来看看我的女儿。”

马格努姆觉得这个解释一点儿也不可信。“好吧。”他说，“我会告诉帕齐你来过。”

“也许我就在这儿等她回来吧。这样可以吗？”

马格努姆躺回沙发上，胳膊交叉：“她可能还得一会儿。我是说，如果你着急的话。”

“我有一点儿时间。”

马格努姆耸耸肩。他打开电视，正在播出的是个烹饪节目。“看这个可以吗？”他问道。

“当然，挺好的。”

“你知道吗？”插播广告的时候他说道，“去贝齐·罗斯上班之前，我甚至压根儿都没有思考过关于食物的事情。就比如说，你知道的，眼前有什么就吃什么。可是现在，哎呀！我都不知道食物是如此令人着迷的话题。如果我早知道自己会这么喜欢它，我相信我会成为一个厨师的，乔治亚。”

乔治点点头：“这倒真是……事情是这样的，马格努姆，我在想你能不能帮我做一件事情。”

“嗯……”他说，“如果这件事情我有能力帮你的话。”

“我想让帕齐这周末回家。如果你感觉好点了的话，你也可以来。”乔治解释说帕齐的哥哥和姐姐都要过来，这实在是难得一遇的事情。而且，现在大家的年纪都大了，这种机会将越来越少。“我试着问过她一次，可她一口回绝了。马格努姆，我真心相信，如果她好好想一想，她就会明白所有人重聚是一件好事。”

“你也知道她当初和弗兰住一起时就不喜欢那个房子。”

“这真是太傻了！我把一切都换了！家具、墙壁，甚至地板都和以前不一样了。今时不同往日。”

马格努姆咳嗽了一下，然后点点头，接着又咳嗽了一下：“问题是，乔治亚，她和你丈夫相处得也不太好。”

“他年纪大了，态度也软了。”乔治很坚持。

马格努姆花了点时间思考这个问题：“你也了解帕齐，我想她不会让事情这么轻易就算了。我觉得上大学那笔钱和其他一些事情还是让她很生气。”

乔治点点头：“那在你看来，怎样才能让帕齐星期六晚上过来和她的兄弟姐妹一起吃顿饭呢？要罗杰道歉吗？还是我？因为我都道过歉了，马格努姆。”

他想了想乔治的问题。帕齐想从她母亲那里得到什么呢？此时此刻，什么也不想要，马格努姆心想。当然不想要道歉了。事实上——马格努姆之所以知道是因为他们曾多次谈及此事——帕齐只是不希望布里特在她父母身边长大。帕齐把他们称作“有毒之人”。马格努姆非常希望自己刚才没有应门。他在想自己说出什么样的话才能让这个女人离开。“钱。”马格努姆最后说道。

“你们需要钱？”乔治问道。

“不，我们有足够的钱。”马格努姆说，“但你也知道帕齐！她认为罗杰和你偷走了她的钱。我并不是说你们真的偷了，我也不是在批判你们，可她是这么认为的。而她最在乎的就是公平与否。”这个女人绝不可能把那笔钱给帕齐，马格努姆说这些话的时候心里想。

乔治把天堂鸟花放在地上，从手提袋里拿出支票簿：“你觉得需要多少？”

马格努姆看着乔治，乔治也看着马格努姆。

“我们欠她一万，对吧？”

马格努姆点点头。乔治写好支票，签上名，放在咖啡桌上的维克斯伤风膏旁边。“罗杰很久之前就该把那笔钱给她。”乔治说，“如果我没有记错，这笔钱本该是用来让帕齐上大学的。可现在帕齐都快三十岁了，我认为将这笔钱留给布里特就很好，这一点就连我丈夫也没什么好争论的。”

乔治站起来，抬起胳膊去握马格努姆的手。他觉得自己就好像刚谈妥了一笔交易，可是一旦把交易条款呈给老板，他会吃不了兜着走。他在运动裤上抹了一把手——手上的湿黏主要是来自病症。“好吧。”他说道。因为他想不到别的话可说。

“你自己也可以来的。”乔治说道，“当然还有布里特。海伦的孩子们也会来，我想他们只比布里特大半岁左右。”

“我送你到门口。”马格努姆说。

乔治说她自己出去就好。一听到门关上，马格努姆就把支票放进裤兜里，然后走进厨房喝感冒药。他喝了很大的剂量，然后他又走回来睡在沙发上。

他快要睡着（并没有完全睡着）的时候听到布里特和帕齐回来了。“爸爸。”布里特喊道，“爸爸！”

“嘘。”帕齐说，“爸爸需要休息，不要吵醒他。你就亲他一下吧，好吗？”

布里特亲了一下他的鼻子。“这是什么啊？”布里特从地上拿起那两枝用紫色薄纸包装的天堂鸟花。

“花啊。肯定是你爸爸给我们买的。”帕齐说。她想他肯定是去药店买止咳药之类的，然后从通常停在药店外的花摊上买的。

“看起来更像是植物，而不是花。”布里特说道。

“不，这是天堂鸟花，是一种罕见而美丽的花。”帕齐说道。不过，她心底其实同意女儿的话。这就是那种马格努姆会给她买的花，也是那种帕齐完全不会喜欢的花。看着如此鲜艳的花，帕齐对这个人涌起了一股极致的柔情，几乎都要站立不稳了。她稳住身子，然后牵起女儿的手：“来吧，布里特，我们在花枯萎之前赶快把它们放进水里吧。”

一天结束之时的罗杰

距离罗杰必须出发去机场接浪子及其女友还有一个小时。这段时间本应该用来准备那场他打算写的关于亚当和夏娃的布道，那场让他头疼不已的布道。结果呢，他在上网搜索让头发焕然一新的办法。

真有意思，罗杰心想。就这么在一个新地方短短地待上几天也会带给人新发现。在教堂山的那家旅馆里，罗杰正对着壁挂式放大镜刮胡子，就是在这样的时间里，他发觉自己的发际线出现了讨厌的变化——在此之前他从不曾发现。几年以前，他的头发就全白了，可发质本身却并未受时间影响，依然是又厚又密。可在舒适客栈相对良好的照明条件下，情况就不再是这样了。

这可能听起来很傻，可优质头发对牧师而言至关重要。从北卡罗来纳州回来的航班上，罗杰花了相当一部分时间思考这件事。他十分相信，如果自己秃了，那么他这个牧师的影响力就会大大减少。毕竟，他是一名公众人物。他推断自己得保持魅力，这样一来，教众才会觉得他的启示（上帝的神示！）富有吸引力。

这当然不是虚荣。比如，他绝对不会把白头发染回金色。那就太可笑了。再说，白头发让牧师多了一份庄重。

根据他的初步研究，大部分治疗脱发的方法都非常管用，只要一个人仍然有头发可以被治疗。这也就是说罗杰早做打算才是最好的选择。他可以试试生发精华，或者带激光束的梳子，或者激素以及维生素。还有头发移植，不过他不知道自己是否可以腾出时间做那种手术。或者，万不得已之时，也许可以戴个不起眼的假发？几年前，乔治做完化疗后戴的假发看起来就很不错。罗杰甚至可以弄一个由真人的头发制成的假发！（他会努力不花太多时间思考那个假发的来源……）有些疗法要价不菲，可他参加了那么多客座布道活动，也赚了一大笔钱。甚至还有人请他考虑出一本训诫书，虽然只是一家私营基督教出版社，那也很厉害了！假如这本书有所影响，真的可以卖不少啊！这倒不是说钱还没有赚到手，他就开始数钱了。在这美妙人世的六十年中，他也略微懂得了这些事情。关键是，如果新头发能使他成为传达神旨的更好媒介，那么这毫无疑问是一项必要开支。

有人敲门。罗杰迅速关上笔记本电脑："哪位？"

"哦，牧师，是我。"梅根回答说，"如果你不太忙，我在想回家之前能不能和你说几句话？”

“你知道的，梅根，对你我永远都有时间。进来吧。”

漂亮的秘书坐在了他办公室里的沙发上。

“我很过意不去，我知道你打算动身去机场了。”梅根说道。

“我还有点儿时间。什么事让你烦恼？”罗杰问道。

秘书紧握住双手，隔着粗斜纹棉布放在膝盖上。“说起来有点尴尬。”她说道。

“你知道的，你可以告诉我任何事情。”罗杰向她保证。

“嗯，这不是那种我们经常谈起的事情，但我想听你的建议。我是如此钦慕你，波默罗伊牧师。”她低下头，不去看他，“可能除了耶稣，我最钦慕的人就是你——甚至超过了我的父亲。”

“谢谢你。”罗杰说，“我也非常尊敬你。”

“好吧。你知道我订婚也有段时间了对吧？”

罗杰点点头。众所周知，梅根与本的婚约已经有五年了，几乎快赶上她为他工作的时间了。

“起初，本想要定下婚礼日期，可我不想，因为我觉得自己……嗯……还不太确定。然后到了去年，我开始在想，我很快就要二十五岁了，也许我们应该定下日期了，你说对吧？所以，我就向本提起了此事，也就是那时候我们举行了订婚派对。可接着，他就开始支支吾吾。最后，我问他：‘什么事？’

他说他不明白为什么我这么久以来都不想结婚，突然之间却又想了。然后，他说自己等了这么长时间，反而对我不确定了。我想我哭了起来。我的意思是，在某种程度上，我其实并不在乎，甚至自己也清楚是我咎由自取。但我想我还是很伤心。”

“当然了，这很自然。”罗杰说。

“可接着，他又说他不是那个意思，我完全误会他了！他想要的不过是一点证据，证明我是真的爱他，而不是因为上了年纪才随波逐流而已。然后我说：‘什么样的证据？’他想了一下。可从他皱眉头的样子，我就知道这个想不过是装装样子，他早就知道自己要说什么了。他很可能前一天晚上上床睡觉的时候就十分清楚自己要说什么了。我说：‘你就直说吧，本。’然后他说他想在结婚之前和我发生性关系。”

“我懂了。”罗杰清清嗓子，“梅根，如果你是在问我你应不应该和他发生关系，我想你早就知道教堂在这种事情上的立场。”

梅根点点头：“我知道，牧师。我当然知道。”

“梅根，在这件事情上错误的人是本，这一点说多少遍也不为过。如果你想让我和他谈谈，不管你在不在场，我都十分乐意。”

“不，不是这样。我知道错的人是他。可我也错了。因为我觉得如果我真的爱他，我会和他做那件事的。我会愿意那样做。我是说，我都二十五岁了，和本在一起了八年，可我却还是一个处女！哪个二十五岁的女人还是处女呢？”

“那种更在乎来世而非今生的女人，”罗杰越想这件事，就越想宰了那个男孩，“那种既在乎肉体欢愉也在乎灵魂结合的女人！”

“可是牧师，如果你真心爱一个人……”梅根用手捂住脸，“可是我没有，牧师！我一点儿也不爱他！”

“那你就不该嫁给他，当然就更不该和他发生关系。”罗杰把手放在这个女孩的头上。她的呼吸沉重，肩膀上下起伏。“好了，好了。”

“我不爱他是因为我爱着别人。”她轻轻地说道。梅根抬起头看着罗杰的眼睛。她站起身，然后吻了他。罗杰温柔而有力地推开她。

“哦，我明白了。”他说，“不，恐怕我不可以。我的妻子……你也明白。”

梅根点点头。“真不好意思。”她说，“我不是有意这么做的。”

“当然了。”罗杰说，“我们谈的是感情问题。”罗杰清清嗓子，“我觉得我们应该这么做。如果你允许，我认为你、本还有我三个人应该见一面，谈一谈他的……提议。我会毫不犹豫地告诉他，我觉得他的提议很不合宜。下周的某个时间，好吗？”

梅根整理好自己的马尾辫，把粗斜纹棉布裙弄平：“牧师，我会查一下日程，看看你什么时候有时间。”

“乖孩子。”罗杰说道，“你介意出去的时候把门关上吗？”

罗杰坐回办公桌前。他打开笔记本电脑。浏览器上仍然是和脱发有关的信息。罗杰用手指梳理着自己的头发，觉得自己很可能反应过度了——头上还是有很多头发的。

罗杰到机场时，看到乔治在到达大厅等着。

“孩子们不来了。”她简单地说，“文尼错过了航班，海伦在医院，因为小艾丽斯从房顶还是树上掉了下来。我也不清楚整件事情，不过他们做了点检查，说她会没事的，就是锁骨断了，外加轻微脑震荡。我一整个下午都在外面办各种杂事，一直到傍晚时候才知道这些。一听说我就试着打你教堂的电话，可是没有人接。我就想你肯定早就离开了。我就像个女疯子一样开车到这里。我们真的应该买手机了，罗杰。”

“是的。”他承认这一点，“所以，这周末就我们两个？”

乔治点点头。

“从某种程度上，我还很高兴呢。”罗杰说，“旅途实在奔波。这一周很累，这一天也很累。”他牵起妻子的手，“我送你去你停车的地方。”

“我停车的地方特别糟糕。”乔治提醒他。临时停车场没有车位了，她被迫停到了长时停车场。

走过去的路上，她告诉罗杰这个周末帕齐可能会过来吃晚饭。

“真不错。”罗杰说道。不过他并没有注意到她在说什么。

“哦，我忘记告诉你了，今天早上有人给你留了条口信。你以前的一位教授去世了。凯瑟琳什么的……还是卡罗。”

“卡罗琳·默里？”罗杰问道。

“对，就是这个名字。你们两个很……”

在机场的停车场中央，罗杰坐了下来：“哦，老天啊，卡罗琳。”

“很抱歉，罗杰。”乔治过了一会儿说道，“她对你很重要吗？”

“不是。”他说道。在那一瞬间，他得出结论，卡罗琳的确对他不重要。乔治朝他伸出手，罗杰握住了。他站起身，拍掉卡其裤后面的灰尘。“我觉得自己有点傻。今天真的是漫长的一天，我想我刚才是太累了，也太惊讶了。她只比我们大五岁，乔治。”罗杰笑了，“让我觉得自己也老了。”罗杰又笑了，“回去的路上我们停下来吃个晚饭吧，你说怎么样？从这里经过几个出口有一家红辣椒餐厅。你开车跟在我后面就行。”

乔治仍然待在浴室里时，罗杰早已躺在了床上。事实上，十一点远远超过了他的睡觉时间。一般情况下，熬夜到这么晚的话，罗杰立马就会睡着。让他如此清醒的是那个他一整个晚上都在特意避开的话题。

“乔治。”他喊道，“我从来就不理解那个孩子！”

“我是说，天哪，我们是做了什么罪大恶极的事情吗？我们从来没有打过他……”

这话严格说来并不是真的，罗杰说出口的时候也很清楚。有几次他在文尼身上用过皮带。不过，依罗杰所见，皮带和鞭打完全不是一回事。皮带是为了惩戒，而惩戒的出发点是爱。从来没有人被皮带打伤过。从另一方面来看，鞭打就没个轻重了。被鞭打的孩子会出现断指和肿胀的眼睛。这些从来没有发生在文尼身上。一次都没有！（在两个女儿长大之后，罗杰的皮带已经永久退休了。）

“我们就算不同意文尼的决定也会给予支持。”

当然，罗杰是想起了耶鲁的毕业典礼。

“或许我们不总是那么富裕，但他从来没有缺吃少穿，基本需求都能得到满足。我的意思是，乔治，你小时候很穷！在我母亲嫁给继父之前我也很穷！而且那个男人都把我打傻了——虽然我可能是罪有应得，但那也太过分了。我是说，那可真的是鞭打。”罗杰笑了，然后他又止住笑。

“所以，到底是怎么了，乔治？他们为什么这么讨厌我们？因为不只是文尼一个人这样，帕齐也是！我祈祷过，也问过上帝，可就是弄不明白。你也知道，所有的教民都喜欢我。梅根总说她希望有个像我这样的父亲！所以，为什么呢？”

乔治从浴室走了出来。她穿着一套时髦的棉睡衣（海伦送给她的圣诞礼物）：“我不知道，罗杰。我希望我知道。”

睡前的乔治

当然，她其实是知道的。只是，告诉罗杰这些事情毫无意义。她躺到了床上。

“告诉我，乔治，我希望我们的孩子能有个丰富的精神生活，这难道错了吗？”

“不。”她说，“我不觉得错了。”

“我也是。”罗杰说。他转到自己那一侧，关掉床头灯，然后闭上眼睛。“也许我不应该用皮带打文尼。”罗杰轻轻地说，“我是说，如果我不得不重来一次，那我可能不会拿皮带打他。可是，他出生的时候我们还那么年轻。”

“你才二十一岁。”乔治也轻轻地说，“我只有二十岁。”

“你还是个孩子！”罗杰说。

“我们当时知道什么呢？”乔治看了一眼数字时钟，都快半夜十二点了。借着时钟发出的光，她注意到了电话。这让她想起了今天一大早的那个电话。她努力回想自己是否见过卡罗琳·默里，却只能模糊地想起一个高大的犹太女人，头发是卷卷的，如此而已。经过了更年期、癌症（以及各种治疗方法）和抗抑郁药的经历，乔治的选择性记忆严重得可不止一点儿。

虽然罗杰才离开了一周，但她也很想念他的身体——他的温暖、重量和味道。她把身体贴过去，心里想着：我死后会想念的第一件事就是这具身体。她想自己很可能进不了天堂，不过，她也永远不会对丈夫承认：她从来不曾真正相信过天堂。但如果她能去得了天堂，那也只会是一个相对意义上的天堂。时至今日，她愿意承认天堂就是这张床上的这个男人，除此之外再无其他。就是为了这个天堂，她曾经欺骗，说谎，盲目。其他天堂并不存在。

“罗杰。”她轻轻开口，“你还醒着吗？”

没有人回答，所以乔治可以大胆地继续说下去。

“你知道吗？今天早上你说到亚当和夏娃。我现在有答案了。从某种程度上来说，罪是好事。我是说，我们需要罪过。”她说道，“因为没有罪过，也就没有救赎的可能。”

还是没有人回答。

“罗杰。”她说，“我要死了。”

一记鼾声。

“还有，我不想要信奉基督教的医生。”乔治说，“我想要无神论医生，或者随便哪个不相信来世的人。”

又一记鼾声。

“罗杰，我不信耶稣。我离耶稣最近的那次就是在好尔玛的天花板下，当时我的脑子不是特别清楚。所以这下你该知道我和他的关系了吧。但我就是不信，罗杰！从来都不信。当我们初次相遇时，我说信是因为我想要你。我爱上了你，而你那时是如此确信。现在依然如此确信。我想要的不过是像你一样确信。”

鼾声继续着。

“还有，我从来就不喜欢被人叫乔治。”

第四部分

爱的初告白

十年后

未 来

哄叫餐厅的打烊时刻

女服务员踢掉木底鞋，将胳膊肘枕在柜台上：“汤姆，让我问你一个假设性问题。”她说道。

“问吧。”汤姆回答道。他是这家廉价小饭馆的老板，也是主厨。

“我女儿和这个女孩上同一所学校。”女服务员说道，“我想你可以把她当成我女儿的好朋友。”

“嗯。”

“这个女孩有喜了——如果你能明白我的意思的话。”

“嗯。”

“女孩的家庭并不富裕。他们无法养活多出来的这张嘴。还有……嗯，你有什么看法？”

“我的看法就是，这也太糟糕了。”汤姆说。

女服务员笑了一下：“糟糕透了。不过，你会怎么做呢？”

“好吧，这边大概有些医生会收下现金把事情解决，不留任何记录。”汤姆说。

“我也是这么听说的。”

汤姆看了一圈饭店，只剩一位顾客了——一位花了两个小时吃同一块樱桃馅饼的老人。汤姆很确定这个家伙睡着了。他解下围裙，把它搭在烤箱的手柄上：“不过你不能指望那些违法的家伙。就好比说，他们会拿上钱，却不给你办事——就是为了使坏。又或者他们会胡乱用工具——钢丝衣架和荷兰杜松子酒。那个女孩可能会生病，或者会死掉。而医院的人就会知道发生了什么事。他们会知道的。他们能看出来。这个女孩甚至可能会被拖到法庭上去，还有女孩的父母。这就是一个糟糕的情况。”

女服务员点点头。

“这就是一个糟糕的情况——就是这样。”汤姆重复一遍。

“你说过了。”

“这个女孩多大了？”

“就像我说的，她是我女儿的朋友。所以呢，和布里特同岁。”

“布里特现在多大了？”

“十五岁。”女服务员轻轻叹了口气说。

“他们长得真快。”他说，“不过，回到你的假设性问题。等等，这是假设还是你认识的某个人的真事？不可能两者都是。”

“那我得说是后者。”

汤姆点点头。他把手放在女服务员的肩上：“你今天晚上想要人陪你吗，帕齐？”

“是的，汤姆。你有认识的人吗？”

帕齐叫醒那个吃樱桃馅饼的老人，然后汤姆把灯关掉。他们分头开车，前往帕齐两居室的小房子。这房子最大的好处就是下面没有轮子。他们踮着脚经过布里特的房间，然后走进帕齐的房间。两个人身上都是炸薯条的味道，性爱既舒服又无趣。她喜欢他的味道，所以她吸了一会儿他的阴茎来换取他的惊喜。完事之后，汤姆从背后抱住帕齐。

“你真安静。”他说。

“就是困了而已。”她回答道。

“你记得我们之前说的那件事吗？”汤姆轻轻地说。

“嗯。”

“如果那是我的女儿……”他说，“帕齐宝贝，如果那是我的女儿，那我就会飞去加拿大。那边是合法的，你可以去真正的医院或者诊所把事情搞定——某个洁白而干净的好地方。我会趁女孩的春假把事情解决——假如时间刚好赶得上的话。我会告诉大家我们要度个小假。我们会在那边待上几天，确保结果没有问题。然后我们再坐飞机返程。”

“坐飞机很贵。”帕齐说。

“你可以开车啊。”

帕齐点点头：“一路开车去加拿大也很贵。”

汤姆耸耸肩。他起身去卫生间：“换了是我，就会那么做。”

其他人的意见

女服务员给自己的小姑子莱西打了个电话，问了同样的假设性问题。

莱西叹了口气，接着说道：“我听说有个地方就做这种事，就在华盛顿特区附近。”

“是好地方吗？”帕齐问。

“我没有亲自去过，不过我有个同事……好像她的堂妹和……情况相同。我觉得她就是开车过去的，把事情办好后，再开车回来。”

“你知道要花多少钱吗？”帕齐问。

“几千吧。也许比这还少，我不确定。我记得她必须付现金。”

“你确定那是个好地方？”

“我真的不清楚，帕齐。就像我说的，我没有去过。”

帕齐谢谢她给的建议。

“我希望能再为你做点什么。”莱西说。

“这就是一个假设性问题。”帕齐说。

“哦，天啊，一切都变得如此糟糕。”莱西叹气，“以前的生活那么容易。我是说，生活从来就不容易，可是那时候没有这么糟糕。”

帕齐打断她：“这只是个假设性问题，好吗，莱西？”

“我明白。”莱西说。接着，因为她非常喜欢自己的侄女，也因为她实在情不自禁——她大喊出声：“可怜的布里特！”

准备工作

第二天下午上班的时候，帕齐告诉汤姆她要请几天假。

“你估计要多久？”

“三天。去我们首都小转一圈。”帕齐欢快地说，“听说那个伊拉克战争纪念碑刚刚开始动工。”

“休息一星期吧。”汤姆很是坚持。

“不用。”她说，“只要几天。”帕齐想尽可能地保持行程紧凑。她和汤姆买了个旧房子，正打算翻新后再拿到市场上出售。那不过是位于德兰的一个便宜房子，算不得什么，可对他们而言还是一件不得了的大事。他们在一个法院举办的房屋拍卖会上以近乎偷窃的价格把房子买了回来。汤姆觉得他们把那儿打扫干净、重漆一下，然后种上一两棵树，也不用做别的什么，就能赚回双倍的钱。她想赶在周末的时候及时回来，好和汤姆开始清理房子的内部。“我打算在周末回来。”

“说真的，帕齐宝贝，你不在我也能处理好这部分翻新工作。”

帕齐摇摇头：“我会去的。”

汤姆点点头。帕齐是个固执的小姑娘，当她决心做什么事情的时候，别人无论如何也说服不了她。比如说，汤姆非常想和帕齐结婚，可是她不答应。他也能勉强接受和她同居，可她还是不答应——她觉得如果自己没有结婚就和一个男人住在一起，那会给女儿树立一个坏榜样。“你还需要钱吗？”他问道。

“不用了。”

“你希望我和你一起去吗？我有段时间没去过华盛顿特区了。”

帕齐摇摇头：“我们会没事的。我会待在贝塞斯达的一位老战友那里。而你应该专心照料我们的生意，汤姆。”

“路上给我打电话。”他说。

“会的。”

“照顾好自己，帕齐。”

虽然他们还在上班，帕齐也并不喜欢在众人面前“炫耀”两个人的私交，但她还是吻了一下他的脸颊。对了，其他员工都非常清楚汤姆是帕齐的情人，不过压根儿没有人在乎。汤姆是个好心的老板，帕齐是个勤快的员工；两个人各自都经历过苦难；大家都希望他们好好的。

帕齐狠狠地吻了一下汤姆的嘴巴。

“哇。”他说，“为什么吻我？”

“我得提前下班。”她道歉道。

汤姆微笑着看她：“亲爱的，你真应该常常提前下班。”

帕齐的第一站是银行。自布里特出生那天起，帕齐就开始为女儿上大学存钱。每星期，不管帕齐的生命中发生了什么事情——例如母亲去世，丈夫去世，被解雇，下岗——不管帕齐手头上有多少钱，也不管存款有多么贫瘠，帕齐都会尽她所能地把钱存到布里特的大学账户里。而今天，她有史以来第一次从中取了一大笔钱——3600美元现金。她努力不去为此怨恨自己。一想到这么做违背了设立这个账户的初衷，而自己一定会得到报应，她就感到很难受。可她能怎么办？她自己的钱大部分都压在了旧房翻新上。

从银行回来的路上，她去了一趟杂货店。她买了制作三明治的材料和饮品供路上吃喝。到了家，她把这些东西都放进小冰箱里面，她和汤姆周末去代托纳比奇旅游时就带过这个小冰箱。帕齐心想：这几乎就像是母女假日同游一样。

她给住在贝塞斯达的战友查尔斯·斯科特发了封邮件，确认一下自己要在他那里待两个晚上。邮件最后她写道：“谢谢你和切丽的热情款待，很期待和你叙叙旧，巴迪。我们都好久没见了。你的好友，水果糖。”

上床睡觉之前，她在电脑上绘了一张地图，起点是佛罗里达州的奥兰治城，她希望终点是马里兰州的一个“好地方”。

根据电脑程序的预测，如果一切都很顺利的话，那么开车过去要花十二个小时。

奥兰治城

惹出这件事的男孩（帕齐是这么想的）出现在家门口给她们送行。“弗伦奇太太，我想和你们一起去。”他说道。

这就是我女儿爱的那个人，帕齐想。这么一个毛头小子。她很想说：就是你把我们害成这个样子。但她知道他本意不坏：“带上你一起的后果我们承担不起，奇普。”

帕齐想冲进房子里面，从厨房的篮子里拿根香蕉，再从床头柜上拿个安全套，然后让布里特和这个男孩把安全套套在香蕉上。她想亲眼确认他们知道如何正确使用安全套。

“我可以付自己的饭钱，也许还可以弄点油钱。我能帮上忙的。”奇普争论道。

帕齐摇摇头：“如果你走了，你父母就会好奇你去了哪里。大家都不知道这件事比较好。只有布里特和我离开一段时间会比较好，可以吗？”

这个男孩点点头。“我真的很想去。”他默默地说。

他的真诚让人感动，可帕齐绝不可能带他一起去华盛顿特区："我会让她在路上打电话给你的，好吗？"

布里特从房子里走了出来。她带着一个大大的毛绒老虎——是惹出这件事的男孩送给她的礼物。这个玩具让她看起来就像是个孩子，而事实上，她的确是个孩子。帕齐坐上车，让布里特和这个男孩能安心道别。

两个人哭了，也亲吻了。五分钟后，帕齐按响了汽车喇叭。布里特投给她一个不满的眼神。

帕齐摇下车窗："我们得走了！我想在傍晚前到达贝塞斯达。"

布里特点点头。她最后吻了一下这个男孩，然后坐到汽车后座上。

"你不坐前面吗？"帕齐问。

"反正我也要睡觉，母亲。"

"我做什么了？"帕齐问。

"你知道你做了什么。难道这一切对我来说还不够难过吗？"

帕齐也很难过——经济上的难过。她无法去上班，也顾不了翻新事宜。然后还有油钱、饭钱和通行费。她甚至都不确定堕胎要花多少钱。仔细研究了几个相关的网站之后，她得出了一个数字：2500美元。不过，事情总会比你预估的更加昂贵。

帕齐听到女儿在后座小声地哭泣。

她说道："很抱歉刚才我按了喇叭。"

贝塞斯达

查尔斯·斯科特应声去开门。“啊呀。”他说道，“见到你可真高兴，水果糖。”

帕齐拿出一瓶酒：“巴迪，我们给你和切丽带了这个。”

“带什么带，看到你我就很高兴了。我猜，这位就是小布里特吧？”

布里特伸出手：“先生，很高兴见到您。”

“这个姑娘可真有礼貌。”巴迪说，“看来，有其母，未必有其女嘛。”巴迪笑了，帕齐和布里特也笑了。

他的妻子从厨房里走出来：“查尔斯，别让她们站在门廊上啊。”切丽亲了亲帕齐的脸颊，“很高兴见到你，帕齐。”切丽的头发比帕齐上次见到她的时候还要金黄。

切丽准备的晚餐是火鸡和土豆泥，甜点是苹果派。

查尔斯是一名律师，但他主要的工作是为退伍军人的权益游说政府官员。这是个不错的房子。吃晚饭时，帕齐发现自己在想象这栋房子如果挂牌出售会怎么写广告语：定制厨房，花岗岩台面和不锈钢冰箱！楼上还有空余的房间，等等。他的人生过得不错。一对六岁大的双胞胎男孩和一位教十年级生物的美丽的金发妻子。一点儿也不赖，帕齐心想。巴迪真的成功了。

吃过晚饭，查尔斯的儿子们带布里特去看她和帕齐要住的房间，切丽婉称要去评卷，查尔斯和帕齐则去了休憩室，讲从前作战的故事，并添上几则新趣闻。

“‘聪明鬼’怎么样了？”喝过第二轮酒，帕齐问道。

“他写了本书。”

“是吗？”

“嗯。还获得了非小说类文学的什么大奖。这本书写的是……”然后查尔斯给帕齐描绘了书的内容。这完全没有必要，因为她早就看过了。帕齐只是想和一个认识聪明鬼的人聊聊他的事情。“他在华盛顿特区办了一场读书会，我和切丽还去了。聪明鬼还是老样子……”

她闭上眼睛，愉悦地听着关于自己曾经爱过的男人的事情。

因为担心女儿已经睡着了，帕齐便踮着脚进入她和布里特同住的那间客房。她还没睡，正把手机放在肚子上和奇普发短信。

帕齐拿走了布里特的手机。

“嘿！”布里特说道。

“太晚了，明天我们还有很多事情要做。等这整件事结束了，你想怎么给奇普发短信都可以。”

帕齐关掉灯，上床躺在了女儿身边。

一片漆黑中，布里特小声说：“他是怎么回事？”

“谁是怎么回事？”

“斯科特先生，你知道的，就是他的脸——看着有点像面具。”

马里兰州的一个好地方

从贝塞斯达开车去这个地方只需要二十分钟。一路上，帕齐喋喋不休地说些毫无意义的话，好将她们的注意力从手头的任务上移开。“看，小鸟！”她说，“我都不知道马里兰州也有小鸟！”

“嗯，母亲。”布里特回答道，“马里兰州也有小鸟。”

“看，有家玮伦鞋店！我可以买双新拖鞋。也许回来的路上买？”

“嗯。”

“我觉得你也可以买双拖鞋。既然说到这个话题，你之后想去哪里吃饭？切丽跟我说过一家很棒的小茶馆……”

“我觉得自己应该不会想吃饭。”

“这家茶馆只有小点心，所以这样也好——等你饿了再吃，不着急——吃点清淡的就好。往肚子里面塞点东西……”

“说实话吧，妈妈。我不想伤害你的感情，不过你可不可以安静一点？”

“抱歉。”帕齐说。

* * *

这个地方没有个正式名字。门外有个指示牌，上面写着“年轻人的核果农场”，让帕齐知道就该在这里拐弯。

她转到泥土路上。有一栋看起来很像牲口棚的大楼。帕齐希望里面可不要也像牲口棚。

帕齐下了车，走向牲口棚前面的一扇窗户那里。一个红头发红脸、瘦成皮包骨的男人问她和她女儿是不是来这里旅游的。

“不。”帕齐答道，“我们来这里是想乘坐装有干草的大车出游。”帕齐觉得自己听起来像是经过了排练后，在尴尬地表演一出校园剧。

“你能付得起钱吗？”

“能。”

“我们只收现金。”

“我知道。”帕齐环顾四周。她真希望自己提前想到带把枪过来。

“先交一千，事成之后再交一千。”

帕齐点点头。这比她预计的要少一点。她数了一千美元，正准备从窗户下面推过去，又突然停了下来：“我们能先看一下里面吗？”

他说等她交了钱就可以看里面。

“我能和医生谈一下吗？”

他摇摇头。

帕齐环顾了一圈“核果农场”。这是个美丽的地方。草儿刚刚长出来，桦树上长着叶子，牲口棚粉刷一新。她们开车过来时，她注意到几个金属垃圾桶摆在大门的一侧，不过上面没有血迹什么的。没有人惨叫，鸟儿在叽叽喳喳。帕齐把那堆现金从玻璃窗户下面推过去。

“绕到旁边去。”红头发的男人说。

“那个男人戴着假发。”走过去的时候布里特小声对帕齐说道，“你注意到了吗？”

帕齐没有注意到。她实在是太紧张了，什么也注意不到。不过，现在布里特一提起，帕齐便觉得他的头发和麦当劳叔叔别无二致。这是伪装，帕齐意识到了。如果出了什么事，她们随后也无法辨认出这些人。我怎么就没有注意到呢？帕齐深呼吸：振作点，姑娘。

走到旁边后，她们遇到了一个特别胖的女人。她也戴着假发，大大的金色假发，就像多莉·帕顿[1]或者梅·韦斯特[2]。

“小红只给了我一个人的钱。”多莉生气地说。

---

1 多莉·帕顿（1946—）：美国歌手，喜欢使用假发、亮闪闪的服装等华丽装饰。

2 梅·韦斯特（1893—1980）：美国演员、编剧、歌手、剧作家。

“今天就只有一个人。”帕齐说。

“你们哪一个？”多莉的目光从帕齐打量到布里特。

布里特举起手来，就像在课堂上一样。

“那就来吧。”

布里特和帕齐抬脚走进了牲口棚。

“不。”多莉对帕齐说，“你在外面等着。”

“我是她母亲，我想和她一起进去。”帕齐说。

“只有要动手术的人才能进去。”

“那个人……”帕齐指着牲口棚前面，“那个红头发的人说我交了钱就可以进去！我想和我女儿一起进去！她还未成年！”

“冷静一点。”多莉说，“如果你这么闹的话，那今天就连手术也不做了。”

帕齐深吸一口气，默默回想了几个北约音标字母。“好吧。”帕齐说，“好，好，那么我就请求你。我们同是女人，我和女儿开车一路从佛罗里达州过来，这是我唯一的女儿。我丈夫，也就是她父亲，去世五年了。我母亲也去世了。我不和我的父亲讲话。这个女孩是我全部的生命。拜托你，让我和她一起进去吧。我绝不会打扰到什么。我不是警察，如果你顾虑的是这个的话。我是个服务员，我只是个女人，我只是……”

“我不想听你的人生经历。在里面别捣乱，行了吗？”

* * *

帕齐第一个注意到的就是味道——大便味加铁锈味。郑重声明一下，她并没有看到大便或者铁锈，但话说回来，灯光也不怎么明亮，不足以让人看到什么东西——只有几盏昏暗的日光灯。灯泡没有夹在灯具中，而是用细绳悬挂在横梁上。有轻轻的嗡嗡声传来，帕齐觉得是灯泡发出的，不过也可能是某种更不祥的东西——苍蝇或者蛆（蛆会嗡嗡响吗？），她也不知道。

“妈妈？”布里特叫她。

帕齐很想知道灰尘是不是只是一副表象，遮掩着这里的真正面目——是不是一旦这层肮脏的帘幕被扯掉，帕齐梦想中那个干净得闪闪发光的诊所就会出现。

“妈妈？”

帕齐的眼睛已经适应了昏暗的灯光，她看到了一排折叠躺椅。一个和布里特年纪相仿的女孩坐在第一张躺椅上。她一只眼睛瘀青，手里攥着一沓钞票。一个比帕齐稍微年轻点的女人穿着旧天鹅绒运动套装，靠在木制柜台上，以撑住自己的身体。帕齐觉得自己在这个女人的裤子后面看到了血迹——这也很难说，因为灯光昏暗，也因为裤子后兜那里绣着“性感”一词。

“妈妈，我要吐了。”然后，布里特吐在了地上。

一位清洁工听到了布里特的干呕声，便走出来看是谁。他从帕齐看到布里特。“我可不打扫那个。”这个清洁工没有特地对着某个人说话。

一瞬间，帕齐做出了决定。她抓起女儿的手，带她离开了这个地方。她们冲出牲口棚的一侧，经过多莉身边——她什么也没有说。她们冲出牲口棚的前门，经过麦当劳叔叔身边——他大喊：“别指望要回你的押金！”

帕齐没指望要回押金。

华美达酒店

帕齐入住了她能找到的第一家酒店。“我得打几个电话。”她对布里特说，“你干吗不去外面的游泳池呢？”

布里特一声不吭，穿上泳衣，涂了些防晒霜，然后走了。

帕齐给汤姆打电话，告诉他发生了什么事情。“我不知道该怎么办。”她说，“我快要疯了。”

“加拿大。”汤姆再次说道，“你哥哥还住在多伦多，对吧？”

“嗯。”文森特是加拿大电视台的一名编辑。

“给你哥哥打个电话。”汤姆说道，“接下来的几天我都不需要你做什么，再说你也已经在去多伦多的半路上了。”汤姆懒得说这是他原本就给帕齐提供了的计划，“休息一下，然后去边境那儿吧，帕齐宝贝。”

帕齐挂了电话，接着又给哥哥打了过去。他们不是特别亲近，因为两个人年纪相差十岁。但文尼仍然是她哥哥，他也乐意帮忙。

* * *

第二天早上，帕齐比布里特先醒，于是她决定试用一下这家酒店的热水浴缸。此时此刻，那里只有一个人，是个穿着旧泳裤的老人。帕齐自己裹着条浴巾，而浴巾里面是旧胸罩和内裤——为这次旅行收拾行李时，她没有考虑到自己可能会想游泳。

帕齐觉得这个老人是黑人，不过她也不能十分肯定。到了他这个年纪，所有老人的肤色看起来都是同样的颜色——灰色。她穿的胸罩和内裤的颜色和这个人的肤色差不多一样。帕齐对他说："先生，希望你别见怪，我里面什么也没有穿。"接着她又纠正自己。她不是故意把话说成这个样子——像在挑逗他一样。"这话说出来就变味了。我的意思是说，我只穿了内衣裤。我是说，我没有穿泳衣。我没想到这么早也会有人使用热水浴缸。"

他笑了，然后说道："过来吧，小姑娘。水很舒服。"

她脱下浴巾，钻进热水浴缸里。他说道："看吧，如果你不说，我都不会知道你没有穿合适的泳衣。你操之过急了，小姑娘。"

“嗯。”帕齐承认，“我的人生就是这样。”

帕齐在看别人留在酒店房间里的小报。尽管人名有变化，可故事却总是同样的套路。他们要把某个流行歌手的孩子从她身边夺走。某个电影明星对着狗仔队大呼小叫，而那个所谓的记者怀疑这个电影明星的脸很可能被动过手脚。

“你是因为什么来这里的？”灰人问道。

“没什么。”帕齐说，“我就是路过。”

“那你是在去哪里的路上呢？”

“小地方。”她说，“北边的某个地方。”

“嗯。”他说，“希望你不要介意我提起这件事——我不禁注意到你缺了一根脚趾。”

她缺的又不是一整根脚趾，只不过是右脚上原来那根最长的（第二根）脚趾的一半而已。“当兵的时候丢的。”

他说：“我想这里肯定有个故事吧。”

帕齐笑着摇摇头：“嗯，故事很短，其实是——我不小心开枪给打没了。”

他想知道除了开枪打没了脚趾，她当兵的时候还做了什么，哈哈。

“我是个小偷。”她说。

他挑起眉毛。

“我四处走动，从当地人那里拿走他们的武器。”

“你现在做什么？”

“服务员。”她说，“还是个业余房地产大亨。”

他笑了：“那你的脚趾到底是怎么回事？”

帕齐说：“你肯定会觉得毫无意义。”

“试试看。”

帕齐耸耸肩。反正她再也不会见到这个人了。

“我怀孕了。我不想被行政人员查问其中的细节，于是就开枪打掉了自己的脚趾，而不是自己的脑袋。他们因为我疯疯癫癫就让我退伍了——在那边接连两任服役我也差不多疯了。我就这么怒气冲冲地回了家。最后，我在一家专治创伤后应激障碍的地方得到了一些帮助。就这样。很多人可比我糟多了。”

“这个故事一点儿也不短。”

“或许吧。”帕齐承认。

“那你怀的那个孩子呢？”

多伦多

这次堕胎满足了帕齐的所有期望。事实上，这次堕胎甚至超出了帕齐的期望。当布里特告诉帕齐她怀孕了的时候，一切似乎是如此凄惨。帕齐不知道该怎么办。她养不起另一个孩子，即便她养得起，她也不希望自己唯一的女儿过这种生活：十六岁就成为单亲妈妈。然后，两个人都决定堕胎之后，去哪里、找谁做、怎么做的问题又来了。她一直在脑海中想象着生锈的工具和捻着胡子的男人。她在马里兰州或多或少也看到了点前奏。只除了一点——那儿也有女人。帕齐从不曾想过一个女人（某个人的女儿）也会从事如此可怕的生意。不管怎么说，去加拿大这个建议真是妙极了。因为在那里，人生之中第一次没有人给她添乱。

文森特出示了身份证，解释说这是他从美国过来的外甥女，她们来这里做流产手术。护士微笑着，将帕齐和布里特带进一个米黄色的房间，墙上挂着一连串无趣却令人感到安慰的风景石版画。有人拿给她们手册，然后一位女性治疗师进来给她们做咨询。布里特知道自己在做什么吗？是的，她知道。她们约好时间，在第二天早上9点半做手术。

流产手术一个小时后就结束了。布里特拿到了止疼药，文森特开车送她们回到自己的公寓。

“怎么样？”文森特问道。

“好个他妈的狂欢节。”布里特软弱无力地说。

“我不该问的。”文森特说。

文森特跑过去扶布里特下车，帕齐由着他。他送这个女孩进了客房，帮她掖好被子，然后关上门。

“她真是个老练的演员。”他对帕齐说。

帕齐耸耸肩：“这一切对她而言还没有任何意义。”

帕齐觉得，等到某一天，这一切对这个女孩而言才会有意义。布里特会产生——那个孩子可能是什么样子，有没有可能成为那个改变世界的人——等等诸如此类的猜想。可今天，这仅仅意味着隐痛和解脱——本来也该是这样的。

文森特得剪辑他正在跟进的那部纪录片。“你一个人可以吗？”他问道。

帕齐点点头：“你请便。我们已经打扰得够多了。”在诊所时，文森特付了堕胎费，这让她很是惊讶。他让帕齐把钱重新放回布里特的大学基金里。帕齐不需要他说两遍这样的话。“谢谢。”她再次说道。

文森特抱了一下帕齐："吃个橙子吧。"他指着白色瓷砖台上的红色水果盆。

帕齐在文森特家阳光明媚的早餐角坐下。现在还早，才下午一点钟。她剥开一个橙子，皮很容易地就脱落了。指甲上什么也没有沾上，皮被剥成了两个长条。她咬下去的时候很担心橙子会又干又苦，但并没有。橙子既香甜又好吃。

她吃完橙子，然后把皮扔进文森特家的垃圾箱里。好人就会把垃圾弄成堆，帕齐心想，我也应该把垃圾弄成堆。然后，她想到了一个笑话：所有的人最后都会堆成垃圾。她想对某个人讲一讲，但似乎很难让人理解笑点（对了，我在盯着垃圾桶看……），而且也不值得因此打电话。

她心想：多么美好的一天！——我今天做什么事情都可以。然后，她打了个哈欠，决定自己在这世界上最想做的事情就是一动也不动。

4点30分左右，布里特从客房下来。帕齐问她疼不疼，流的血多不多。两个问题的回答都是不。

"我能为你做点什么吗？"帕齐问。

"我……我有点想去看电影。"

于是帕齐带女儿去了电影院。文尼家附近唯一正在上演的电影就是一部老战争片。帕齐很讨厌战争片，但原因并非你想象的那样。她并不讨厌战争片的过分感伤和准确性缺失；她并不讨厌战争片的捏造事实、华而不实以及令人压抑的普遍特征，抑或是她永远不会在里面看到自己或其他熟人的印迹。她讨厌的是，战争片的确存在这些缺点，却依然能让她有所触动。

电影进行到十分钟左右，帕齐开始坐立不安了。她告诉布里特自己要去洗手间，但其实她是决定要给汤姆打个电话。她想知道清理翻新房子进行得怎么样了。

“你好啊，小女人。”汤姆接了电话，“怎么样？”

“好极了。”帕齐答道。然后，她感到自己的眼睛变得又热又湿。主要是因为压力，还有压力的释放，但压力的影响胜过了其他所有因素。还有爱——她对电影院里那个乖戾的十五岁姑娘爱得如此之深以至于心脏几乎都要难以承受。她心想，我们真是幸运，不会时时刻刻都被内心深处的爱所包裹。否则，我们将会无法呼吸，无法走路，无法吃饭。我们真是幸运，这样的爱只不过偶尔间燃烧起来，然后便乖顺地沉入蛰伏之中。

“你还好吗？”汤姆问道。

“我想自己是开心吧。”她说，“你知道吗？宝贝，我真正想听的是翻新房子的事情。”

“哦，帕齐，你绝不会相信的！你记不记得那条既劣质又老旧的蓝地毯？”

“嗯。”

“它正铺在一块你这辈子见过的最好看的硬木上。很不惭愧地说，我几乎都快哭了。亲爱的，我们要成为千元富翁了。”

帕齐笑了。然后，汤姆也笑了——因为帕齐笑了。“怎么了？”他问道，“什么事这么有趣？”

“嗯……”帕齐说道，“我原本在盯着垃圾箱看……”

她和汤姆又多聊了一会儿，然后帕齐回去接着看电影。电影的主角是一位女兵，她膝盖以下的腿被截掉了。帕齐看得出来布里特的眼睛里正泛着泪花。

“妈妈，你想让我给你讲讲都发生了些什么吗？”

帕齐摇摇头：“不用，我以前也经历过。”

绕道而行

第二天，她们上路返回佛罗里达州。毫无障碍地，她们便越过了边境。有个警卫问她是因何事去往加拿大，帕齐答道："看望我的哥哥。"她指了指布里特，"她的舅舅。"

"我放春假了嘛。"布里特高兴地接口道。在那一刻，她们加拿大之旅的真正目的就好像被抹去了一样。帕齐能够瞧见警卫看到的画面——母女二人趁着春假外出拜访在加拿大的亲戚。帕齐和布里特在莫名之间竟然真的成了那两个人，真是不可思议。帕齐几乎可以想象那样一场旅行会是什么样子。

布里特一直睡到中午时分，醒来时说自己肚子饿了。帕齐也饿了。于是她们在纽约北部的一家弗兰德林餐厅停下来。帕齐有点兴奋，让女儿想吃什么就点什么。

等食物端上来的时候，帕齐说道："在我还是个小姑娘的时候——应该比你年长一些，我爱上了一个男孩。他是个黑人，和奇普一样。我父母可不太乐意……"

布里特打断她："要我说实话吗，妈妈？我今天不想谈这种事情。"

此时食物端来了。女服务员十分专业，她记得把帕齐的西红柿做成配菜，并按照要求烤了面包。帕齐决定给她留一笔巨额小费。和十几岁的女儿度假时就该做这种事情。

她们开车进入华盛顿特区时，帕齐的手机响了。

是她的姐姐打来的。"我一早上都在给你打电话。"海伦说，"但你手机关机了。"

"我去看文森特了，那边没有信号。"帕齐解释说，"后来又忘记重新开机了。"

"你去加拿大了？"海伦问，"为什么不告诉我你要去加拿大？也许我也可以一起去。"

"我也是临时决定的，布里特放春假了嘛。不过，海伦，你为什么打电话过来？"

"爸爸去世了。"海伦说，"他应该有那么一周都感觉不太好。他觉得自己是感冒了，所以都没有去看医生。可是，到了星期一早上，他就没有起床。他甚至还没到医院就去世了。"海伦哭了起来，帕齐并没有。"你相信吗，帕齐？他才刚过七十二岁，而且他身体一直很好！梅根今天早上打电话给我的。我会尽快坐飞机去田纳西州。你这会儿在哪里？"

"弗吉尼亚州。"帕齐说，"我猜我现在应该可以开车往爸爸家去。"

“好。”海伦说。

帕齐按下了手机上的挂断键。

“怎么了？”布里特问道。

“你外祖父去世了。”

“哦。”布里特说，“我都不怎么认识他。你难过吗？”

帕齐耸耸肩：“并不。”

鹿留市

罗杰的第二任妻子梅根·波默罗伊应声打开那栋小白房的门——那曾是乔治的家，再以前是弗兰的家。梅根比帕齐小五岁。这一点在罗杰和梅根结婚的时候似乎是件天大的事情，可现在就不再是这样了。帕齐十二月份就要三十九岁了，梅根也快三十四岁了。我们两个人都他妈的老了，帕齐心想。

“帕特里夏！布里特！真高兴看到你们两个！”梅根抱了抱她们，“我不得不一直告诉自己，牧师是去了一个更好的地方。”她双眼含着泪光说道，“他真的去了一个更好的地方。”

帕齐知道梅根一直是罗杰的好伴侣，这个女人就是乔治从来不曾真正成为的那个妻子。举例来说，梅根十分虔诚；她的家一尘不染，闻起来有一股子肉桂的香味；支票簿总是收支平衡；她的臀部小巧，胸部又很壮观；这就是一位完美的基督徒妻子的家，只除了一件事——梅根无法生育孩子。她和罗杰试过一段时间，结果流产了五次，然后又生下了一个死胎。他们有一个养子明托克，是某场灾难中的难民。

“进来吧。”梅根说，“你们两个肯定饿了。”

“不怎么饿。”布里特说。

“我们路上吃过了。”帕齐解释道。

“那么就喝点什么吧？”

帕齐和布里特局促地坐在客厅里的米黄色印花沙发上。帕齐觉得这个沙发的前身很可能属于她母亲，但她也说不准。“幸好你们正好在路上！”梅根从厨房里喊道。

“嗯！”帕齐也回喊道。

“你们去加拿大做什么？”

“看看我哥哥！”帕齐说。

“我放春假了嘛！”布里特补充了她那部分套词。

“哦，真好。我今天早上和他通过电话。他没办法来参加罗杰的葬礼，不过他寄过来一束很漂亮的插花。”

帕齐觉得如果她不是已经在路上了，她也不会来。

梅根回来时带了三杯柠檬水。“这是我自己挤的。”梅根说，“我们的柠檬树在四月份开花了，真是奇怪。”

“大灾难的预兆。”帕齐开玩笑地说。

“葬礼就在明天，我知道太快了。也许是我太傻，但我不想罗杰被冷落到一边就这么腐烂。我知道那不过是一具尸体，可是……”

帕齐摇摇头：“这听起来并不傻。”

“我真高兴你来了。”梅根说，她握住帕齐的手，“告诉我一件事，马格努姆去世的时候，你是如何忍受过来的？”

帕齐可爱而傻气的好丈夫现在都去世五年了。他对她很好。当初，布里特还是个婴儿时，帕齐去了圣地亚哥的一家创伤后应激障碍康复中心，就是他在照顾布里特。虽然他十分清楚这个小女孩不是他的孩子，但他却把她当成亲生骨肉来疼爱。他们只谈过一次布里特的亲生父亲这个话题，就在布里特出生那一天。马格努姆说：“告诉我他已经死了。告诉我他死在了那边。”帕齐回答说：“他死了，马格努姆。”可现在死的那个人却是马格努姆，而布里特的亲生父亲不仅活得好好的，还获奖了。

当他去世时，帕齐对这个男人的深厚感情令她自己都吃惊了。在两个人的婚姻中，有时候她都觉得自己几乎不喜欢他，更别提爱他了。她爱过哈兰，她爱过聪明鬼。对这两个人，她都曾陷入爱的狂喜中。可马格努姆呢？可爱而傻气的马格努姆呢？对，他很好——他们是怎么形容圣约瑟的呢？一个正直的人，可是……

然后他病了，帕齐的角色就变成了照顾他的人——不过是出于职责，也没有想太多。有一天，他肥大的身体不见了，就好像她被狠狠地捉弄了一下。床上的那块空地几乎大到令人难以忍受。她生命中的这个洞出乎她的意料，让她几乎要发狂。他葬礼后的三个月里，帕齐辞掉了工作，把鹿留市的那所房子放到市场上出售，租了一辆车，从田纳西州开到了佛罗里达州。这也就是为什么她和布里特会住在奥兰治城。

在最近这一次冒险中，帕齐一次也不许自己想起他。她不曾想象马格努姆开车带布里特去加拿大；她不曾想象他将这一场严峻的考验变成某种富有教育意义的公路之旅——看在上帝的分上，他会带他们的女儿去雅园或者去参观各所大学。她当然不曾想象马格努姆在路上给她打电话说："帕齐宝贝，不要担心，事情办好啦，一切都搞定了。"帕齐如释重负地抽泣，满怀着对可爱而又不那么傻气的丈夫的感激。"我们给你买了一条埃尔维斯浴帘。"他会这么说，"我们三天后见。"

她是如何忍受这种悲痛的？她并没有。"我没有。"她对梅根说，"我只是尽最大努力忽略这种悲痛。"

梅根道歉道："我不该这么问。你又不是不为罗杰的死而悲痛。"

"我觉得可能没有你那么悲痛。"

"他是你的爸爸，你当然和我一样悲痛。"梅根坚持说道。

帕齐没有说话。

梅根说道："他很爱你，帕齐。我能告诉你的就是他爱你们这几个孩子。我真希望你两周前的那个星期天有去过教堂。他做了一场动人的关于宽恕的布道。他说他从来不曾宽恕自己，也不曾宽恕他最爱的那些人。他觉得在讲道坛上讲这些重要的话要容易得多。"

“听上去是一场不错的演讲。”帕齐说。

“我跟你说，帕齐，整座教堂里的人都哭了。不过后来，我却在想你和文尼肯定会很难过，因为你们两个从来不去教堂，因此也从来无法听到他是一个多么了不起的人。”

第二天下午，帕齐穿着从梅根那里借来的不合身的黑色衣服，看着他们把父亲的棺材放进地底，然后她突然产生了一个可笑的想法。你这一辈子都在努力爬出泥潭之外——有出生时因为父母而掉进的那个泥潭；有因为努力爬出第一个泥潭而自己又挖出的泥潭：有孩子出生时的那个泥潭，这也是最悲哀的一个泥潭。她突然想到，她这大半生都在爬出一个泥潭，而后又爬入另一个泥潭之中。接着，到最后，他们还是把你放进地底下的那个泥潭里。她轻声地自言自语道：“你究竟怎么才能爬出去呢？”这问话很像在祈祷——如果她是那种会祈祷的人的话。

葬礼之后，帕齐和布里特回到房子里。海伦和她的牙医丈夫都在那里。药师也在，再说一遍，大家都叫他马库斯。不过，主要还是叫他琼斯老师。琼斯老师是鹿留市学院的八年级历史老师；学生们有时候会嘲笑他是个瘸子。马库斯的妹妹明妮也在，她还真的嫁给了叫约瑟夫的圣约瑟，而且大家都说她过着非常幸福的平凡生活。莱西也在，不过帕齐一周总会给她打几次电话。莱西一直威胁说要搬去奥兰治城，离帕齐和布里特近一点。

“华盛顿之旅怎么样？”莱西问道。

“还好。”帕齐回答道，“最后还挺好的。”

布里特和帕齐进入了罗杰的办公室，好远离那群好心的亲戚。办公桌上是一本名为“上帝的课堂（修订版）”的书，作者是卡罗琳·默里。这个名字很熟悉，不过帕齐不太记得了。她当然无法将这个名字和那个无意间改变了她大半人生的没有乳头的女人联系在一起。不管怎样，她的父亲也没有做得太过分。第十二页和第十三页之间有一张书签，帕齐想的是：这下他再也看不完这本书了。

布里特坐在窗下，面前是一张小小的柚木书架，这书架曾属于帕齐。她正忙着翻一堆从前的家庭相册。

“妈妈。”布里特问道，“这是你吗？”

帕齐挨着女儿坐在地上。照片上，帕齐穿着啦啦队服装，站在得克萨斯州的那座房子前。拍这张照片时还没有上糟糕的红漆，那时房子还是黄色的。

帕齐点点头。

“你们的房子真漂亮。”布里特做出评语，“你们肯定很有钱。”

帕齐哼了一声：“这都是装出来的。”

“这话是什么意思？”

“我的意思是，这些都不属于我父母。他们两个人债台高筑。我妈妈偷你舅舅的钱，还偷我的钱。”

“可是，他们的房子……比我们的大多了。”

“我知道看起来是这样没错。但如果你想知道我和他们的不同之处——当然，不同之处有很多——但如果你想知道最大的不同，就是我不欠任何人任何东西。不管怎样，我主宰自己的人生。”

布里特点点头，把相册放回书架上。她并不想听帕齐教育她要自制，她只是想取笑母亲穿着那件裸露的啦啦队短裙。

梅根从另一个房间里走进来。这是个小房间——罗杰去世的那个房间。这是个小房间，很适合偷听墙角和多管闲事。“你说你主宰自己的人生。”梅根说道，一只手放在臀部上，“那上帝呢？”

帕齐撑着地面站起身，把手掌心的灰尘和粗沙擦掉，然后回答说：“什么上帝？”

致　谢

感谢斯图尔特·格尔沃、赛斯·菲什曼、亚尼内·奥马利、萨拉·奥德迪纳、琼·费维尔、德瑞·彼得斯以及杰西卡·莫纳罕所给予的种种帮助。一如往常，感谢我的父亲和母亲。此外，特别感谢道格·斯图尔特、汉斯·卡诺萨、卡罗琳·特雷弗勒、迈克尔·霍恩伯格以及我的编辑劳伦·维恩。

图书在版编目（CIP）数据

我们深陷泥潭 /（美）加・泽文 (Gabrielle Zevin) 著；
段茹雪译 . -- 南京：江苏凤凰文艺出版社，2019.6
（读客外国小说文库）
书名原文：The Hole We' re In
ISBN 978-7-5594-3541-5

Ⅰ . ①我… Ⅱ . ①加… ②段… Ⅲ . ①长篇小说 - 美国 - 现代 Ⅳ . ① I712.45

中国版本图书馆 CIP 数据核字 (2019) 第 064157 号

我们深陷泥潭

［美］加・泽文 著　　段茹雪 译

责任编辑	丁小卉
特约编辑	谢晴皓　武姗姗
装帧设计	读客文化　021-33608311
责任印制	刘　巍
出版发行	江苏凤凰文艺出版社
	南京市中央路 165 号，邮编：210009
网　址	http://www.jswenyi.com
印　刷	北京中科印刷有限公司
开　本	890 × 1270 毫米 1/32
印　张	11.5
字　数	212 千字
版　次	2019 年 6 月第 1 版　2019 年 6 月第 1 次印刷
标准书号	ISBN 978 - 7 - 5594 - 3541 - 5
定　价	45.00 元
